ТАТЬЯНА
УСТИНОВА

Татьяна Устинова

первая среди лучших

ЧИТАЙТЕ ДЕТЕКТИВНЫЕ РОМАНЫ:

ТАТЬЯНА УСТИНОВА

Сто лет пути

ЭКСМО

Москва
2014

УДК 82-3
ББК 84(2Рос-Рус)6-4
У 80

Оформление серии А. Саукова, Ф. Барбышева

Устинова Т. В.

У 80   Сто лет пути : роман / Татьяна Устинова. — М. : Эксмо, 2014. — 320 с. — (Первая среди лучших).

ISBN 978-5-699-68672-8

Сто лет назад происходили странные и угрожающие события, о которых невозможно забыть, их нельзя оставить в прошлом, потому что без прошлого нет настоящего...

...И угораздило же его, доктора исторических наук и профессора Московского университета Дмитрия Шаховского, стать экспертом при Государственной думе. В прошлом он ориентируется значительно лучше, чем в настоящем.

Когда в особняке на Воздвиженке убивают директора музея, а рядом с телом обнаруживают старинную чашку мейсенского фарфора и несколько писем начала двадцатого века, Шаховской оказывается вовлечен в расследование. Чтобы понять, что произошло на месте преступления, Шаховскому нужно восстановить события почти вековой давности — историю первой Думы, разгром террористической ячейки, арест подрывников. И еще кое-что узнать и понять... о себе самом. Возможно, он не узнал и не понял бы, если б не Варвара Звонкова, поразившая его воображение. Он разберется в хитросплетениях судеб, в странных и загадочных совпадениях. Впрочем, может, это и не совпадения вовсе? Как много изменилось — всего-то за сто лет пути...

УДК 82-3
ББК 84(2Рос-Рус)6-4

ISBN 978-5-699-68672-8

...И тут у него зазвонил телефон, как всегда, в самый неподходящий момент.

Совещание заканчивалось, сейчас начнут «подытоживать», он должен будет сказать что-то связное, неплохо, чтоб и умное тоже, но как только телефон грянул, все мысли до одной вылетели из головы профессора Шаховского.

Телефон был новейшей, последней модели, а потому чрезвычайно, необыкновенно сложен в употреблении. Телефон умел все — входить в Интернет и даже время от времени выходить из него, показывать курс акций на разных мировых биржах, прокладывать маршруты от Северного полюса к Джибути, светить фонарем, погружать владельца в Инстаграм, Твиттер и Фейсбук, давать прогноз погоды в Липецке и на западном склоне Фудзиямы на три недели вперед, фотографировать с приближением и удалением, снимать кино, монтировать видеоклипы, а его процессор превосходил по мощности все компьютеры НАСА в тот исторический день, когда Нил Армстронг высадился на Луну.

Шаховской телефон ненавидел и как выключить звук, не знал. Марш гремел.

— Господи помилуй, — пробормотал рядом председательствующий Ворошилов и уронил наконец очки, которые примеривался уронить с самого начала совещания, а историк, занудно читавший по бумажке занудный текст, посмотрел на Шаховского негодующе. Все собрание, обрадовавшись развлечению, задвигалось и зашумело.

— Прошу прощения, — пробормотал несчастный профессор и выскочил в коридор, изо всех сил прижимая ладонью мобильный, чтобы немного унять марш.

— Дмитрий Иванович, это полковник Никоненко из Следственного комитета. Мы с вами как-то по одному антикварному делу работали. Вы по исторической части, а я, так сказать, по современной линии шел. Помните?..

Шаховской, который в этот момент люто ненавидел телефон, ничего не понял.

— Я не могу сейчас разговаривать, я на совещании. Перезвоните мне...

— Стоп-стоп-стоп, — непочтительно перебил его полковник Никоненко из Следственного комитета, — это все я понимаю, но у меня свежий труп, а при нем какие-то бумаги, по всему видать, старинные. Я сейчас за вами машинку пришлю, а вы подъедете, да? Адресок диктуйте, я запишу.

Шаховской — должно быть, из-за сегодняшнего нескладного дня и ненависти к телефону — опять ничего не понял. И не хотел понимать.

— Я в Думе, у меня работа, — сказал он неприязненно. — Перезвоните мне, скажем, через...

— На Охотном Ряду? Мы тут рядышком, на Воздвиженке, время проводим. Выходите прямо сейчас, машинку не перепутаете, она синими буквами подписана.

— Что? — переспросил Шаховской, помедлив.

— Следственный комитет, говорю, на машинке написано! Не ошибетесь. Ну, добро.

И экран, похожий по размеру на экран телевизора «КВН-49», смотреть который полагалось через глицериновую лупу, погас.

«Никуда я не поеду, что за номера?! У меня свои дела, и их много! Мне еще «подытоживать», а потом статью править, и...»

Тут он вдруг вспомнил этого Никоненко и «антикварное дело» вспомнил! Тогда, сто лет назад, полковник размотал совершенно не поддающийся никакому разматыванию клубок из нескольких убийств. Убивали антикваров — без всякой связи, без логики, жестоко, — и Шаховского позвали как раз затем, чтобы он нашел логику. Понятно было, что убийства связаны с антиквариатом, но как?! Дмитрий Иванович долго эту логику искал — антиквары торговали предметами случайными и на первый взгляд никак между собой не связанными, — и нашел! А Никоненко додумал все остальное. И «громкое дело, находящееся на особом контроле в прокуратуре Российской Федерации, было раскрыто», как сообщили потом в новостях.

Воспоминание было... острым. Шаховской усмехнулся, стоя в одиночестве посреди пустого и широкого думского коридора. Он никогда не занимался никакими расследованиями, кроме исторических, а тогда вдруг почувствовал себя сыщиком, который осторожно и внимательно идет по пятам злодея, охотником, выслеживающим взбесившегося зверя, готового на все ради своих бешеных целей. А Никоненко, — как же его зовут, Владимир Петрович, что ли? — все прикидывался простаком и «деревенским детективом», а оказался умным, расчетливым, хладнокровным профессионалом.

Шаховской очень уважал профессионализм.

«Поеду, — вдруг решил профессор, приходя в хорошее настроение. — Заодно не придется ничего подытоживать, вы уж там без меня справляйтесь, уважаемые...»

Машина свернула с Воздвиженки, въехала в невысокие кованые воротца, озаряя мощеный двор всполохами мигалки, и остановилась у бокового крыльца, всего в три ступеньки.

— Вам туда, — сказал Шаховскому очень серьезный и очень молодой человек в форме и показал поверх руля, куда именно, — там встретят.

Дмитрий Иванович выбрался из машины и огляделся. Он, как и большинство москвичей, видел этот дом, особняк Арсения Морозова, только снаружи, внутри никогда не бывал и во двор не захаживал, воротца всегда были закрыты, и что там за ними — не разглядеть. В разное время здесь было разное: посольства Японии и еще, кажется, Индии, редакция какой-то британской газеты, это во время войны, потом еще его владельцем стал «Союз советских обществ дружбы и культурных связей с народами зарубежных стран», тогда особняк называли Дом дружбы народов, а во времена того самого Арсения именовали его москвичи «домом дурака»! Дурак, стало быть, Арсений, построивший когда-то особняк в самом что ни на есть странном и немосковском вкусе!

Ворота сами по себе закрылись — Шаховской оглянулся, когда створки тронулись и стали сходиться, — и дворик сразу оказался отрезанным от Москвы, многолюдья, автомобильного смрадного чудища, упиравшегося хвостом в Моховую, а головой во МКАД —

ежевечерний исход из столицы был в разгаре. Стало почему-то тихо, на той стороне дворика обозначился огонек, горящий в одном из окошек, брусчатка, слабо освещенная фонарем, блестела, как лакированная.

Все это Дмитрию Ивановичу вдруг очень понравилось.

Он поднялся на крыльцо, — высокие двустворчатые двери казались закрытыми навсегда, — и чуть не упал, когда створка приоткрылась ему навстречу.

— Проходите.

Шаховской «прошел». Еще один очень молодой человек в форме аккуратно притворил за ним дверь и спросил паспорт. Дмитрий Иванович извлек паспорт и огляделся. Прихожая оказалась огромная и полутемная, электрического света не хватало на все дубовые панели, которыми были обшиты стены, свет тонул в них и ничего не освещал. Широкая мраморная лестница поднималась в просторный вестибюль или какой-то зал. Шаховской вытянул шею, чтобы рассмотреть зал получше, но не успел.

Высокий человек стремительно пересек помещение и оттуда, сверху, констатировал негромко:

— Дмитрий Иванович. Пропусти его, Слава.

Поднимаясь по ступеням, Шаховской все пытался припомнить, как зовут полковника Никоненко, но так и не вспомнил. Владимир Петрович, что ли?..

— Что-то вы долго. — Полковник сказал это таким тоном, как будто Шаховской обещался быть к нему на обед, но опоздал. — Или чего там? Стояк, как обычно? Давайте за мной.

В большом ампирном зале неожиданно оказалось очень светло и много народу. Шаховской на секунду зажмурился и остановился. Двое в перчатках обметали кисточками каминную полку, над которой висело большое зеркало с потемневшей амальгамой. Еще двое ползали по полу и что-то мерили линейками. Парень в джинсах и синем свитере бродил в отдалении, прицеливался, фотографировал со вспышкой и имел вид туриста, запечатлевающего детали интерьера, и это почему-то поразило профессора. Молодая женщина стояла на коленях возле лежащего на полу человека. Рядом с ней помещался распахнутый чемоданчик, из которого она время от времени что-то доставала, и вид у нее был самый что ни на есть обыкновенный.

— Ну, так, — Никоненко обошел женщину, почти перешагнул через нее как ни в чем не бывало. — Прибыла помощь в лице науки. Леш, где у нас?..

— Все на столе, товарищ полковник. Во-он, видите?

— Подходите поближе, товарищ профессор! На труп не смотрите лучше, если вам... неприятно.

Почему только в эту секунду профессор Шаховской сообразил, что лежащий на полу — уже не человек, а то, что *было* человеком, покуда не случилось что-то странное, непоправимое, и человека не стало. Осталось тело, из-под которого на светлый паркет натекла довольно большая лужа темной крови, и молодая женщина старалась не угодить коленками в эту лужу, это профессор тоже заметил.

Ему вдруг стало жарко так, что моментально взмокла спина, он потянул с шеи шарф, уронил и нагнулся поднять.

— Не смотрите вы туда, ей-богу!..

Начальственный, приказной, нетерпеливый тон, каким с Шаховским никто и никогда не разговаривал, немного отрезвил профессора, как будто холодной воды дали умыться.

— Вот сюда смотрите, здесь для вас привычней!

— Все в порядке, — проскрипел нервный профессор и пристроил на раззолоченный стул портфель и шарф.

— Может, присядете?..

— Спасибо, — уже твердо и несколько даже обозленно сказал «ученый человек», — со мной все в порядке. Не беспокойтесь.

Полковник пробормотал себе под нос, что он не особенно и беспокоится, и взял со стола две какие-то бумажки, желтые и тонкие от времени. Еще там стояла чашка с витой ручкой, расписанная голубыми узорами, и ничего более неуместного, чем эта чашка, нельзя было себе представить в помещении, где на полу лежит мертвое тело, вспыхивает фотокамера, бродят люди, переговариваются самыми обыкновенными голосами.

— Ну, так. Собственно, вот из-за этих штуковин мы вас и вызвали. Бумаги были обнаружены рядом с трупом, с правой стороны, а чашка здесь и стояла. Вы только голыми руками не хватайте. Варвара Дмитриевна! Подкинь перчатки, а?

Молодая женщина вытащила из своего чемоданчика пару медицинских и кинула резиновый комок в сторону полковника. Он ловко поймал, зачем-то подул на них и протянул Шаховскому.

Профессор взял перчатки так, как будто не знал, что с ними делать. Никоненко покосился и мотнул головой. По «прошлому делу» он помнил, что профессор оказался не так хлипок и ненадежен, как вроде бы полагается ученому. Он хорошо соображал, — это Никоненко особенно оценил! — нервическими припадками не страдал, на вопросы, помнится, отвечал понятно, без излишней «научности». Вот чего полковник особенно не любил, так это когда «образованные» говорят непонятное и смотрят жалостливо и малость свысока, как на дурачка деревенского!

Впрочем, он понимал, что для неподготовленного человека труп на полу в луже крови — зрелище, надо признать, удручающее. Да еще выдернули его из Думы!.. Там небось чинность, красота и благолепие, а трупов никаких не бывает.

Тут Никоненко решил, что нужно профессору помочь немного.

— А в Думе-то вы чем занимаетесь? Депутатствуете?

— Я?.. А, нет, ну что вы. Там помимо депутатской работы полно.

— Какой такой работы? — перепугался Никоненко, и Шаховской вдруг вспомнил его манеру играть в участкового уполномоченного Анискина из глухой сибирской деревни. Московский полковник время от времени начинал пугаться, напевно говорить, округлять глаза, цокать языком и подпирать рукой щеку — в соответствии с образом. Выходило очень достоверно и, видимо, помогало ему в его деле. — Какой же такой работы полно в Думе, если с утра до ночи по телевизору показывают, как люди в зале сидят и все поголовно сами с собой в крестики-нолики шпарят, а потом, стало быть, кнопочку жмут, за или против, а на табло циферки загораются, принято, мол, или, обратно, не принято!.. А потом по домам, чай кушать. Вот и вся работа!

— Ну, это на самом деле не совсем так, Владимир...

— Игорь Владимирович я! Запамятовали?

— Вернее, совсем не так. Работа любого парламента в принципе организована очень сложно, а в нашей стране еще сложнее, потому что со времен Первой Думы, то есть с девятьсот шестого года, так повелось, что всегда и во всем виновата именно Государственная дума! Она всем мешает, с ней очень неудобно, так или иначе приходится считаться, а не хочется считаться, да и опыта парламентаризма в России маловато, честно сказать...

Слава богу, заговорил, подумал Никоненко, и похвалил участкового уполномоченного Анискина, который всегда его выручал. Спасибо тебе, Федор Иванович, дорогой ты мой!

— А я готовлю разные материалы, например, для заседания комитета по культуре. Вот комитет должен решить, имеет смысл за государственные деньги открывать музей... не знаю, допустим, Муромцева, и я готовлю документы...

— Кто такой Муромцев?

— Председатель Первой Думы, очень интересный персонаж.

Шаховской сосредоточенно натягивал резиновые перчатки. С непривычки натянуть их было трудно.

— Муромцев — часть истории, и важная! Как и первый русский парламент. Но почему-то история отечества никого не интересует всерьез, особенно в этой части. Про дворцовые перевороты всем интересно, а про парламент никто ничего толком не знает. Когда был создан, для чего. Почему просуществовал так недолго. А не знать это — стыд и дикость. Да и опасно не знать...

— Ладно вам, профессор, что за пессимизм-то!

— «Кто в сорок лет не пессимист, — сказал Шаховской и пошевелил резиновыми пальцами, — а в пятьдесят не мизантроп, тот, может быть, и сердцем чист, но идиотом ляжет в гроб».

Никоненко крякнул:

— Это кто сочинил? Вы?

— Все тот же Сергей Андреевич Муромцев.

— Эк его разобрало, вашего Муромцева! Людей не любил?..

Тут профессор спросил неожиданно:

— А вы любите? Людей? Всех до одного?

И аккуратно вытащил у полковника из руки тонкий бумажный листок. Никоненко так, с ходу не придумал, что бы такого сказать по поводу любви к людям, вызывать Анискина по такому пустячному поводу не стал и уставился Шаховскому в лицо.

...Сразу было понятно, что желтые и тонкие листы — подлинный раритет, никаких сомнений. На первый взгляд, судя по манере написания, расположению текста на странице, бумагам лет сто, не меньше. На одном листе было письмо с обращением и подписью, на втором — какая-то записка, по всей видимости составленная наспех. Записку Шаховской отложил, а письмо поднес к глазам, зачем-то понюхал, перевернул и посмотрел с другой стороны.

— Ну? — нетерпеливо спросил полковник Никоненко. — Чего там написано? Я ни слова не разобрал.

Профессор начал быстро читать вслух:

— «Милостивый государь Дмитрий Федорович, спешу сообщить вам, что дело, так беспокоившее нас в последнее время, завершилось вполне благополучно. Заговор ликвидирован полностью, опасность, угрожавшая известной вам особе, миновала. Со слов Петра Аркадьевича, с которым я имел удовольствие беседовать сегодня днем на Аптекарском, столь благополучным исходом, в каковой я, признаться, не верил до последнего часа, мы все обязаны князю Шаховскому, доказавшему, что и в Думе есть люди благородные, проявляющие большую волю в достижении того, что есть нужно и полезно для государства. Петр Аркадьевич уверил меня, что государь, также обеспокоенный, завтра же узнает обо всем. С нетерпением жду личной встречи, чтобы поведать вам все подробности этого удивительного дела, совершенно во вкусе г-на Конан Дойла и его сенсационных рассказов, которыми нынче зачитываются обе столицы. Сейчас могу лишь заинтриговать вас известием, что чашка с бриллиантами, фигурировавшая в деле, исчезла бесследно. Примите мои уверения и проч.». Подпись и число, двадцать седьмое мая тысяча девятьсот шестого года.

Профессор перевел дух. Глаза у него блестели. Никоненко пожал плечами и покосился на письмо — он профессорских эмоций не разделял.

— Как вы не понимаете?.. Судя по подписи, это письмо Щегловитова, в девятьсот шестом году он как раз был министром юстиции! Петр Аркадьевич, который упоминается, это, скорее всего, Столыпин, министр внутренних дел, и на Аптекарском у него была дача, это известный факт.

— А Шаховской — это вы, что ли? — неприязненно уточнил Никоненко, который не любил, когда при нем умничали. Ну, не знает он никаких Щегловитовых, а про Столыпина слышал когда-то в школе, да и то краем уха, и что теперь?

— В Первой Думе на самом деле был такой депутат от кадетской партии — князь Шаховской, — ответил профессор почему-то с неохотой. — Да, а Дмитрий Федорович, которому адресовано письмо, скорее всего, Трепов, комендант Зимнего дворца, фигура, очень близкая к Николаю Второму, некоторым образом личный телохранитель, если можно так выразиться.

— Товарищ полковник, мы закончили вроде.

— Закончили, так и дуйте в Управление. Дуйте, дуйте!.. Чем быстрее обработаете, тем лучше.

Шаховской оглянулся на людей, никого не увидел, ничего не понял и опять уставился в письмо.

— Заговор, — пробормотал он, — какой тогда мог быть заговор?.. В мае?! В апреле, да, в апреле был убит адъютант Дубасова, московского генерал-губернатора. В июне те же эсеры убили адмирала Чухнина. А в мае?! Об этом никто не упоминает! Кто это — «известная вам особа»? Да еще такая, о которой беспокоится государь и министры! Нет никаких свидетельств... При чем тут Дума? Благородные люди, проявляющие волю в достижении того, что полезно и нужно для государства! И это Щегловитов писал?! Правительство ненавидело Думу, а депутаты ненавидели правительство!

Он залпом перечитал ровные строчки, написанные сто лет назад, и наткнулся на «чашку с бриллиантами, исчезнувшую бесследно».

— Во вкусе господина Конан Дойла и его сенсационных рассказов!.. Значит, нашлась чашка.

— Какая? А, чашка!

Молодая женщина подошла к ним, стягивая перчатки, и тоже заглянула в письмо.

— Надо же, — сказала она с удивлением, — и как это вы разобрали? Ничего же не поймешь.

— Это просто привычка. — Шаховской отложил письмо и взял записку. При этом видно было, что с письмом ему расставаться не хочется. — Я прочитал очень много рукописных текстов, написанных именно так. С «ятями», «фитами» и твердыми знаками в конце существительных.

— Всего сто лет, — и она засмеялась, — а такие перемены, что и не прочтешь!

— В восемнадцатом году Ленин декретом Совнаркома упростил правописание. С тех пор оно все упрощается и упрощается. На днях отменили букву «ё», и Ленин тут ни при чем. — Шаховской рассматривал записку. — Зайца тоже хотели упростить, но, по-моему, пока не решились.

— Как упростить? — не поняла молодая дама.

— На одну букву, — задумчиво сказал Шаховской, — чтоб он окончательно стал «заец» не только в Интернете и любовных эсэмэсках.

— Вам студентки такие пишут?

Тут он в первый раз взглянул на нее. Почему-то его поразило, как кому-то могло прийти в голову, что студентки пишут ему эсэмэски и называют «заец».

— Варвара, — моментально представилась она довольно насмешливо. — Я эксперт, так же как и вы, но... в другой области.

— Дмитрий Иванович, — по профессорской привычке сказал он, хотя вполне можно было обойтись и без отчества, к чему тут это отчество, если можно и без него, он ведь еще не так стар, то есть и не молод, конечно, с какой стороны смотреть. В девятьсот шестом году сорок лет считались самым что ни на есть зрелым возрастом, а нынче сорокалетние — все начинающие, молодые, и держат себя так, как раньше подростки, носят кудри, ходят на танцы или... куда там они еще ходят...

Тут Дмитрий Иванович вдруг сообразил, что смотрит Варваре в лицо пристально, не отрываясь, и она смотрит ему в лицо все с той же насмешкой, и Никоненко рядом сделал брови домиком и тоже уставился на него. Профессор мигом отвел глаза, она улыбнулась, а Никоненко фыркнул отчетливо.

— Простите, я задумался.

— Оно и видно, — ввернул Никоненко. — Во втором письме чего пишут?

— Это просто записка! «Все готово, будьте сегодня в одиннадцать часов вечера в известном вам доме на углу Малоохтинского. Если придете не один, сделка не состоится. Полагаюсь на ваше благоразумие». Подписи нет, только дата. Двадцать шестое мая того же года, то есть за день до того, как было написано письмо.

— Если придете один? Или не один? — уточнил Никоненко, как будто это могло иметь значение.

— Написано — не один. То есть кто-то кого-то должен был привести в дом на углу Малоохтинского проспекта. Между прочим, это известное место.

— Кому известное-то?

— Там была подпольная мастерская по изготовлению винтовочных патронов. Был такой Сергеев, кличка Саша Охтинский, а у него приятель, кажется, Сулимов. Они как-то ухитрились вынести с патронного завода детали станка для набивки патронов и регулярно воровали оттуда же гильзы, пули и порох. Знаменитая мастерская была! По сотне патронов в день изготавливали. Это... очень много.

— Тело забирать, товарищ полковник?

— Ну, можем здесь оставить! А раньше всегда забирали!

Шаховской поморщился. Эти люди и их разговоры мешали ему думать.

Ах, да. Здесь же... убийство. Его и позвали только потому, что тут убийство. Какой-то человек совсем недавно именно в этом месте лишил жизни другого человека — и на полу сейчас лежит то, что от того осталось. Это было... сегодня. Не в мае девятьсот шестого года. И сегодня не имеет никакого смысла рассказывать про мастерскую на Малоохтинском, которая набивала до сотни патронов в день. Те патроны уже давно расстреляли, и они наверняка тоже кого-то убили, но это было давно и сейчас уже неважно.

Разве насильственно отнятая жизнь перестает быть важной? Ее же нельзя отнимать, это... запрещено.

— Как его убили? — вдруг спросил Шаховской.

— Скверно, — отозвалась Варвара, тоже эксперт, но... в другой области. — Сначала ударили по голове, сильно, из-за спины. Он упал. Добивали ножом. Пять ранений. Два с жизнью не совместимы. На первый взгляд два, товарищ полковник.

— А вы говорите — государь обеспокоен! — сказал Никоненко и почесал за ухом. — Забеспокоишься тут.

В приемной за высокими распахнутыми дверями громко заговорили и засмеялись, и вошли санитары. В два счета они разложили носилки, равнодушно, как вещь, которая всем мешает и нужно поскорее от нее избавиться, перевернули тело и взгромоздили его на черную клеенку.

Шаховской посмотрел. Ему же неудобно так, подумал он. Вон как лежит неловко. Надо бы переложить. Он все забывал, что это уже не человек, а нечто другое, непонятное.

Смерти все равно, как именно лежит труп.

Санитары подняли носилки, живые посторонились перед мертвым, и тут в этом теле, которое так неловко приткнули на черные носилки, Шаховской вдруг узнал человека, которым оно было до сегодняшнего дня. До тех пор, пока их не разделили пять ножевых ранений, два из коих были не совместимы с жизнью — человека и его тело.

— Подождите, — сказал Шаховской. — Одну секунду.

1906 год, май.

Варвара Дмитриевна Звонкова приближалась к цели своего путешествия.

Целью был Таврический дворец, возведенный когда-то матушкой Екатериной для своего возлюбленного и вернейшего помощника в делах войны и державства князя Потемкина. Там, в полуциркульном зале, вот-вот должно было открыться очередное заседание Государственной думы.

В первый раз «народные представители» собрались в белой просторной прекрасной зале всего месяц назад, двадцать седьмого апреля, и с тех пор каждое заседание становилось событием, о котором писали газеты, толковали и перетолковывали в кулуарах, обсуждали по всей России!

Варвара Дмитриевна, полноправный член одной из самых многочисленных партий — кадетской, состояла «думским журналистом».

Ах, какой это был май!.. В России за всю ее многовековую историю никогда не было такого мая — яростного, воистину революционного! Да что и говорить! Самодержавие, конечно, не пало, предстоит борьба, это Варвара Дмитриевна прекрасно понимает, но все же русская революция добилась огромного успеха, царю пришлось отступить. Манифест семнадцатого октября дал народу, за который радели все члены кадетской партии и Варвара Дмитриевна тоже, политические права!

Варвара Дмитриевна бежала — насколько позволяли приличия, разумеется, — и улыбалась сама себе и предстоящему дню, очередному дню работы первого русского парламента.

Какие прекрасные, звучные слова — русский парламент! Кто бы мог подумать еще пять лет назад... нет, нет, даже год назад, что в России будет свой парламент! Неужели сдвигается неповоротливая туша государственного бюрократизма, абсолютная власть отступает? Как будто сверкающий меч революции надвое рассек ее, и всему народу явился свет!

Тут Варвара Дмитриевна подумала, что хорошо бы этот пассаж запомнить и записать, пригодится для статьи.

Решетка сада Таврического дворца была уже совсем близко, и Варвара Дмитриевна пошла потише, посолиднее. Английский бульдог, которого она вела на поводке, оглянулся с неудовольствием. Он в парламентаризме ничего не смыслил, зато искренне полюбил сад вокруг дворца, с его дорожками, лужайками и скамейками, которые он поливал с истинно английской невозмутимостью.

Бульдога Варваре Дмитриевне из туманного Альбиона доставил один британский журналист в качестве презента. Журналист ей нравился, он был настоящий англичанин — сдержан, с превосходными манерами, хорошо образован, толковал в основном о политике, но что-то подсказывало госпоже Звонковой, что бульдога он вез ей вовсе не как коллеге и товарищу по парламентской работе. Бульдога назвали Генри Кембелл-Баннерман. Немного сложно, конечно, зато получился полный тезка британского премьер-министра — и смешно, и с намеком. Что нам все на Запад оглядываться да горевать, что на Руси-матушке по сию пору лаптем щи хлебают? Вон у нас какие перемены — собственный парламент, где совершенно законно высказываются накопившиеся за столетия претензии к власти, и власть принуждена слушать и отвечать! Это вам не тихие разговоры на ухо, не пение запрещенных песен под сурдинку, не марксистский кружок!..

Кстати, Маркса бы надо почитать, вот что.

Варваре Дмитриевне про него толковали, выдающийся экономист, мол, целую теорию придумал, объясняющую весь мировой порядок. Она собиралась ознакомиться, да так и не собралась. Некогда, работы много. Был еще профессор Лист, печатавшийся, кажется, в Берлине, и его тоже читали и цитировали, и Варвара Дмитриевна знала, что мнение немецкого профессора Листа — последний аргумент во всяком споре о благе русского народа. Почему-то так выходило, что русские должны то и дело оглядываться на заморских ученых, приноравливать свою жизнь к их теориям, настолько непонятным, что у Варвары Дмитриевны от долгих рассуждений о Марксе и Листе начинал болеть висок.

Генри Кембелл-Баннерман потянул было в сторону, но хозяйка вернула его на тротуар. Вон уже дворец из-за деревьев выступил, сейчас прибудем.

Дорожки сада были запружены народом, дамы в нарядных платьях создавали ощущение праздничности. Вообще Варваре Дмитриевне казалось, что, несмотря на ежечасно разражавшиеся бури, на стычки с оппонентами, на противостояние с министрами, ощущение праздника не покидает Таврический дворец ни на минуту. Гармонический простор белых зал, переходов, заново отделанных покоев напоминал о пышной державности екатерининского века, а дух свободы и открытости, возможность на весь мир говорить о наступивших и грядущих переменах укрепляли веру в будущее, в Россию!

Это бы тоже хорошо записать, решила Варвара Дмитриевна, а Генри Кембелл-Баннерман весело потрусил к любимой скамье, которую он никогда не пропускал и всегда орошал в первую очередь.

Варвара Дмитриевна переждала момент орошения, независимо глядя в сторону. С ней здоровались, и она кивала в ответ, улыбалась приветливо, и всякому казалось, что милые ямочки на щеках госпожи Звонковой — последний, недостающий штрих к картине веселой деятельной озабоченности.

Кивая направо и налево, Варвара Дмитриевна прошла по галерее в кулуары, где собралось уже много народу — все ожидали заседания, как званого пира. Здесь до конца, до последнего слова обсуждалось то, что никак невозможно было договорить в зале заседаний, где присутствовали председатель, пресса, стенографисты с их отчетами! В кулуарах царила безбрежная, как море, свобода. Здесь депутаты встречались с народом, сюда приходили ходоки, вокруг которых собирались митинги. Тут все точно дрожало от нетерпения и нетерпимости, здесь неизменно звучал лозунг — требуйте, требуйте!.. Требуйте земли, воли, новых свобод. Здесь, в кулуарах, были свои герои, как Алябьев, депутат от «трудовой партии», носивший гвоздику в петлице. Он упивался похвалами журналистов и публики, говорил много и горячо.

Вот и сейчас, до заседания, Алябьев уже ораторствовал и собрал небольшую толпу. Варвара Дмитриевна хотела остановиться и тоже послушать, а потом вспомнила странную нелюбовь Генри Кембелл-Баннермана именно к этому социалисту, и передумала останавливаться.

Их с Генри путь лежал мимо залы заседаний в большую угловую комнату, где помещалась конституционно-демократическая партия и Варвара Дмитриевна обыкновенно работала.

Был Большой день — когда в министерской ложе появлялись министры со своими проектами законов, которые Дума должна была принять или отвергнуть. В такие дни заседания законодательного собрания обыкновенно превращались в «безудержный митинг», как писали газеты. Вся сила двух основных партий — кадетов и «трудовиков» — была направлена против правительства, и в Большие дни министрам приходилась несладко. Муромцев, думский председатель, обыкновенно устраивал после министерских речей небольшой перерыв, чтобы депутаты немного выпустили пар в кулуарах, но это не слишком помогало.

Министры виделись депутатам врагами народа, и они почитали своим долгом как можно скорее и как можно резче вывести этих «прислужников самодержавия на чистую воду», сказать им всю правду. Горение духа исключало всякую практическую догадку. Сотрудничество с правительством было непреложным условием законодательной работы любого народного представительства, меж тем «всякое соприкосновение с властью приводило депутатов в состояние сектантского негодования».

Варвара Дмитриевна вошла в комнату с большими французскими окнами, ответила на приветствия собравшихся товарищей по борьбе и парламентской работе, спросила чаю и вывела Кембелл-Баннермана на травку. Бульдог дал круг, огибая клумбу, попил из мраморной чаши, в которую налило вчерашним дождем, улыбнулся и улегся в тенек, а Варвара Дмитриевна приступила к своим обязанностям.

«Весь дворец кипит, дышит, двигается, полный надежд на новую, невиданную свободу и невиданную ранее русскую демократию, которая сию минуту нарождается здесь, в этих высоких белых залах, покоем расположенных в Таврическом дворце, окна которого выходят в прекрасный сад, насаженный еще при князе Потемкине, и этот весенний сад будто поддерживает своим буйным весенним цветением в наших чаяниях и надеждах».

Варвара Дмитриевна поставила точку и пристроила перо рядом с чернильницей понадежней, чтоб держалось. Дурацкое перо часто скатывалось и однажды оставило на белой, первый раз надетой блузке довольно большое пятно.

— Что вы там все пишете, Варвара Дмитриевна? Дневник ведете?

Это была шутка, и Варвара Дмитриевна улыбнулась.

— Вот уж нет. Боюсь, не успею всего. Такой день впереди! Сегодня министра финансов ждут с его идеей французского заема. Жарко будет.

Князь Дмитрий Иванович Шаховской, секретарь думского председателя и его главный помощник, улыбнулся в ответ:

— Ничего. Вы быстрая. Учитесь на ходу.

— Я и раньше писала в газеты!

— За что мы вас особенно ценим, Варвара Дмитриевна.

Ценили не только за это, но и за быстрый ум, жизнерадостность, готовность внимательно слушать, запоминать, четко передавать главное, не увлекаясь отсебятиной, которая так свойственна пишущим мужчинам!..

А еще Варвара Дмитриевна чудо какая хорошенькая. Это, конечно, не самое главное, но рядом с хорошенькими и в политике как-то веселее.

В большой угловой комнате, где помещалась фракция кадетов, окна стояли открытыми весь день, можно выйти прямо в сад к деревянной решетке, увитой шток-розой, возле которой в теньке полеживал сейчас полный тезка британского премьер-министра, и там, на свободе, продолжить заседание. Впрочем, заседанием и не назовешь то, что происходило в угловой комнате с открытыми в потемкинский сад французскими окнами! Некогда тут заседать да беседовать! Такие дела творятся! Нужно с лету, на ходу, в короткий перерыв между прениями и голосованиями составить язвительный, уничижительный ответ на министерскую речь, наметить ораторов, полных неизжитого гнева против неограниченного самодержавия. Перерыв, устраиваемый председателем Муромцевым, не охлаждал горячие головы, а еще больше распалял их!..

Из залы заседаний взбудораженные депутаты приносили с собой в кулуары «пульсацию прений». Здесь можно было не опасаться чужих ушей, не считаться с произведенным впечатлением, тут собирались «свои», понимающие, горящие общностью идей и настроений.

Вот и хорошенькая Варвара Дмитриевна горела. Князь Шаховской в свое время настоятельно рекомендовал товарищам по кадетской партии принять госпожу Звонкову в свои ряды, хотя заслуг у нее было маловато и политически она была не слишком подготовлена, впрочем идеи конституционных демократов разделяла всей душой. Но он настаивал и в конце концов убедил — партия только выиграет, если в мужском ареопаге будет женщина.

Начала Варвара Дмитриевна с того, что устроила бой с Милюковым по вопросам женского равноправия. Разумеется, в кадетской партии состояли люди все выдающиеся, просвещенные, передовые — юристы, правоведы, профессора — и вопрос о женском равноправии к тому времени был уже как будто разрешен. Однако Павел Николаевич почему-то упирался, указывая на то, что женское избирательное право, да и равноправие вообще, вызовет недовольство среди крестьян, не привыкших смотреть на женщину, как на равную. Он справедливо отмечал отсталость русских крестьянок, их малограмотность и неподготовленность к политической жизни.

Впрочем, многие подозревали Павла Николаевича в известном лукавстве. Он был большим любителем дамского общества и, возможно, побаивался, что политическая борьба несколько помрачит женское обаяние.

Варвара Дмитриевна до того памятного дня, когда состоялся ее бой с Милюковым, вовсе и не задумывалась над женским вопросом. Ни Бебеля, ни Брауна, самых яростных пропагандистов женских прав, не читывала. Но ей даже подумать было странно, что образованный человек, видный либерал мог отрицать ее с ним равность! Ведь до манифеста семнадцатого октября политических прав не имел никто, ни женщины, ни мужчины! Значит, и получить их должны все, все!

Дело происходило во время трехдневного съезда кадетской партии, в полукруглом амфитеатре Тенишевского училища, переполненном людьми. Съехались со всей России! Помнится, тогда кто-то и предложил название «партия народной свободы», но предложение отвергли, приняв трудную, из двух слов сложенную «этикетку» — конституционно-демократическая.

Программу «партии народной свободы» особенно и не обсуждали, она была давно обдумана и выработана, об этой программе по всей России толковали за самоваром, беседовали в гостях и на журфиксах. Неужели все правда, господи помилуй?.. После стольких лет темного, неограниченного самодержавия власть признала наконец, что народ «имеет право голоса»? Что «народное представительство» будет созвано и вот-вот проведут выборы в первый русский парламент? Поминались новгородское вече и боярская дума. Все чаще слышались слова «революция» и «оппозиция», производившие должное впечатление даже на смиренные умы. Профессора и правоведы разъясняли за чаем необходимость конституции самого последнего образца авантажным дамам, горевшим той же жаждой свободы, что и вся Россия.

Так вот, равноправие!..

Милюков равноправие отрицал за ненадобностью, и на помощь ему пришел кто-то из мусульманских кандидатов, кажется, из Казани, который объявил, что в случае внесения такого пункта в программу мусульманские голоса будут потеряны.

Варвара Дмитриевна, недавно только возвратившаяся из Парижа, вся кипела. Стремительно взлетела она на кафедру и заговорила горячо, громко. На нее посматривали с удивлением — многим она была незнакома, хотя ее статьи в «Освобождении» и «Вопросах жизни» считались занимательными, их читали. Но все же места в рядах она еще не заняла.

Варвара Дмитриевна начала с того, что сознание людей необходимо поднимать, а не тащить вниз. Русская женщина, уверяла собрание Звонкова, вполне доказала свою зрелость, участвуя в политическом движении. Борьбу вели вместе и женщины, и мужчины, вместе подвергались опасностям, гонениям, подчас вместе шли в тюрьму! Куда же это годится, если мужчины получат права, а женщины нет?

И все это было так мило, так горячо, так искренне, что жар пробежал по рядам, и даже Павел Николаевич умилился.

Избирательных прав наравне с мужчинами женщины так и не добились, но Варвара Дмитриевна свою лепту в борьбу внесла, и чопорный англичанин, кажется, оценил ее смелость.

Конечно, у них в Европе с женским вопросом дело плоховато поставлено. У нас в России гораздо лучше и разумней, что есть, то есть. Либералы от души признавали женское равноправие и с удовольствием наблюдали живейшее участие дам в политической жизни, ценили энергию, которую они развивали на ниве освобождения России. Другое дело, что Варваре Дмитриевне не приходило в голову, будто у нее должны быть равные права не только с мужчинами —либералами, профессорами и адвокатами, любовавшимися ее горячностью и ямочками на щеках, но и со Степаном-конюхом из ее волжского имения, которого она терпеть не могла за то, что, подвыпив, он всегда буянил и орал несусветное, а также с женой его Акулиной, неряшливой бабой, так плохо смотревшей за детьми, что приходилось то и дело возить к ним доктора из Нижнего.

Впрочем, это неважно. Тут что-то недодумано. А сомневаться в необходимости равноправия — стыдно просвещенным людям начала двадцатого века.

Возле овального стола ораторы, намеченные сегодня возражать министру финансов Коковцову, — в том, что ему придется возражать, не было никаких сомнений, и возражать колюче, задорно, не давая опомниться! — в последний раз проверяли доводы, согласовывали позиции, обсуждали слабые стороны противника. Варвара Дмитриевна на секунду присела к ним за стол, послушала немного, а потом вышла в сад к Генри Кембелл-Баннерману и не удержалась — расхохоталась.

Давешний оратор Алябьев с гвоздикой в петлице маялся в некотором отдалении, как видно, намеревался зайти в помещение, но опасался Генри, раскинувшегося под шток-розой.

— Алексей Федорович! — окликнула его госпожа Звонкова. — Вы к нам?

— Добрый день, Варвара Дмитриевна. Я не знал, что ваш верный страж... сегодня опять с вами.

— Генри без меня сильно скучает. Проходите, я его подержу.

— Благодарю, Варвара Дмитриевна.

Генри, радостно приветствовавший хозяйку верчением плотного обрубка хвоста, при приближении Алябьева скосил глаз и зарычал, негромко, но убедительно.

— Ах ты, господи!.. Идите, идите, не бойтесь.

— Да я и не боюсь, — пробормотал себе под нос Алексей Федорович, который боялся бульдога и терпеть его не мог.

Такая хорошенькая девушка, на что ей это чудище заморское?! Сопит, рычит, хрюкает неприлично при дамах, редкая гадость.

— Вы к Дмитрию Ивановичу?

Князь Шаховской, как секретарь председателя, вечно всем был нужен, все его разыскивали, о чем-то просили, что-то втолковывали, отводили в сторону, понижали голос и настаивали. Князь терпеть не мог интриговать и келейничать, и вообще в Думе его почитали несколько одержимым идеей демократии. Муромцев, к примеру, став председателем, от повседневной жизни отстранился совершенно, несколько даже занесся и все повторял, что «председатель Государственной думы второе после государя лицо в империи». Князь же, совершенно напротив, показал себя бесценным практическим работником.

Почему-то никому не приходило в голову, что вновь созданная Дума — не только трибуна для проявления ораторских способностей и всяческого обличения правительства, но... учреждение, которому прежде всего должно работать именно как учреждению. Князь Дмитрий Иванович взвалил на себя все: наладил думскую канцелярию, сношения с прессой, раздачу билетов для газетчиков и для публики. Кроме того, был налажен стенографический отдел. Состав стенографисток оказался подобран превосходно, отчеты раздавались иногда в тот же день, что особенно ценили журналисты.

Варвара Дмитриевна рядом с Шаховским чувствовала себя приятно и легко, и даже просто упомянуть его имя казалось ей весело.

— У меня короткое дело собственно к князю Шаховскому. — Алябьев продвигался мимо решетки к распахнутому французскому окну, за которым звучали громкие голоса, как видно, спор разгорался, а Генри Кембелл-Баннерман рычал все отчетливей. — За что же он меня невзлюбил, хотелось бы знать?

— За политические взгляды, Алексей Федорович! — объявила госпожа Звонкова и засмеялась. — Вы же социалист, а он социалистических идей не разделяет.

— Напрасно, Варвара Дмитриевна, напрасно. Вот увидите, именно идеи социал-демократов будут единодушно приняты и подхвачены русским народом! — И зачем только он пошел через сад, а не покоями! — Двадцатый век докажет... что социалисты вырвут Россию из многовековой... темноты... укажут совершенно иной, невиданный путь. Социализм перевернет и разрушит прежний строй, самодержавие падет под его ударами...

Генри Кембелл-Баннерман, полный тезка британского премьер-министра, вскочил на упористые, как будто вывернутые лапы, выдвинул и без того отвратительную нижнюю челюсть, гавкнул на весь сад и капнул слюной.

...Порвет брюки, с тоской подумал Алябьев. Как пить дать порвет. Репутации конец, и брюки жалко.

Следовало отступить красиво и с достоинством, но как это сделать на глазах у госпожи Звонковой, которая тонкими пальчиками держала бульдога за складчатый загривок и смотрела смеющимися глазами. Разве такие пальчики удержат эдакое... насекомое?..

Тут, слава богу, его окликнули из-за кустов:

— Алексей Федорович! Прошу прощения!

Алябьев оглянулся, Варвара Дмитриевна, присевшая было возле собаки, поднялась, а Генри потоптался, развернулся и зарычал уже в сторону кустов.

— Bad boy, — выговорила ему Варвара Дмитриевна с укоризной. — What's the matter with you today?[1]

Считалось, что бульдог понимает исключительно по-английски.

— Алексей Федорович, — заговорили издалека, — вас во фракции ждут, просили сию минуту подойти! Вот-вот к заседанию позвонят.

Алябьев воспрял духом. Можно удалиться красиво и за брюки не опасаться!..

— Эдакая спешка каждый день! Ничего не поделаешь, придется явиться. Князю поклон, да мы еще увидимся...

И Алексей Федорович пропал из глаз.

_____

[1] Что случилось с тобой сегодня? (*англ.*)

— Stay here, Henry! Be nice dog[1].

Полный тезка британского премьера, только что изгнавший противника и отлично это сознающий, облизнулся плотоядно и ткнулся Варваре Дмитриевне в юбку.

— Негодник!

Пока отряхивала юбку — что за наказанье такое, опять слюни! — пока выговаривала Генри, по сторонам не смотрела, а когда подняла глаза, увидела перед собой, очень близко, молодого человека в заношенном студенческом сюртуке. Шапку он мял в руках.

— Разрешите отрекомендоваться, Варвара Дмитриевна. Борис Викторов, бывший студент, пятнадцатого класса чиновник[2], — госпожа Звонкова шутку про «пятнадцатый класс» оценила, улыбнулась миленько. — Состою при Алексее Федоровиче Алябьеве, помогаю по мере сил.

— Вы журналист?

— Н-нет, — запнулся, будто бы не сразу сообразив, Борис. — Больше по практической части.

Варвара Дмитриевна не стала уточнять. Вот уж неинтересно! Погрозила Генри Кембелл-Баннерману, еще раз велела быть «clever boy» — хорошим мальчиком, смежила ресницы — солнце светило уж больно ярко! — и направилась к французскому окну, за которым уже доспоривали, говорили потише. И впрямь вот-вот к заседанию позвонят!

— Горячий сегодня день, — вслед ей сказал помощник Алябьева. — Министра финансов ждут, а он из... непримиримых.

Варвара Дмитриевна кивнула и совсем вознамерилась уйти, но молодой человек не унимался.

---

[1] Стой, Генри! Будь хорошей собакой. *(англ.)*

[2] Такого класса не существовало, шутка заимствована из комедии Островского А. Н. «Тяжелые дни». *(Прим. ред.)*

— Госпожа Звонкова, — он придвинулся поближе, шапка у него в руках тряслась. Нервическая дрожь, что ли? — Нельзя ли мне на минутку видеть князя Шаховского?

Что это такое, помилуйте, всем сегодня с утра нужен князь, да Варвара Дмитриевна и понятия не имела, можно или нельзя! Князь перед заседаниями бывал особенно озабочен, многочисленные важные и мелкие дела требовали его внимания, да и Муромцев, председатель, ни минуты не мог без него обойтись.

— Зайдемте и узнаем, — предложила Варвара Дмитриевна довольно холодно.

— Нет, нет, мне никак нельзя!.. Вы не могли бы... вызвать его сюда?

Генри Кембелл-Баннерман при этих словах Бориса нашел нужным негромко зарычать, и госпожа Звонкова вдруг натуральным образом перепугалась.

Разумеется, в Таврическом дворце не было и не могло быть никакого отпетого народа. И полуциркульный зал заседаний, и кулуары, и сад наводнены приставами. Дюжие молодцы с серебряной цепью на шее жестко блюли порядок, особенно в дни, когда в правительственной ложе появлялись министры. Террористы вряд ли могли проникнуть в Думу, но по всей России они продолжают убивать. То и дело приходили известия из Твери, Самары и других городов — там убит губернатор, а здесь прокурор, а то и телеграфист, почтмейстер. Эсеры и эсдеки — социал-демократы, к которым как раз и принадлежал Алябьев, — продолжают убивать жестоко и безрассудно, и прогрессивная русская общественность решительно не знает, как следует относиться к этому явлению. И Варвара Дмитриевна не знала!.. Вроде бы убийства и жестокости творились на благо революции и дела освобождения, но... все же страшно очень! Князь Шаховской утверждает, что террор нужно непременно осудить публично, с думской трибуны, ибо парламент не сможет работать, пока не наступит в стране успокоение, но осудить — значило косвенно поддержать правительство, а следовательно, ненавистное самодержавие!..

... А вдруг этот человек с его шапкой... из этих? Вдруг он задумал страшное, сейчас прогремит взрыв, — Варвара Дмитриевна знала, что при последнем акте было убито двадцать семь и ранено больше ста человек, — и ничего этого больше не будет. Ни сада, ни Генри, ни решетки, увитой шток-розой, ни майского свежего утра. И ее, Варвары, не будет тоже. Только куча окровавленной плоти в комьях вывороченной земли, расколотая надвое мраморная чаша, запах пороха и гари.

— Нет, — пробормотала сильно побледневшая Варвара Дмитриевна и отступила. — Нет, нет!..

— Помилуйте, мне на одну минуту только!..

— Генри! За мной!

Бульдог вскочил и следом за хозяйкой забежал за французское окно. Варвара Дмитриевна моментально повернула витую ручку.

В комнате никого не было, кроме князя Шаховского. Он пробегал глазами какие-то бумаги, и когда ворвалась госпожа Звонкова, поднял голову.

— Что с вами, Варвара Дмитриевна? Вас что-то напугало?

— Там... человек. Он странный.

Князь одно мгновение изучал ее лицо, а потом подошел и стал рядом. Она смотрела в сад.

— Никого нет, Варвара Дмитриевна.

И в самом деле — никого не было на дорожках и возле решетки со шток-розой. Сад опустел перед заседанием совершенно.

Варвара Дмитриевна коротко вздохнула и незаметно вытерла влажную ладонь о юбку. Все это ей показалось странно и очень нехорошо.

— Убитого зовут Павел Ломейко, — выговорил Шаховской с усилием. Тело, которое только что унесли санитары, перестало быть просто телом и обрело вполне человеческие знакомые черты, и профессору трудно было это осознать. — Я хорошо его знал.

— Ломейко Павел Игоревич, — подтвердил полковник Никоненко, — по документам так и установлено. Значится директором музея. А вам-то он откуда известен?

— Какого музея?

— Это музей, — и Никоненко показал почему-то на камин с мраморной полкой. — А потерпевший, стало быть, его директор. Был.

— Позвольте, это здание никогда не было музеем!

...Вот ученый народ, это надо же, подумал полковник с веселым раздражением. Ты ему про труп, а он тебе про музей! Ну, вот какая ему разница, музей тут или, может, пивная?!

— С прошлого года здание отдали под музей, а Ломейко назначен директором. Откуда вы его знаете, а?

— Музей чего?!

— Я не знаю. Музей и музей. Вам потерпевший откуда известен, Дмитрий Иванович?

Шаховской зачем-то принялся опять натягивать резиновые перчатки, которые только что бросил.

— Павел Ломейко в прошлом году собирался защищать докторскую диссертацию. Я был назначен его оппонентом.

— И чего он? Провалился с треском?

— Защита не состоялась. Я прочел монографию, потом затребовал текст целиком, и... в общем, до защиты его не допустили.

— Да что такое случилось-то с этой защитой?! — Вот чего Никоненко терпеть не мог, так это когда при нем умничали и говорили загадками!

— Текст оказался скомпиллированным из докторской диссертации профессора Серебрякова почти двадцатилетней давности. Защищался Серебряков в Томском университете. Павел Игоревич, попросту говоря, все украл. Плагиат. Это нынче повсеместное явление.

— А вы, стало быть, вывели его на чистую воду?

— Я не понимаю, что вас так раздражает, — сказал Шаховской полковнику. — Я стараюсь помочь. Как могу. Так получилось, что Серебряков еще аспирантом читал у нас в университете спецкурс. Я его помнил отлично. Это правда случайность! Если бы Серебряков не читал, а меня не назначили оппонентом...

— Помер бы этот самый Ломейко доктором наук, — закончил за Шаховского полковник. — А вы тогда с ним сильно поссорились, профессор? С потерпевшим?

— Он приезжал объясняться, мы поговорили... довольно резко. Я, кажется, сказал ему, что воровать нехорошо, а он просил не устраивать скандала.

— А вы все равно устроили!

— Я довел до сведения аттестационной комиссии, что текст диссертации не имеет никакого отношения к соискателю и написан совершенно другим человеком много лет назад, — отчеканил Шаховской. — И привел доказательства. Больше мы с ним не виделись. Я понятия не имел, что он директорствует в музее! — Тут профессор подумал немного. — Видимо, у него были значительные связи, раз уж после всего этого его сюда назначили.

— Ну, связи мы все проверим. А вы его не убивали, профессор? Просто чтобы очистить науку от всей и всяческой скверны?

Шаховской посмотрел полковнику в лицо. Эксперт Варвара, возившаяся со своим чемоданчиком и делавшая вид, что ничего не видит и не слышит, перестала возиться и покосилась на профессора и полковника.

— Я не убивал, — сказал Шаховской. — Впрочем, это все тоже проверяется, правда? Я с самого утра был в университете, читал лекции, а потом в Думе, откуда вы меня и привезли.

Они еще посмотрели друг на друга и отвели глаза. Поединок кончился вничью. Варвара снова принялась тихо возиться.

— Чашка, — Дмитрий Иванович взял со стола фарфоровую штуку. — Значит, так. Мейсен, примерно середина девятнадцатого века. Видите, клеймо, скрещенные голубые мечи? В восемнадцатом вот здесь, внизу, еще рисовали звезду, а в двадцатом, до тысяча девятьсот тридцать пятого года, наоборот, вверху ставили точку. Здесь нет ни того, ни другого. Рисунок, традиционный для мейсенского фарфора, называется «синие луковицы», не знаю почему.

Никоненко слушал очень внимательно, ехидных вопросов не задавал.

— Мейсенские сервизы были в основном у аристократов, у августейших фамилий, разумеется. Все изделия расписываются исключительно вручную с тысяча семьсот девятнадцатого года и по сей день. Чашка в прекрасном состоянии. Такое впечатление, что она лежала в каком-то специальном хранилище.

— Я вам сейчас покажу это хранилище.

— А императору она могла принадлежать? — спросила подошедшая Варвара.

— Какому?

— Ну, не знаю. Николаю Второму, например?

Шаховской пожал плечами.

Неподдельный интерес к императорам, который в последнее время охватил всех без исключения, его раздражал. Кто только и каких только глупостей не писал и не рассказывал про этих самых императоров, стыдно читать и слушать. Почему-то принято считать, что интерес к ним означает интерес к истории отечества, но писали как раз больше про фарфор, наряды жен и дочек, мундиры и прочую ерунду. Вот, например, о том, что Петр Великий почти грамоте не разумел и до конца жизни не умел в слова гласные вставлять, так и писал одними согласными, и указы его собственноручные разобрать было невозможно даже по горячим следам, никто не упоминал, а это важно, важно!.. Гораздо важнее для понимания личности грозного реформатора, чем кафтаны, Анна Монс и фарфоровые чашки!..

— Эта чашка могла принадлежать кому угодно, — сказал Шаховской Варваре, которая, по всей видимости, тоже интересовалась императорами. — Николаю Второму в том числе. Или его отцу, Александру Третьему. А могла не принадлежать ни ему, ни его папе.

— Подойдите сюда, Дмитрий Иванович!.. Видите?

Обойдя лужу черной крови на полу, Шаховской подошел к полковнику.

— Смотрите! Тут, по всей видимости, раньше дымоход был, а потом его заложили.

Шаховской стал на цыпочки и посмотрел. С чугунной, наглухо замалеванной дверцы была сбита краска, царапины совсем свежие. За дверцей оказался небольшой тайничок.

— По всей видимости, и чашка, и бумаги вытащены именно отсюда.

— Значит, их положили в тайник, когда печи уже не топили и дымоходы были заложены. Ни бумага, ни фарфор не выдержали бы перепадов температуры. То есть намного позже девятьсот шестого года, которым датировано письмо! И... класть в тайник чашку странно.

— Пустую — странно, — согласился Никоненко неторопливо. — Но в ней могло что-то лежать и, скорее всего, лежало! Как раз то, что и забрал с собой злодей. Из-за чего весь сыр-бор. Может, бриллианты? Чашку с бриллиантами-то тиснули, как в послании этом говорится! То есть бриллианты тиснули, а чашку оставили!

— Я не подумал, — пробормотал Шаховской.

— Хорошо, а что здесь было раньше? Ну, в особняке? В девятьсот шестом году, к примеру?

— Здесь жил человек, это был его дом. Звали человека Арсений Морозов, он являлся племянником знаменитого Саввы. Кажется, двоюродным.

Никоненко засмеялся. Почему-то его развеселило, что в этом особняке на Воздвиженке жил какой-то человек и у него даже было имя!..

Варвара тоже засмеялась, Шаховской не понял из-за чего.

— Этот участок Арсению подарила мать, происходившая из рода купцов Хлудовых. Очень богатые фабриканты. А раньше на этом участке был цирк, весьма популярный, потому что место хорошее, бойкое, рядом с Арбатской площадью. А потом цирк в одночасье сгорел. Причины пожара так и не доискались. В Москве поговаривали, что сожгли, чтобы освободить место, которое матери Арсения очень приглянулось.

— Да ну? — Никоненко округлил глаза. — Вот ведь какое беззаконие в то время процветало! Пожары устраивали, чтоб, стало быть, землю захватить!.. Дикие времена!

— Арсений Морозов где-то в Антверпене познакомился с архитектором Мазыриным, который этот дом и построил. Он был довольно странным человеком. Например, всерьез утверждал, что в прошлой жизни был египтянином и сооружал пирамиды.

— Батюшки-светы, — закудахтал Никоненко-Анискин, — это ж надо такому быть, чтоб в православной стране отдельные личности верили в переселение душ! Это что ж такое получается, а?.. Никакого православия, а сплошная дикость нравов и брожение умов!

— Над Мазыриным все смеялись, а Морозову он нравился. Должно быть, как раз потому, что производил впечатление сумасшедшего. Когда дошло дело до строительства, Мазырин все же спросил у заказчика, в каком стиле строить, и стал перечислять все имеющиеся в архитектуре стили, на что Морозов ответил: «Строй во всяких, у меня на все денег хватит!»

— Вот какие миллионеры-то на Руси водились, — не унимался участковый уполномоченный, — понятия никакого, зато денег куры не клюют! Это надо ж такому быть — строй во всяких! За все плачу, мол!.. Все им дозволено было, миллионерам-то! Вот времена лихие!

— Игорь, — тихо сказала Варвара, — что ты разошелся?

— Я?! — поразился Никоненко. — Да я радуюсь от всей души, что такого безобразия сейчас не бывает, миллионеры у нас сплошь культурно образованные, богатство свое не показывают, употребляют в дело да на благо!.. А, Дмитрий Иванович?

Шаховской осторожно поставил чашку в тайник и прикрыл дверцу. Закрывалась она плохо, видно, долго была замурована.

Собственно, она оставалась замурованной до сегодняшнего дня. Когда дверца открылась, произошло убийство.

Как странно. Почти невозможно осознать.

— Этот дом строили всего два года. Скорость по тем временам, да и по нынешним, невероятная!.. Стили на самом деле разные, и мавританский, и модерн, и готика. Есть легенда, что именно про этот дом писал Толстой в «Воскресении». В том смысле, что «строится глупый, ненужный дворец глупому и ненужному человеку».

Он осторожно достал чашку и вернул ее на стол.

— Да, а мать Арсения, когда дом был построен, сказала сыну знаменитую фразу: «Что ты дурак, я одна знала, а ты хочешь всей Москве показать!» Тем не менее, Арсений Морозов прожил здесь девять лет, а в девятьсот восьмом году, во время какой-то чудовищной попойки, на спор прострелил себе ногу.

— Зачем?! — удивилась Варвара. — Он что? Вправду дурак был?!

— Спорили о том, что волевой человек может вытерпеть любую боль. Он вытерпел, к врачу не поехал, а через три дня помер от заражения крови. Ему было тридцать пять лет.

— По пьяной лавочке-то каких только дел не наделаешь, — встрял Никоненко, — особенно когда вокруг друзья-товарищи весело гуляют!

— Какое-то время дом пустовал, в восемнадцатом году сюда въехал Пролеткульт, труппа Первого рабочего театра, потом его передали Наркомату иностранных дел, здесь были посольства, потом общество дружбы народов, а в последнее время дом приемов правительства.

— А сейчас музей! — похвастался Никоненко.

— Этого я не знал.

...Хоть чего-то ты не знаешь, и то хорошо, приятно!..

— Присядем, товарищ профессор! — и Никоненко отодвинул стул. — Порешаем, чего нам от вас нужно!

Шаховской осторожно передвинул драгоценную чашку на середину стола, чтобы не задеть, не дай бог, а бумаги пристроил рядом со своим локтем, так чтобы все время их видеть, и вдруг спохватился:

— А здесь можно сидеть? Мы ничего не... нарушим?

— Не нарушим.

— Хотите чаю? — Это Варвара спросила.

— А у тебя есть, что ли?

— Не было б, я бы не предлагала!

— Валяй, наливай чаю!

Дмитрию Ивановичу донельзя странно и непонятно было, как это в комнате «с убийством» можно ни с того ни с сего пить чай, тем не менее предложенный алюминиевый стаканчик он взял. Пахло из стаканчика хорошо, лимоном и еще чем-то приятным, и он вдруг подумал, что очень хочет есть.

— Бутерброд? — спросила Варвара.

— А у тебя с чем?

— С колбасой, конечно.

— Давай, давай скорее!

Некоторое время все молча жевали. Чай и бутерброд с колбасой всегда делают жизнь чуть более легкой, а неразрешимые вопросы чуть более простыми.

— Мне нужно понять, что именно могло быть в этой чашке, — с набитым ртом заговорил Никоненко, — если из-за ее содержимого убили человека! Ну, судя по писульке этой — бриллианты были, только что-то не верится мне в такие клады. Чашку бросили, бумажки бросили — нам оставили вместе с трупом!.. Как бы узнать, что там хранилось, а? И можно ли это узнать в принципе? Больше нету бутерброда, Варвара Дмитриевна?

— Есть, есть!.. А вам, Дмитрий Иванович?

Шаховской взял и второй.

Что такое происходит в его жизни, а?! Почему он пьет чай в особняке Арсения Морозова на Воздвиженке, а время к ночи, на полу кровь и обведенный мелом силуэт человека?!

— Можно попробовать установить, о каком именно заговоре идет речь в письме. Поискать в архивах свидетельства. Данных маловато, конечно, но если там на самом деле упоминается Столыпин, а писал на самом деле Щегловитов, могло что-то остаться... Я, правда, не могу пока представить, как это связать с убийством и вообще с сегодняшним днем...

— Это мы сами свяжем, — перебил Никоненко нетерпеливо. — Ясно ежу, что убийца знал про эту чашку и ее содержимое. И покойник или знал, или узнал... некстати.

— Подождите! — Шаховского вдруг осенило. — Но сейчас ведь не девятьсот шестой год!

— Это точно!

— Значит, есть какие-нибудь ка́меры, да? Ну, не может не быть! И если это музей, наверняка есть сторож, охрана!

— Все, все есть, дорогой вы мой Дмитрий Иванович! — засмеялся Никоненко. — И камеры, и сторож с охраной!.. Не стал бы я вас сюда тащить, да еще из самой Думы, — тут он округлил глаза уважительно, — если б камеры да сторожа могли мне содействие оказать!

— А они не могут... оказать?

— Потерпевший Ломейко Павел Игоревич был назначен директором этого самого музея не знаю чего всего месяца четыре назад. Первым делом потерпевший объявил здесь ремонт, который сейчас и осуществляется.

— Ремонт? — не поверил Шаховской и обвел взглядом ампирную залу, находящуюся в полном и безупречном порядке. — Здесь идет ремонт?

— По документикам — полным ходом. Средства из бюджета выделены, ведутся работы по улучшению, так сказать. В связи с ремонтом никакая пропускная система тут не действует, чтобы рабочие могли беспрепятственно заходить и покидать здание.

— Но здесь нет никакого ремонта!

— Да что вы говорите! — воскликнул Никоненко. — Не может такого быть, чтоб не было, раз по документам он есть! Положено быть!..

Он вытряхнул себе в рот остатки чая из алюминиевого стаканчика, посмотрел в него с сожалением, аккуратно поставил на стол, сложил руки на животе, наклонил голову набок и уставился на Шаховского.

— Эх, люблю я ученых людей! — порассматривав профессора таким макаром некоторое время, объявил Никоненко-Анискин. — Что птички божьи, чесслово!.. Чистые, наивные души. В науках всяких разбираются, а в практической жизни — вот ни-ни, нисколечко!

И замолчал, выжидая. Дмитрий Иванович смотрел в бумаги и ничего не говорил. Пришлось продолжать.

— На ремонт отпущена сумма, которая, как я понимаю, сейчас и осваивается в правильном направлении!.. Под открытие здесь провели бы уборку, полы натерли, люстры надраили — готово дело, как будто был ремонт!

— Как будто? — переспросил Дмитрий Иванович.

— Короче, в сухом остатке так: по вечерам в сторожке дежурят два охранника. Ну, чего там они дежурят, чай дуют и в телевизор пялятся. Мимо них муха не пролетит, понятное дело. Камеры по всему зданию не работают уже давненько, так эти два чудика утверждают. Распоряжение директора, чтобы, стало быть, тонкая аппаратура не повредилась известкой или цементной пылью. С их же слов в особняк время от времени на самом деле приходили какие-то рабочие и чего-то делали с трубами, то ли в подвале, то ли на чердаке. А может, и не с трубами и не на чердаке, а еще где. Они в сторожке сидят, ворота открывают-закрывают!.. Чудиков я, конечно, в оборот возьму, может, и они нашалили, но все прочие-разные варианты тоже придется отрабатывать, — Никоненко ладонями побарабанил по столу. — Так что камеры отключены, и никто ничего и никого не видел, вот в чем загвоздка, дорогой товарищ профессор! Придется нам старорежимными методами действовать, без всяких камер и прочих компьютерных технологий. Свидетелей искать, опрашивать, показания сверять, мотивы устанавливать! Вот по вашей исторической линии, может, чего узнаем.

— Понятно, — сказал Дмитрий Иванович. — Только это же все долго. А вам надо срочно.

— Это вы в самую точку попадаете, — согласился Никоненко со вздохом. — Как можно быстрее нам надо. Место уж больно центровое, мимо этого особняка всякий день кто-нибудь из большого начальства едет! А у нас тут труп нарисовался.

...Это его работа, сам себе напомнил Шаховской. Он говорит так не потому, что бездушен и хамоват, а потому что у него такая работа. Он должен найти убийцу и сделать это быстро и грамотно. Одно то, что полковник первым делом вызвал на место преступления историка, как только обнаружил какие-то столетней давности бумаги, говорит в его пользу. Он так понимает свою работу и старается делать ее хорошо.

— Понять бы, правда ли в чашке бриллианты были и как она с бумажками этими связана. Сможете?

— Не знаю, — признался Шаховской честно. — Попробую. У меня есть один аспирант, он как раз занимается Первой Думой. Вот тут в письме говорится про моего однофамильца из этой Думы, который помог раскрыть заговор.

— Шаховской, точно!..

— Я постараюсь выяснить. Борис уж всяко знает больше моего.

— Как, еще больше? — невесело удивился Никоненко. — Тут ведь такая штука может быть, что никак не связаны бумаги с чашкой, а чашка с бумагами, а бриллианты и вовсе выдумка глупая! Могли бумаги просто рядом лежать?.. Отчего ж им и не лежать.

Шаховской вдруг подумал: хорошо, если бы оказались связаны! Это ведь так интересно — преступление, случившееся сегодня, из-за чего-то или кого-то существовавшего в тысяча девятьсот шестом году!.. Интересно, увлекательно, странно — как будто из романа.

Дмитрий Иванович подобного рода романами никогда не увлекался и немедленно устыдился своих мыслей. Ведь человека убили по-настоящему, а не как в романе.

Выходили втроем — полковник замыкал шествие и приотстал, втолковывая что-то молодому человеку в форме, который спрашивал у Шаховского паспорт.

Дмитрий Иванович, оказавшись на улице, удивился, что ничего не изменилось — за закрытыми воротцами гудела и ревела Москва, автомобильное чудище, подтянувшее хвост поближе к окраинам, никуда не делось, томилось на прежнем месте, воняло выхлопными газами. Дождик шел такой мелкий, как будто из сита сыпало.

— Вас подвезти?

Профессор спохватился и оглянулся. Варвара поставила свой чемоданчик в машину, захлопнула заднюю дверь и открыла водительскую. Вид у нее был усталый, но улыбалась она чудесно. Он сразу заметил, как чудесно она улыбается.

— Да мне... близко.

— Просто поздно совсем.

Никоненко сбежал с крыльца:

— Куда везти-то вас, Дмитрий Иванович?

Шаховской развеселился — все хотят его везти, вот какие любезные люди!

— Я и пешком отлично...

Огонек горел на той стороне дворика — он горел еще когда Шаховской только приехал, и сейчас тоже, — и Дмитрий Иванович быстро пошел по мокрой брусчатке в ту сторону.

— Вы куда, профессор?!

— Сейчас, одну секунду!

В два счета он добежал до невысокого забора и посмотрел. За коваными блестящими от дождя пиками оказалась церковь, одно окошко светилось. Шаховской, взявшись за ограду перчатками, влез на кирпичное основание и посмотрел повнимательнее.

Раньше он никогда не замечал эту церковь!

Впрочем, со стороны Воздвиженки ее и не видно.

Под крыльцом с полукруглой жестяной крышей, у самых дверей прислонен скутер, во дворе никого, в дрожащих от ветра лужах отражается желтый свет.

— Дмитрий Иванович! Куда вас понесло?! Чего вы там высматриваете?!

Шаховской спрыгнул с забора и зачем-то отряхнул перчатки.

— Я никогда не знал, что там церковь.

— А там церковь?

Некоторое время они выясняли, с кем Дмитрий Иванович поедет, а он все отговаривался тем, что ему близко, и поехал с Варварой.

Когда отец Андрей вышел из церкви, старательно, на два оборота запер дверь, от души подергал, проверяя, закрылась ли, и взялся за свой скутер, во дворе соседнего особняка, где весь вечер был какой-то съезд специальных машин с мигалками, суета и возня, уже никого не осталось. Он вывел скутер за ограду, замкнул калитку на висячий замок, вздыхая, приладил на голову каску и, подобрав полы длинных одежд, оседлал скутер и повернул в зажигании ключик.

1906 год.

Отец Андрей оглянулся по сторонам, не видит ли кто — по всему проспекту людей не было, — взгромоздился в недавно купленную «эгоистку», изящную одноместную коляску, разобрал вожжи и покатил. Каурая лошадка, соскучившаяся ждать, весело потрусила по мостовой, копыта зацокали громко, он даже голову в плечи втянул!..

Мечтал отец Андрей об одном — побыстрее доехать до квартиры и знакомых не встретить, что было мудрено. Батюшка служил на углу, в храме Знамения иконы Божьей Матери, и всем тут был известен. Храм хоть и небольшой и довольно новый — всего сто лет, как построен, — но народу туда собиралось порядочно, все больше женщины, конечно, да старики, молодежи совсем мало приходит.

По всей России так, не только в столицах. Молодежь революцией очень увлекается, а церкви как будто и вовсе нет. Заходят иногда, как в музей искусства, стоят перед образами, будто перед картинами, и выходят равнодушные. Нету у них потребности в обряде, в церковности, в религиозном миросозерцании.

Третьего дня к обедне пришли три незнакомые барышни, очень веселые. Народу в воскресный день было много, церковь переполнена. Остановились они у правого клироса, не молились, а только перешептывались. На них оглядывались, барышни были хорошенькие, особенно одна, в бархатном берете, словно с картины художника-итальянца сошла. Она держала маленькую книжку, как будто молитвенник, из которого все трое читали, почти сталкиваясь лбами. После службы вместе со всеми подошли к кресту, книжечка упала, дьякон поднял и подал.

Весь день он потом промаялся — отец Андрей видел, что мается, но решил не спрашивать, сам расскажет. Так и вышло. Отводя глаза, будто из-за сильного стыда, дьякон уж перед тем, как церковь запереть, сказал отцу Андрею, что книжечка, которую он поднял, вовсе не молитвенник, а революционные стихи, издание «Народной воли».

Барышни в церкви вместо молитвы читали призывы к бунту и террору.

Отец Андрей постарался дьякона утешить, сказал, что время пройдет, мол, душа повзрослеет, Бог поможет, и уверуют барышни, поймут, кто тут, в земной жизни, им друг, а кто враг, но сам в свои слова не очень верил, оттого и вышли они неубедительные.

Каурая лошадка очень старалась бежать, но отцу Андрею казалось, что почти с места не двигается, а все из-за «эгоистки», будь она неладна! Купить модную коляску его уговорила матушка, которой страсть как хотелось «экипаж», вот теперь извольте — священник на такой легкомысленной свистульке катит. Отец Андрей «эгоистку» невзлюбил с первого взгляда и моментально всей душой полюбил пешие прогулки, теперь даже до Александро-Невской лавры, где у него были дела, старался пешочком добираться, зато матушка каталась с удовольствием, и согласие в семье не порушилось, а это самое главное.

Матушка происходила из знаменитых Чистопольских. Ее батюшка, тесть отца Андрея, служил в селе Высоком на Волхове, в богатом поместье князей Шаховских. Старый князь, во всем последователь реформ царя-освободителя Александра Второго, к вопросам веры относился своеобразно, однако внешнюю религиозную форму держал строго, обычаи соблюдал неукоснительно, молился вместе со своим народом и с приходским священником приятельствовал. Дом у тестя всегда был полная чаша, всего вволю, чего не хватало, помещик свое присылал, вот дочка и росла немного... балованная, да еще в окружении людей светских, просвещенных, идейных.

Идеи супруги иногда отца Андрея пугали, однако больше забавляли. Он был уверен, что в семейной жизни главное не идеи, которыми супруги питаются, а умение эти идеи приладить друг к другу, а если уж никак не прилаживаются, вовсе не обращать на них внимания, как будто нет их.

Также он был уверен, что в мелочах с матушкой лучше не спорить, предоставить ей устроить так, как она считает лучшим и разумным, — вот «эгоистку» купили! — тогда в главном у него будет свобода все сделать по-своему. В вопросах важных матушка полностью на него полагалась и поддерживала. Правда, иногда отца Андрея брало смутное сомнение — не оттого ли она полагается, что вовсе не считает эти самые вопросы главными, а мелочи, вроде коляски этой, как раз принимает за наиважнейшее.

В делах службы матушка была вернейшей ему помощницей: ее усилиями в церкви летом всегда стояли букеты, артистически подобранные, она же сшила кружевное покрывало на стол, где лежали крест, Евангелие и требники. Было еще множество других мелочей, сделанных ее руками и придававших церкви почти семейный вид — это у нее от родителей, которые не только волховскую церковь, где тесть служил, но и часовенку деревенскую обустраивали своими руками, с любовью и вниманием, и каждому входящему словно приотворялась дверь в какие-то другие покои, куда нет доступа неверующему или сомневающемуся — хорошо, славно, просторно для души и глазу приятно.

Отцу Андрею повезло — в Петербурге он занимал квартиру в небольшом особнячке даже с собственным садиком, в котором росли корявые низкорослые яблони и груша, дававшая мелкие жесткие плоды, совершенно несъедобные. Матушка поначалу принялась было варить из них варенье, но оно выходило похожим на кашу, твердые груши разваривались в сиропе, превращались в крупу, а вкуса никакого не имели. В этом году решили пустить весь урожай на наливку, а если уж и из наливки ничего не выйдет, по осени грушу выкорчевать и посадить другое, более благодарное дерево, но отец Андрей знал совершенно точно, что грушу корчевать ни за что не станет. Она была старая, с одной стороны как будто ободранная, и болячку отец Андрей долго лечил, мазал варом, заматывал тряпицами. Под грушу в мае месяце обычно выносили деревянный стол и самовар, и чаевничали только на улице, когда не было дождя. В холодном, чопорном Петербурге эти чаепития под грушей становились праздником, отрадой, возвращением к детству, к веселой и правильной деревенской жизни. Третьего дня отец Андрей полез на дерево спилить сухую ветку, надломленную зимним ураганом, и спрыгнул до того неловко, что подвернул ногу — целая история вышла, матушка разохалась и весь вечер ставила ему холодные компрессы, ухаживала, а с утра настояла ехать на «эгоистке», чтоб не перетрудиться.

Ну разве можно такую грушу ликвидировать?! Сколько вокруг нее событий происходит!

До квартиры отец Андрей добрался без всяких приключений, вроде бы даже никем не замеченный, матушке похвалил коляску — легкая и быстрая. Заодно сказал, что ушиб его решительно не беспокоит и завтра он уж точно пойдет пешком.

До вечера он занимался, чай с вареньем и сдобными булочками пили под грушей, потом матушка от сырости ушла в дом, а отец Андрей принялся молиться. Он особенно любил молиться под открытым небом, из его садика был даже виден клочок заката, а за ним угадывался голубой, быстро темнеющий простор, и в такие минуты совершенство и огромность Божьего мира умиляли отца Андрея почти до слез.

Молитва всегда утомляла его, как трудная работа, зато и какой покой воцарялся в душе, все становилось на свои места, все казалось правильным и справедливым.

На этот раз никакого покоя не получилось.

Отец Андрей только что дочитал «Отче наш», свою любимую молитву, еще дыхание не перевел для следующей, когда в кустах у него за спиной сильно затрещало, пристроившиеся спать воробьи брызнули в разные стороны, закачались ветки, что-то как будто стукнуло, и особое состояние гармонии с миром было нарушено. Отец Андрей обернулся, неловко приналег на ушибленную ногу, замахал руками и чуть не упал.

— Батюшка? Вы батюшка? — спросили из кустов сдавленным голосом.

Отец Андрей дохромал до стула и взялся за спинку.

— Кто тут?

— Вы один?

Вопрос был настолько странен, что отец Андрей огляделся по сторонам, как будто проверяя, один ли он, хотя точно знал, что в садике кроме него никого быть не должно.

Воробьи, перелетевшие в жасмин, возились и пищали, уже вовсю темнело. В кустах около каменного забора никого не было видно, но смотрели и спрашивали именно оттуда.

— Батюшка, вы один?..

Отец Андрей еще немного постоял, держась за спинку стула, а потом решительно пошел в сторону кустов.

— Что вам угодно, милостивый государь, и почему вы в такое время лазаете по чужим садам?

— Тише, тише! — сказали оттуда, и из веток выступил молодой человек, по виду студент. — Умоляю вас, не кричите.

Отец Андрей кричать и не собирался.

— Мне нужно с вами поговорить. Дело очень срочное, — сказал студент.

— Позвольте, какое же у вас может быть ко мне дело, если мы даже не знакомы!

— Я вас видел, — сообщил студент. — Вы на углу, в большой церкви служите.

— В храме Знамения иконы Божьей Матери, — поправил отец Андрей машинально. — Вы прихожанин?

На прихожанина студент похож не был. Такие все больше стихи из подозрительных сборников декламируют, а в храмы не заглядывают.

В сумерках лица было не разглядеть, голос напряженный, и сам студент весь как будто ходуном ходил, то ли от испуга, то ли от избытка нервической энергии.

А что, если... бомбист?..

Что, как пришел он вовсе не разговаривать, а убивать? По всей России то и дело убивали, служили заупокойные службы, писали об убийствах в газетах и продолжали убивать. Кажется, это называется революционным террором и в только что созванной государем Думе об этом много говорят, среди депутатов есть и священники...

«Матушку жалко, — подумал отец Андрей. — Совсем молодая, славная. Ее-то за что?»

— Батюшка, — молодой человек сделал шаг вперед, и отец Андрей на секунду прикрыл глаза, ожидая, что тот сейчас достанет из шапки бомбу и кинет ему под ноги. — Вразумите меня. Я не знаю... что делать.

Отец Андрей коротко вздохнул, чувствуя, как колотится сердце, оглянулся на дом — только б матушка не вышла позвать его! — и сказал, стараясь, чтоб звучало поспокойнее:

— Посидимте здесь?

— А здесь безопасно?

— Бог с вами, что за опасности?

Отец Андрей повернулся к студенту спиной, — это было трудно сделать, — дошагал до стола, уселся, нащупал на груди крест и сжал его для укрепления духа. Студент еще немного помедлил, вытянул шею, как будто высматривая что-то в сумерках, подошел и сел далеко, на другом конце стола.

— Как ваше имя?

— Борис. Впрочем, это не имеет никакого значения! Я... у меня важное дело.

— Именно ко мне? — уточнил отец Андрей.

О том, что в картузе у студента может быть бомба, он старался не думать, но думал только об этом.

— Я вас слышал в церкви, — заговорил студент. — Вы об убийствах говорили и о том, что церковь все грехи прощает...

— Господь прощает, — опять поправил отец Андрей. — И не об убийствах я говорил, а о том, что жизнь насильственно забирать у существа человеческого — великий грех и преступление.

— В это я не верю, — нетерпеливо сказал студент и выложил свою шапку на стол. По всему видно, нет там бомбы. Или есть?.. — Разве это преступление, если оно совершается во имя народа, во имя целей, которые в будущем дадут счастье тысячам и десяткам тысяч! И все, что стоит на пути к этой великой цели, должно быть сметено и уничтожено. Это же так понятно.

— Совсем не понятно, — признался отец Андрей. — Как же светлая цель, да еще счастье какое-то могут быть достигнуты через насильственную смерть и горе?

— Да, но на одной чаше весов горе одного семейства и близких убитого сатрапа, а на другой — счастье и свобода целого народа!

— Так ведь никак нельзя одно купить или обменять на другое, — отец Андрей тихонько погладил крест, самого главного своего защитника и помощника. — Как же это?.. Убивать одних для других? Где тут смысл? Где светлая цель?

— Вы не понимаете! Убиты будут десятки, может, сотни, а счастье получит весь народ.

— Да вы бы хоть спросили весь народ, какое счастье ему надобно, в чем оно для него заключается. Вы, насколько я могу судить, студент?

— Бывший, — отмахнулся гость со злобой. — Выгнали с курса. За революцию.

То, что молодой человек из «неблагонадежных», было очевидно, но покамест отец Андрей не мог взять в толк, зачем революционер вечером залез к нему в садик. Об идеях демократии потолковать, что ли?

— Стало быть, вы образованный человек, в устройстве мира понимаете. Должно быть, в гимназии исторический курс изучали. Разве же перемены к лучшему наступают от того, что чья-то воля берет на себя переустроить жизнь на свой лад? От этого бунт наступает, смута, а радости и света никаких. К свету и радости полагается идти маленькими шажочками, постепенно, осмысленно, да при этом стараться ничего вокруг не повредить, не задеть, не испортить. Господь мир создал таким прекрасным, за что ж его рушить и кромсать?

— Рушить и кромсать требуется тех, кто мешает разумному устройству! А Господь ваш устроил неправильно! Так не может быть, чтоб одним все, а другим совсем, совсем ничего! Только тупая работа от рождения до смерти, нищета и болезни.

Отец Андрей вздохнул. Он часто об этом думал.

— Вот и требуется постепенное движение, — сказал он тихо. — Зачем же еще больнее-то делать, если и так везде больно?

— Без боли ничего не выйдет. Гнилой зуб удалять тоже больно, однако ж приходится, потому что с ним жить невыносимо.

— Так ведь если с зубом вместе всю голову удалить, жить и вовсе невозможно станет, в ту же минуту конец придет, как удалишь-то ее. И никакие перемены не потребуются, ни к добру, ни к худу, и одна дорога — на погост.

Помолчали.

В саду становилось холодно, со стороны реки налетел сырой, резкий ветер, какой бывает только в мае и только на Балтике. Студент на том конце стола ссутулился и поник — черная тень. Отец Андрей молчал, не торопил. Понятно было, что появление его неспроста и предвещает какие-то важные, если не грозные события.

— И Дума! — вдруг воскликнул студент. — Все не так, все неправильно! Избирательный закон плох, труден, не разобраться. Гражданские свободы опять только пообещали и не дали. Один дворянский голос приравняли к сорока пяти рабочим!

— Дайте срок, все изменится. Это только начало. Государь решился на столь серьезный шаг...

— Да чтоб ему раньше решиться, государю-то! — перебил студент с силой. — Тянули, тянули и опять на полдороге бросили, не вытянули! Сколько раз в русской истории так было — решатся на реформы, а потом перепугаются и давай пятиться. Лучше б тогда и не сулили, и надежд не внушали. Пустая говорильня!

— Помилуйте, разве так? Еще несколько месяцев назад в России о парламенте только мечтали, да и то самые горячие головы, а нынче вокруг Думы вся общественная жизнь сконцентрировалась.

— Вы верите в возможность перемен без крови? — вдруг спросил студент и взялся обеими руками за столешницу так, что тяжеленный стол покачнулся. — Верите, что Дума чего-то добьется? Что пустословие перейдет в дело?

Отец Андрей не видел лица собеседника, а ему важно было увидеть. Он понимал, что это вопрос наиглавнейший — с кровью или без крови.

Насилие, насилие со всех сторон.

Боевые революционные группы убивают государственных людей вовсе без разбору, жгут помещиков, поднимают восстания. Власть без суда и следствия расстреливает бунтовщиков или тех, кто кажется ей бунтовщиками, правый «Союз русского народа» во главе с Дубровиным и Пуришкевичем призывает к диктатуре, требует, чтоб самодержавие «железным кулаком» сокрушило всех, кто верит в перемены и демократию. Подготовленным умам не разобраться, где уж простому священнику или студенту?!

...С кровью или без крови?

— Что вы молчите, батюшка?

— Я одно могу сказать, зато от самого сердца. Если насилие не остановить, не опомниться сию минуту, не начать слушать, что одна сторона другой толкует, вся Россия кровью истечет, и народ ее многострадальный еще худшее испытает, чем сейчас испытывает, Господи, спаси и помилуй.

— Не верю я в Господа, — выпалил студент, как будто даже с гордостью. — И в церковь Его не верю.

Отец Андрей вздохнул.

— И Господь, и церковь Его и не такие потрясения переживали. Однако же две тысячи без малого лет существуют. И еще не одну тысячу просуществуют, верим мы в них или не верим, неважно.

Опять помолчали. Вставала луна, в садике становилось светло. Студент вдруг решительно поднялся. Неужели уйдет, успел подумать отец Андрей. Но студент никуда не ушел. Он приблизился к батюшке и зашептал на ухо:

— Готовится убийство. Такое, чтоб царь надолго запомнил и чтоб вся страна содрогнулась. Уже скоро. На железной дороге. Бомбой может много людей побить. Что делать? Я сегодня хотел одному депутату довериться и не решился... Скажите, как быть, батюшка? Вы же с Богом на короткой ноге!..

— ...И семнадцатого октября тысяча девятьсот пятого года был издан Высочайший Манифест «о даровании гражданских свобод и придании Государственной думе законодательных полномочий». После тяжелых и продолжительных раздумий император Николай Второй решил, что населению все-таки необходимы «незыблемые основы гражданской свободы».

Дмитрий Иванович обвел взглядом аудиторию и усмехнулся. Студенты слушали плохо — последняя пара, всем хотелось по домам, есть, спать, валяться, а лучше пить, гулять и развлекаться! Какие там «гражданские свободы», вы что, шутите, профессор?.. Сто лет прошло, даже с лишком, а что-то никаких «гражданских свобод» не видать. Вот сейчас тренькнет звонок, и за толстыми университетскими стенами, как за стенами тюрьмы, грянет настоящая свобода — личная, молодая, веселая, никакая не «гражданская»!

Каждый год одно и то же. Поступившие в университет девочки и мальчики, придирчиво и внимательно отобранные, получившие необходимое — почти невозможное! — количество баллов, прошедшие сложные собеседования, оказывались решительно не готовыми... ни к чему. Нет, некоторые из них всерьез собирались учиться и даже старались, и даже «дополнительные задания» делали, и даже «рекомендованную литературу» почитывали, но в этой точке — начало двадцатого века в России — происходило как будто короткое замыкание. Треск, искры сыплются, а потом полная, непроглядная темнота.

Мы этого не проходили. В школе мы учили не так. А разве все это было на самом деле?

Удивление, недоверие, потом вежливая скука — что-то вы, профессор, странное рассказываете. Быть такого не может. Поп Гапон — да. Казачьи сотни — да. Мануфактуры забастовали, кажется. И еще, кажется, в самом деле Думу открыли. Или нет, нет, избрали. Впрочем, быстро закрыли. То есть, нет, нет, разогнали. Ну и что?.. Что тут особенного-то?

Сколько раз он клялся себе, что первый курс брать ни за что не будет, и столько же раз ректор его уговаривал.

«Дмитрий Иванович, ну как же так?.. Вы же лучший специалист именно по этому периоду! Первая русская революция, шутка ли! Такое сложное время, судьба державы решалась, устои по швам трещали, все вразнос шло, как паровоз с горы катится! Если вы не объясните, кто им дальше станет объяснять? А после нашего факультета, сами понимаете, им прямая дорога на госслужбу да на преподавательскую работу, так хорошо б, чтобы знали историю державы-то!..»

— Страна наша в девятисотые годы была уже тяжело больна. Какова природа болезни и чем ее лечить, государственные мужи спорили долго и бестолково. А между тем начались конвульсии!.. За год, с октября тысяча девятьсот пятого года по осень шестого, революционерами было убито и ранено более трех с половиной тысяч государственных служащих, а за десять лет — больше двадцати тысяч! Они вовсе не были высокопоставленными чиновниками, от них мало что зависело или не зависело совсем ничего. Городовые, телеграфисты, чиновники.

— Как три с половиной тысячи убитых за год? — вдруг спросил лохматый с заднего ряда. В голосе его звучало безмерное удивление. — Это ж очень много народу!

Шаховской кивнул лохматому. Правильно ты удивляешься, мальчик. Да уж, «очень много народу»! Всего сто лет прошло, а об этом все забыли. И в школе не рассказывают. И в книжках не пишут.

— Так это... терроризм какой-то сплошной!

— Террор — вовсе не новейшее изобретение, вот это вы точно должны знать.

— Нет, ну еще Ленин вроде объявлял террор, «красный», а еще был «белый», но это все потом случилось!

— Боевые технические группы появились задолго до Ленина и «красного» террора! Поначалу в них состояли, разумеется, идейные революционеры всех сословий. Много студентов, а как же иначе? Учащаяся молодежь, — тут Шаховской слегка улыбнулся «учащейся молодежи», — всегда активна и заинтересованна. Студенты тогда были грозной силой. И, между прочим, оставались таковой довольно долго. Университеты всегда представляли опасность для власти — вольнодумство, запрещенные книги, сходки, песни, разговоры! И самая главная идея — свобода! Всем хотелось свободы.

Звонок тренькнул. Все остались сидеть. Как только заговорили «про понятное», увлекательное и опасное — свободу, студентов, убийства, — сразу стало интересно и спать расхотелось. Продолжайте, профессор!..

— Продолжим на следующей лекции.

Студенты завозились и стали подниматься — с некоторым разочарованием. Дмитрий Шаховской преподавал не первый год и умел самое интересное оставлять «на потом», до завтра, до следующей лекции, до новой книжки, которую непременно нужно прочесть к понедельнику. Он как будто мастерил из событий, малоизвестных исторических фактов, странных сопоставлений крючки и ловил на них ребячий интерес. Некоторые быстро срывались и уходили, но и оставались многие, и вот с этими, оставшимися, имело смысл возиться.

— Дмитрий Иванович, вот вы говорите — боевые группы, а они чьи были?

— В каком смысле? — Он засовывал в портфель ноутбук. Еще две тетрадки, часы, которые он всегда снимал и клал перед собой на стол, чтоб были перед глазами, телефон и всякая ерунда. Хорошо бы ничего не забыть. Разноцветная толпишка студентов тянулась к выходу, возле его стола топталось несколько ребят, те самые, что теперь уж точно не сорвутся.

— Ну, кто их создавал? Это же все давно известно — бандформирования всегда кто-то финансирует, руководство есть, оружие кто-то поставляет. Из других стран.

— В девятисотые годы это было немного не так. — Шаховской оглядел стол. — Вы сейчас излагаете современную модель. Да и бандформирования — термин совершенно не подходящий.

— Нет, ну, руководил-то террористами кто? Ленин?..

— Ленин вечером семнадцатого октября, как раз когда был издан Манифест о создании Думы и даровании свобод, писал в Женеве, что это «один из великих дней русской революции». Еще он писал, что «неприятель не принял серьезного сражения, отступил, потому что в случае победы народа царская власть была бы сметена начисто».

— То есть не Ленин, да? А тогда кто?

— Ленин руководил Февральской революцией, а после нее Октябрьской, — объявила томная девушка, которой не давали покоя кудри, она то и дело их поправляла и перекидывала из стороны в сторону. Звали ее, кажется, Лолита. — Но это в семнадцатом году. А в девятьсот пятом году как таковой революционный процесс только зарождался и не был ярко выраженным. А Дума была продажной, и в нее никто не хотел идти, и все бойкотировали выборы.

Шаховской знал, что смеяться никак нельзя, но все же засмеялся осторожненько. Лолита — так ее зовут или не так? — сделала движение головой, и кудри заняли новое положение, и расширила глаза.

— Выборы в Первую Думу на самом деле проигнорировали только леворадикальные партии. Они действительно выносили в заголовки своих прокламаций фразу «Участники Думы — предатели народа». Они считали, что жечь усадьбы и устраивать вооруженные восстания гораздо действенней и интересней, чем пытаться договориться с властью.

— Дмитрий Иванович, а террористам кто деньги давал?!

— Дмитрий Иванович, а партии откуда взялись?.. Радикальные и всякие?

— А почему император так долго думал, а?.. Ну, вы сказали! Во всей Европе парламенты были давным-давно, и что такого? Подумаешь, Дума!.. Кому она мешала?

Шаховской застегнул, наконец, часы и поднял руку, как на римском форуме.

— Господа и... дамы! Мы обо всем еще поговорим. На самом деле, это страшно интересное время — начало двадцатого века. И почему-то так получилось, что именно об этом времени мало рассказывают в школах и... институтах.

— Про террористов я ничего не понял, — подумав, сообщил лохматый. — И про Ленина тоже.

— Ленин устроил Октябрьскую революцию и всякие безобразия, — объяснила ему Лолита и опять поправила кудри. — Он был немецкий шпион.

— Это не доказано!..

— А я читала, что доказано!

— Дмитрий Иванович, вы освободились?

Профессор оглянулся на двери, и студенты оглянулись тоже, довольно сердито. Борис Викторов, бывший студент, аспирант, нынче готовивший на кафедре Шаховского докторскую диссертацию, нисколько не дрогнул, вошел и объявил, что у него к профессору срочное дело, что означало — пора расходиться. Студенты вразнобой попрощались и поволокли к выходу расхристанные рюкзаки, загребая ногами в пудовых разношенных ботинках.

Студенту, как и священнику, вдруг подумал Шаховской, что сейчас, что сто лет назад, просто необходимы крепкие и удобные башмаки. Студент все время на ногах и все время бегает — на занятия, в библиотеку, на уроки, по книжным магазинам за редкой монографией. Девушки на шпильках... как бы это выразиться... не до конца студентки! Девушки на шпильках учатся уж точно не для того, чтобы узнать нечто новое о русской революции девятьсот пятого года и Первой Думе!.. Ради чего-то другого они учатся.

«Или я стар стал? Брюзглив? Нынче студент уже не тот, и вообще колбаса подорожала?»

— Правильно я понял? Нужно было спасать вас от жаждущих знаний? — спросил Борис.

— Спасать не надо, а вот опаздываю я, это точно, Боря.

— Опять в Думе консультируете? — Это было сказано с некоторой насмешкой, как будто профессор Шаховской консультировал в салоне красоты «Престиж» или в Сандуновских банях.

Дмитрий Иванович знал, что Боря Викторов, повзрослевший у него на глазах, превратившийся из недокормленного, вечно сглатывающего слюну, как будто у него сохнет во рту, мальчонки во вполне уверенного в себе и в жизни молодого мужчину, тоже мечтал о чем-то таком... возвышенном. Консультировать. Составлять исторические справки. Разрабатывать новые концепции и толкования. И чтоб на титульном листе в списке «редакционной коллегии» — Борис Викторов, доктор исторических наук, профессор. Еще хорошо бы золотыми буквами — депутат Государственной думы или что-то в этом роде. Красиво!

Дмитрий Иванович знал об этом, извинял, хоть и посмеивался немного. Сам он «к красоте» никогда не стремился и внимания на нее не обращал. Или думал, что не обращает. У него-то как раз все было — и степени, и фамилия в списке «редакционной коллегии», и «научные труды», на которые ссылались в других научных трудах, и книги в синих «государственных» переплетах. Почему-то до сих пор значительные труды по истории издаются в синих или малиновых переплетах!

— А ты что приехал, Боря?

— А я на самом деле к вам, Дмитрий Иванович.

— На самом деле или ко мне? Если ко мне, то я опаздываю.

— Да я хотел только монографию показать.

Теперь Шаховской пытался вспомнить, где оставил пальто, то ли на кафедре, то ли в гардеробе. В гардеробе раздевались в основном студенты, но Дмитрий Иванович любил университетских гардеробщиц, можно сказать, обожал. Две старухи с морщинистыми длинными лицами и накрахмаленными спинами принимали студенческую хлипкую одежонку руками в черных шелковых перчатках и величественно исчезали в плохо освещенной гардеробной. Потом выныривали из глубин с латунным номерком в шелковых пальцах. Они служили в этом, самом старом здании университета, сколько себя помнил Шаховской, и их шелковые перчатки, и прямые спины, и длинные морщинистые лица никогда не менялись. Для него, как и для многих поколений студентов, университет начался именно с этих старух.

Тут профессор вдруг подумал, что двадцать пять лет назад, когда он только поступил, две его старухи, должно быть, были совсем молодыми женщинами, и это показалось ему странным и невозможным.

В широких и высоких коридорах было пусто, шла какая-то там по счету пара, звуков никаких не доносилось — в самом старом из всех университетских зданий школярский шум оставался за толстыми стенами и высокими двойными дверями аудиторий.

...Пожалуй, раздевался он у старух, а не на кафедре. Нет, точно у старух.

Борис Викторов поспешал за ним. Боря всегда был вежлив, но настойчив.

Настойчив, но вежлив.

— Боря, если дело срочное, я никак не успею сегодня.

— Там всего тридцать восемь страниц, Дмитрий Иванович. Это даже не монография, а, скорее, статья. Мне ее в печать сдавать. Посмотрите, сделайте одолжение. Только, если можно, поскорее.

— Боря, — Шаховской натянул пальто, которое подали ему черные шелковые руки, и похлопал себя по карманам, проверяя ключи от машины, — ты меня не слышишь? Я сегодня в Думе допоздна.

— Дмитрий Иванович, я бы раньше показал, но очень долго провозился. И потом... вы же соавтор.

— Я?! — Он даже приостановился. — Боря, я все понимаю, но такие вещи, как правило, согласовываются. Разве нет?

Боря посмотрел в угол, потом на стену, где была довольно криво приклеена стенгазета под названием «Our trip to Japan» с фотографиями и подписями под ними, сделанными фломастерами. В университете считалось, что студенты непременно и обязательно должны делать что-то карандашами, красками, фломастерами, то есть простыми, понятными способами, а главное, предметами, которые можно осязать.

Нет ничего понятнее карандаша!.. Когда человек криво рисует на куске ватмана «trip to Japan», бумаге передаются впечатления и эмоции, и они живые. Компьютерная презентация — это красиво, конечно, но она мертва и обезличена, как наштампованные на конвейере искусственные цветы.

— Дмитрий Иванович, вы же никогда не отказываете, а мне очень нужны публикации на... хорошем уровне. Без вашего имени они не берут, а это «Вестник исторического общества». Уровень как раз подходящий.

Очень, очень настойчив!.. Но вежлив, что и говорить.

Шаховской тоже посмотрел на стенгазету. Препираться ему было некогда и неохота, и это означало, что монографию, — или, скорее, статью! — он сейчас возьмет, будет всю ночь читать и править, ибо нужна она как пить дать завтра утром. Боря Викторов потому и явился без предупреждения, да еще в «присутственный день», когда профессор консультирует в «государственном учреждении», и все об этом знают. Все рассчитано правильно, и от этого особенно неприятно.

С другой стороны, Шаховской сочувствовал Боре, который изо всех сил мечтал «прорваться», но при этом из пенсионного фонда не воровал, левые кредиты не выдавал и наркотиками не приторговывал. Уже хорошо.

— Ладно, я посмотрю.

Боря моментально, одним движением вынул из портфеля диск в обложечке и пачку отпечатанных листов, скрепленных черным канцелярским зажимом — знал, конечно, что профессор не откажет, и приготовился.

— Я на всякий случай распечатал. Чтобы вам не возиться, и вот здесь... сначала биография, я ее хотел отдельно дать, а потом решил, что в контексте...

— Я разберусь! — Теперь, когда Шаховской взял статью, пробивной Боря Викторов его раздражал и хотелось поскорее от него отвязаться.

— Я с ней сегодня весь день провозился, с самого утра. Правил, сверял, но без вас, сами понимаете...

— Понимаю. — Так и не определив, где ключи от машины, Шаховской поклонился в сторону деревянного широкого прилавка, за которым маячили две тени в шелковых перчатках. — Благодарю вас, всего доброго.

— Будьте здоровы, Дмитрий Иванович, — ответствовал кто-то из старух, — до завтра.

Боря еще что-то говорил на ходу, но Шаховской махнул на него рукой, и он отстал. Тяжеленные неухоженные двери под потолок с латунными палками-перекладинами, за которые брались бесчисленные поколения студентов и профессоров, тамбур с вытоптанными мраморными плитами на полу и высокое крыльцо с балюстрадой — ступеньки двумя полукружьями, налево и направо. Иногда Шаховской сбегал по левому полукружью, а иногда по правому, так развлекался.

Не поедет он на машине — себе дороже и удовольствия никакого. Моховая и дальше Охотный ряд по вечернему времени стояли намертво, как будто машины приклеены друг к другу и к асфальту невиданным фантастическим клеем, ни конца, ни начала. Огни, размытые мелким дождем, поднимались дальше, выше, к Лубянке, которую за поворотом не было видно — Апокалипсис, конец света, неподвижность, время замкнуло в чадящее мертвое автомобильное кольцо.

Не поедет он на машине!..

Здесь до Думы рукой подать и идти приятно — сначала вдоль университетских решеток, потом мимо старинного, очень буржуазного и очень самодовольного отеля, возле которого всегда похаживал швейцар в ливрее, потом подземный переход через Тверскую, и он на месте.

Швейцар слегка приподнял цилиндр, когда Шаховской, сторонясь толпы, забежал под отельный козырек. Дмитрий Иванович кивнул в ответ. В отель он никогда не заходил, но со швейцаром они встречались каждый день и были друг другу приятели — ты на работе, и я на работе, ты мимо бежишь, а я прохаживаюсь, я не знаю, кто ты такой, и ты меня не знаешь, но мы свои, здешние, постоянные, различимые в сотнях и тысячах незнакомых лиц, крохотная радость узнавания, кивок, завтра опять встретимся, не унывай, дружище!..

— Ба, Дмитрий Иванович! — проговорил знакомый насмешливый голос, когда в бюро пропусков закончилась привычная возня с паспортом, списками, сличением физиономии в паспорте с собственной профессорской физиономией, извлечением из карманов ключей и телефона, с торжественным проезжанием профессорского портфеля через просвечивающий аппарат, с водворением ключей и телефона на место, ловлей портфеля, который все норовил свалиться с черной ленты. — Опаздываете?.. Ну, раз опаздываете, значит, все хорошо. Вот если бы вы хоть раз не опоздали, я бы подумал, что небо упало на землю и Измаил, наконец, сдался.

Обладателя насмешливого голоса звали Петр Валерианович Ворошилов, именно его Шаховской бросил в разгар дискуссии, когда позвонил полковник Никоненко. Числился Ворошилов советником думского председателя, без него не обходилось ни одно важное совещание или заседание. Он был блестяще образован, обладал превосходной памятью, умел направить это самое совещание в нужное русло — даже если его участники наотрез отказывались направляться в какое бы то ни было русло и каждый говорил про свое, подчас не просто далекое от темы, а как бы вовсе с ней не связанное.

Если объявлялось, к примеру, что совещание будет посвящено столетию Первой мировой войны, собравшиеся начинали выступления с того, что Первая мировая война, конечно, важная штука, но сейчас необходимо решить, как быть с Костромским краеведческим музеем или вот, например, в Калининграде закатали в асфальт все трамвайные пути, а трамвай там основной вид транспорта был, и что теперь делать?

Шаховской, когда его в первый раз пригласили в Думу «для консультаций», попав на такое совещание, некоторое время думал, что он чего-то не понял и остальные приглашенные тоже не поняли, и был страшно удивлен, когда Ворошилов, дав собравшимся какое-то время поговорить «вообще», потом все же заставил их высказываться по теме, и, помнится, из этих высказываний даже что-то складное вышло.

— А что вы думаете? — спросил его тогда Ворошилов, пряча в чехольчик узенькие очочки, во время совещания смешно съезжавшие на самый кончик ворошиловского носа. — У нас тут работать непросто, дорогой профессор. Малюсенькое дельце, кажется, а на самом деле!.. Начинаешь разбираться, а там! Сплошные подводные камни, омуты и мели. И так нехорошо, и эдак плохо, и разэдак ничего не выйдет. И у всех свои интересы. У кого разумные, у кого безумные.

Сейчас Ворошилов велел профессору идти за ним, он знает «короткий путь» и моментально доставит того к месту совещания. Это было прекрасное предложение — Шаховской в думских коридорах вечно путался, терялся, уезжал на лифте не туда, выходил не там, знать не знал, где «центральные лифты», а где еще какие-то, страшно удивлялся, оказавшись в буфете на первом этаже, и не мог сообразить, как оттуда выбраться.

— Это еще с царских времен так положено, с Таврического дворца! — говаривал насмешливый Ворошилов. — Чтоб в Думе все путались и никто ничего не понимал. Кабы все понимали, так и жизнь другая была бы!

Оказалось, что совещание еще и не начиналось, ибо вести его должен был как раз Петр Валерианович, и все его экзерсисы в адрес опоздавшего профессора вызваны тем, что сам он опаздывал тоже!

Речь на заседании должна была идти о большом историческом исследовании, которое Дума заказывала Академии наук и которое называлось, кажется, «История парламентаризма» или еще как-то более красиво и сложно. Шаховской участия в исследовании не принимал и, может, из-за слова «консультант», а может, как раз из-за неучастия чувствовал себя вполне «поконсультантски» — слушал скептически, морщил нос, записывал в блокноте явные ошибки, которые допускали молодые и самоуверенные историки, знавшие все на свете на манер первокурсницы Лолиты с ее кудрями. Ошибок выходило много.

— Знаете, как Николай Второй речь произносил перед депутацией от народа по поводу своего бракосочетания?.. — на ухо спросил Ворошилов. Очки на самом кончике носа сидели насмешливо. — А супруга его Александра Федоровна тогда по-русски совсем не понимала. Вот она возьми и спроси кого-то, что, мол, царь и мой молодой супруг объясняет своему народу? А ей отвечают: он им объясняет, что они дураки. Вы в этом духе записочку составляете? Все дураки?..

Шаховской развеселился:

— Да может, и не все, но ошибок много! Что делать?

— Исправлять. На то мы тут с вами и посажены, — и Петр Валерианович подвигал бровями, отчего очки сползли еще ниже, вот-вот упадут. — Я вам слово в самом конце предоставлю, подытожите.

Шаховской, которому нравилась нынче его роль «консультанта» и некоторая отстраненность от происходящего — приятно время от времени ничего не делать, ни о чем пристально не думать, а критиковать себе, особенно на бумаге, без последствий и необходимости доказывать и обосновывать, ссылаться на первоисточники и даты, — подытоживать ничего не хотел.

Он устал, а впереди еще полдня и вечером Борина монография — или нет, статья! — и неизвестно, сколько он с ней провозится, может, до самого утра. И навязанное соавторство, о котором он помнил, Шаховского раздражало. Если он сейчас возьмется «подытоживать» на свой лад, дело кончится тем, что после совещания все участники, которых он уличит в ошибках и невежестве, станут подходить к нему по очереди, брать за пуговицу и втолковывать, что профессор сам ошибается, на самом деле было совсем не так, и вот же новейшие исследования, и вообще следует к историческим процессам подходить с политической точки зрения, а если не подходить...

— Петр Валерианович, — начал Шаховской шепотом, — может, сегодня я не буду...

— Придется, Дмитрий Иванович!.. Вы в прошлый раз уже проманкировали! Кстати, куда вы тогда исчезли прямо под конец?

— Я вам потом расскажу.

Ворошилов покосился на него насмешливо — в смысле что за таинственность? — быстро закруглил оратора и предоставил слово Шаховскому. Тот вздохнул, заговорил и говорил довольно долго, дольше, чем обычно. Остановился только когда понял, что Ворошилов вот-вот и его «закруглит» и давно пора заканчивать.

Возле подъезда Думы, где почему-то все время сильно дуло, — от ветра пришлось поднять воротник пальто и повернуться спиной — Шаховской некоторое время постоял, соображая, а потом решительно пошел в толпе вниз, к Моховой.

Его приятель-швейцар возле подъезда гостиницы приподнял цилиндр ему навстречу, и Дмитрий Иванович кивнул с удовольствием, он был рад его видеть.

В два счета он добежал до Воздвиженки, пошел к бульварам вдоль монументальных зданий, где когда-то располагались универмаг с внушительным названием «Военторг», — Шаховской отлично помнил этот магазин, — а дальше приемная «всероссийского старосты дедушки Калинина», которую он, разумеется, не помнил, но его собственная бабушка, ходившая в эту приемную «хлопотать», рассказывала и показывала ему, маленькому, куда именно ходила.

В церковном дворике, обнесенном невысоким железным забором, не было ни души, однако желтый скутер оказался на месте, под козырьком крыльца. Шаховской немного порассматривал скутер. На нем ездили, по всей видимости, много, он был старенький, грязноватый, к багажнику прикручен пакет, в пакете — Дмитрий Иванович потрогал — книжка. Он усмехнулся, потянул высокую дверь и зашел.

Женщина в платочке на него оглянулась, и человек, читавший за прилавком, поднял голову. Больше в церкви никого не было. Однако свечи перед образами горели, довольно много, и лампады красного стекла были зажжены.

Дмитрий Иванович попросил у человека свечку за двенадцать рублей, поискал глазами Серафима Саровского, подошел и постоял возле иконы немного.

Поблагодарил за сбывшееся и возможное. Попросил о потаенном и несбыточном. Наспех рассказал, как живет. Ему казалось, что Серафим улыбается доброй и немного насмешливой улыбкой из-за желтого теплого пламени. Дмитрий Иванович, доктор наук и профессор, знал совершенно точно, что Серафим видит и слышит его.

Мимо прошел высокий человек в церковном облачении. Под мышкой у него была каска, на плече на длинном ремне болталась туго набитая сумка. Он остановился возле прилавка, заговорил негромко.

Дмитрий Иванович попрощался с Серафимом, тот как будто его отпустил, сказал: «Беги, беги, я все понимаю» — и следом за высоким выскочил на улицу. Тот пристраивал сумку на багажник скутера и поднял глаза, когда открылась дверь.

— Вы ко мне?

— Меня зовут Дмитрий Иванович Шаховской. У вас есть пять минут?

— А я отец Андрей, — представился высокий и поглядел немного насмешливо, но с любопытством. — Если разговор обстоятельный, к примеру, о спасении души, пяти минут маловато будет.

— О спасении тоже неплохо бы поговорить, но у меня... другой вопрос.

— Здесь спросить хотите или внутрь зайдем?

— Лучше здесь.

— Тогда присядем!

Отец Андрей прикрутил на багажник свою сумку, подергал, проверяя, не свалится ли, прошагал к лавочке и уселся. Под черными одеждами у него были джинсы и высокие шнурованные ботинки. Должно быть, священнику, как и студенту, просто необходимы удобные и крепкие башмаки!.. Все время на ногах, да и концы, по всей видимости, немалые.

— Вы к нам раньше никогда не заглядывали.

— Нет, — согласился Шаховской, пристраиваясь рядом. — Я даже и не знал, что здесь церковь есть.

— Храм Знамения иконы Божьей Матери.

— И про церковь не знал, и про музей не знал, — Дмитрий Иванович кивнул за решетку. — Оказывается, в особняке Морозова теперь музей.

— Так говорят, — согласился отец Андрей. — Мне там всего один раз побывать довелось. Раньше было все закрыто наглухо, не попасть, а сейчас вроде бы ремонт.

— Вроде бы или ремонт?

— Так ведь отсюда не видно, да я и особенно не присматривался. Знаю, что человека в особняке убили недавно, люди говорят. Вы поэтому ко мне пришли? Из-за убийства?

Шаховской кивнул. Отец Андрей растопыренной пятерней старательно отряхнул со складок одеяния какие-то крошки, похожие на восковые, поковырял ногтем.

— Вы не похожи на... компетентные органы.

— Да я и не органы. Я профессор истории. Просто так получилось, что принимаю участие в следствии. Вы никого оттуда не знаете?

— Из особняка никто ко мне никогда не заглядывал. — Отец Андрей отпустил полу, как следует расправил ее на коленке и вздохнул. — К нам только свои ходят, кто знает, что тут храм, или живет поблизости. Но таких мало, кто нынче в центре живет? Осколки прошлого, так сказать. А новоприбывшим в нашем храме неинтересно и малоспасительно. Новоприбывшие очень красоту и помпезность любят, чтоб на виду постоять, людей посмотреть, себя показать. А у нас... где же?

— И директора музея вы тоже никогда не видели?

— Которого убили? Ну как не видеть, видел. Только он сам ко мне не приходил. Вызвал на ковер, если так можно выразиться.

— Что значит — вызвал? — не понял Шаховской.

— Прислал за мной человека в форме. Охранника, наверное. Я и пошел, — тут отец Андрей счел нужным объяснить, — я всегда стараюсь приходить, если меня зовут. Вдруг на самом деле нужно?..

— В тот раз было не нужно?

— Не нужно, — отрезал отец Андрей. — Позвал он меня, чтоб предложить совместный бизнес, вы не поверите. Особняк в полном его распоряжении, все там красиво, богато и ампирно, храм рядышком, только двор перейти. Вот он и решил, что грех не воспользоваться таким соседством.

— И как же... воспользоваться?

— Вот и я тоже никак не мог сообразить. Так он мне растолковал. Свадебный бизнес мы с ним должны были закрутить. Я венчаю, он банкеты организовывает. Ну, подпольные, разумеется, для очень богатых.

Все рядом, удобно, лишних глаз никаких!.. Поточным, так сказать, методом. Или вахтовым, что ли.

Дмитрий Иванович Шаховской ничего подобного не ожидал.

В тот момент, когда он увидел письма и чашку мейсенского фарфора, история с убийством показалась ему романтической и ненастоящей — «в духе рассказов г-на Конан Дойла»! И детали, и подробности этого дела _не могли быть_ обыкновенными.

Заговор, Первая Дума, дом на Малоохтинском — все это никак не могло быть связано с организацией банкетов.

— Деньги за банкеты он собирался брать немалые, все же настоящий дворец, музей, а не ресторанчик какой-то. Ну, и мне предлагал по особым расценкам действовать. В ближайшем будущем предполагалось обогатиться.

— А вы что же?

Отец Андрей пожал плечами.

— Я сказал, что помолюсь о спасении его души. И помолился.

Дмитрий Иванович взглянул, не смеется ли, но отец Андрей смотрел совершенно серьезно.

— И больше он к вам не обращался?

— Видите ли, венчать по особым расценкам, да еще без всяких бумаг, для того необходимых, да еще в любое время дня и ночи я отказался довольно резко. Может быть, даже излишне резко. Поэтому больше ко мне никто оттуда не обращался и не приходил. Он тогда в кабинете покричал немного, что на мое место полно охотников, а у него связи такие, что переведут меня служить из центра Москвы на окраину Сургута в два счета.

— Вот как.

— А я сказал, что Сургут прекрасный город, на все воля Божья, переведут, значит, и хорошо.

Шаховской опять посмотрел с подозрением и опять ничего не заметил.

— Потом мне жаль его стало, — отец Андрей снова принялся отковыривать от одежды капельки воска. — Такой молодой, а мозги все вывихнутые! А как скандалы начались, я старался их унять, но не всегда получалось.

— Какие скандалы?

— Прихожанка у меня есть, как раз такой... осколок прошлого. Она здесь недалеко на бульваре живет. Почти каждый день в храм приходит. Не в себе немного, хотя не такая уж старая. Любит истории рассказывать, и все про бриллианты. Я раз восемь послушал, а потом прятаться стал, хоть и нехорошо это, некрасиво, — отец Андрей махнул рукой. — Пока особняк закрыт был, она ничего, не скандалила. Придет, расскажет про бриллианты мне или вон дьякону, службу постоит и уходит себе. А когда и ворота, и калитку открыли, стала в особняк ходить. Один раз вроде бы даже к директору этому ворвалась в кабинет, там же охраны никакой особенно нету, шумела, кричала, ну, вывели ее. Хотя это странно, она, в принципе, спокойная, мухи не обидит. Потом просто во двор приходила и тоже все кричала. Так я с нашей стороны калитку стал на замок запирать, чтоб она туда попасть не могла. Она с Воздвиженки все равно заходила. Дьякон ее уговаривал, уводил, чтоб в отделение не забрали. А то они однажды наряд вызвали, ума хватило.

Шаховской помолчал, прикидывая, может ли прихожанка отца Андрея, «осколок прошлого» и «немного не в себе», иметь отношение к убийству, бумагам девятьсот шестого года, заговорам и Первой Думе, решил, что никак не может, но на всякий случай уточнил:

— Вы так и не поняли, из-за чего она скандалила? И при чем тут особняк, почему она туда ходила?

— Да все из-за бриллиантов, — сказал отец Андрей с досадой. — Требовала, чтоб директор их вернул. Она якобы единственная законная их владелица. Или нет, нет, наследница.

— Директор должен был вернуть ей бриллианты?

— Ну да. А они якобы в особняке спрятаны. Может, семейное предание какое-то было, а может, она в кино видела: в стене тайник, а в нем голубая чашка, полная бриллиантов!..

Шаховской поправил на лавочке портфель, который и без того стоял вполне надежно, и уточнил:

— Голубая чашка с бриллиантами?..

1906 год.

Князя Шаховского вызвали к телефоническому аппарату, когда он пил чай в гостях у госпожи Звонковой. Отец Варвары Дмитриевны служил по департаменту юстиции, и такой аппарат появился в его квартире одним из первых в городе.

Разговоры за столом велись, как и во всех интеллигентных семьях в это время, о русской революции. Говорили о том, что все газеты третьего дня вышли с заголовками «Да здравствует русская весна!» и цензуре опять наставили рога.

Отец Варвары Дмитриевны, крепкий старик, принявший в шестидесятых реформы царя-освободителя и отмену крепостничества от всего сердца, тем не менее не видел в них отречения от своих корней, имущественных и в особенности духовных, и либеральных убеждений князя и восторженных — своей дочери — не разделял и посмеивался над ними.

Дмитрий Иванович убеждал собеседников в необходимости самых решительных перемен, Варвара Дмитриевна во всем его поддерживала, глаза так и сверкали, и от улыбки, не сходившей с ее лица, очаровательные ямочки появлялись то и дело. Генри Кембелл-Баннерман лежал на боку у нее под стулом, и когда о нем забывали, хрюкал и поддавал снизу ее руку, привлекая внимание. Варвара Дмитриевна в эту минуту должна была погладить его по лобастой башке, давая понять, что он тут самый главный и об этом все собравшиеся знают.

— Политика, — говорил меж тем князь, — отражается на жизни каждого человека, от царя до последнего нищего, только огромное большинство этого не сознает. Не только члены Думы должны участвовать в деле государственного переустройства, но все граждане нашего многострадального отечества.

— После освобождения крестьян стоило бы не так мрачно говорить о народной жизни, — заметил господин Звонков.

— Стоны народа требуют от нас отклика и сочувствия! — пылко воскликнула Варвара Дмитриевна. — Как у Некрасова! «Кому на Руси жить хорошо»? А ответ — никому. Почему наша родина так обездолена? Вот ты знаешь ответ на этот вопрос? — пристала она к отцу.

Он улыбнулся с нежностью:

— Я одно знаю: Россию нужно беречь и любить. Но вас нынче этому не учат. И в гимназиях ваших об этом не говорят.

— Да, но отречься от вековых проблем народа...

— Для чего ж отрекаться? Каждый на своем месте должен взяться за дело и потихоньку-полегоньку с Божьей помощью приналечь и вытянуть!

— Ну, папа же! Как же вытянуть, когда одни утопают в роскоши, а другие куска хлеба не имеют, чтобы накормить голодных детей. Только революция способна все изменить!

— Что же может изменить жгучее, неудержимое, мятежное беспокойство?

— Из беспокойства только и получаются сдвиги, — вступил Шаховской. — Вон какой пласт вековой двинулся. Дума созвана, народное представительство.

— Из Думы этой только и слышно «Долой самодержавие!», а государь принужден это слушать. И манифест о свободах не остановил, а только разжег революционное движение. Эмоции вас захлестывают, молодые люди, эмоции!

— Мы все бредем по темному лабиринту, из которого необходимо найти выход. Выход мне видится только в Конституции и в работе парламента.

— Дмитрий Иванович, голубчик, да что там за работа у парламента вашего? Как откроешь газету с речами депутатов, сплошь «долой!» да «вон!».

— Требуется время, чтобы это улеглось. Высказаться нужно, ведь много десятилетий молчали.

— Так ведь Дума не для того созвана, чтобы бунтовать наперегонки со студентами!

— То-то и оно. Если Россия станет свободной страной, то только благодаря Думе и честным людям, которые научатся в ней работать, я в это всей душой верю, — разгорячился князь.

— Когда ж учиться? — искренне удивился Звонков. — Теперь некогда! Дума действует, и надобно за ум браться и не мешать государю и министрам, а всячески помогать им.

— Папа! Ну, как можно?! Министры — такие ретрограды, стыдно слушать.

— Однако ж побольше вашего в деле государственного управления понимают.

Генри Кембелл-Баннерман решил, что самое время вступить в дискуссию, хрюкнул и поддал ногу Варвары Дмитриевны.

— Henry, stop it! Be a good boy![1] — но тем не менее она наклонилась и «хорошего мальчика» погладила.

Шаховской возразил:

— Мы не имеем и зачатков конституционного министерства! Только такое смогло бы вывести страну из положения, в котором она находится. А Государственной думе то и дело говорят, что разрешение вопросов на предложенных ею основаниях никак не допустимо. Вот и выходит, что правительство не исполняет требований народного представительства, а только критикует их и отрицает.

Едва господин Звонков собрался ответить — со своих позиций дворянина и старого барина, — как горничная позвала Шаховского в кабинет к телефону.

Вернувшийся в столовую князь был несколько растерян, что не ускользнуло от внимания Варвары Дмитриевны, и сообщил, что должен уехать по делу.

Варвара Дмитриевна посмотрела независимо — ей не хотелось отпускать князя и одновременно не хотелось дать ему понять, что она заинтересована в его обществе и без него ей будет грустно.

Нет-нет, они просто добрые товарищи по работе и политической борьбе, что ж тут такого?..

_____
[1] Генри, прекрати! Будь хорошим мальчиком (*англ.*).

— Варвара Дмитриевна, — тихо заговорил князь, когда она с Генри вышла его проводить в переднюю. — Прошу вас извинить меня, но дело правда срочное и не слишком понятное. Телефонировал знакомый батюшка и просил незамедлительно встретиться с ним. Будто бы обстоятельства чрезвычайной важности и секретности.

— Господи, какие секретные обстоятельства могут быть у батюшки?

— Если вы разрешите, я бы завтра утром заехал за вами и все рассказал. Перед заседанием.

Ответ прозвучал величественно:

— Разрешаю.

Когда дверь закрылась и щелкнул английский замок, Варвара Дмитриевна провальсировала по передней, взявши недоумевающего бульдога за передние лапы. Вальсировать он не умел решительно, настроения хозяйки не разделял и, когда был отпущен, сразу потрусил в сторону кухни, где — вот это он знал точно, — кухарка Ольга варила мясо для пирогов. Когда предполагались пироги, мяса всегда получалось много, и Генри мог рассчитывать на свою порцию обрезков.

— А все-таки, папа, жаль, что ты не веришь в возможности Государственной думы, — говорила в столовой Варвара Дмитриевна отцу, который принялся за трехчасовую газету. — Если бы ты хоть разочек побывал на заседании...

— Нет уж, уволь, уволь!..

— ...ты бы понял, с какой надеждой мы все каждый день принимаемся за работу! Я не только о журналистах говорю, конечно же! Но и о депутатах, и обо всех остальных. Это же совершенно новое для всех дело, и какое важное. Да, есть среди ораторов и пустозвоны и просто хулители, но ведь большинство дело говорит.

— Помнится, Цицерон еще утверждал, что в политике заключено глубокое сладострастие. Вот этого самого сладострастия и следует опасаться. Чтобы красивые и умные речи не заслонили главного и наиважнейшего — умения выполнять поденную работу, за которую никто и спасибо-то никогда не скажет, во благо людей, которые никогда об этой работе не узнают! На трибунах красоваться гораздо легче, чем посвятить себя такому труду.

— Как раз Дмитрий Иванович и посвящает.

Варваре Дмитриевне приятно было просто произнести — Дмитрий Иванович.

— И у него получается, папа.

— Вот кабы все в Думе сделались такие, как твой Шаховской!

Варвара Дмитриевна хотела тут же ответить — не мой, но промолчала, отошла к окошку и стала задумчиво обрывать лепестки с цветка.

...Что за батюшка? Что за тайны?..

Священник отец Андрей, которого Шаховской смутно помнил по родительской усадьбе на Волхове, жил в самом конце Каменноостровского проспекта, в доме с садиком — большая редкость в Петербурге. Малознакомый батюшка, представившись, долго и непонятно объяснял Дмитрию Ивановичу, для чего должен его повидать, и изъявлял готовность немедленно приехать в любое место, какое тот укажет, но князь решил, что заедет сам. Так всем удобнее.

Соскочив с коляски, Шаховской толкнул калитку, которая легко отворилась, и оказался среди деревьев, цветов и клубничных гряд. Князь, истинный горожанин и петербуржец, тем не менее больше всего на свете любил жизнь деревенскую, летнюю, вольготную, памятную с детства, когда в деревню уезжали в мае, а возвращались лишь поздней осенью. Садик вдруг напомнил ему о той жизни. Все здесь было живо и весело, и вот где вовсю чувствовалась «русская весна»! В кустах, насаженных вдоль ограды так, что проспекта было не видно, и казалось, его и вовсе нет, возились и чирикали какие-то птахи, пахло цветами, травой и еще как будто печкой, совсем по-деревенски.

— Дмитрий Иванович, — окликнули его из-за яблони. — Добрый день. Это я вам телефонировал.

Шаховской повернулся. Батюшка оказался совсем не старым человеком, пожалуй, его ровесником, высоким и широкоплечим. Прихрамывая, он вышел из-за корявого ствола и подошел к князю. Улыбался очень хорошо.

— Никогда не решился бы побеспокоить вас в иных обстоятельствах, но дело, на мой взгляд, спешное и... секретное. Думаю, говорить нам лучше здесь, хотя и в доме никого нет.

И жестом пригласил князя за стол, на который старая груша роняла бледно-розовые нежные лепестки. Шаховской смотрел на него внимательно, с некоторым недоверием.

...Секретное дело в саду под грушей? Да еще с предупреждением, что в доме пусто? О чем может быть речь?..

Отец Андрей уселся напротив и выложил на стол загорелые большие руки, совсем не поповские, как будто батюшка только и делал, что трудился в саду или в поле.

— Прикажете чаю?

— Спасибо, не стоит. Я только из-за стола. — Шаховскому казалось, что начать разговор отцу Андрею трудно, и он не ошибался.

Батюшка помолчал, собираясь с мыслями, и молодое лицо его приняло решительное, даже немного суровое выражение.

— Дело вот в чем, Дмитрий Иванович. В ближайшее время должны убить министра финансов Коковцова.

Шаховской пришел в такое изумление, что даже скрыть этого не сумел.

«Эк брякнул, — сам себя осудил отец Андрей, — надо было все же подготовиться как-то. Издалека зайти». Но где там!.. Он собирался с силами со вчерашнего вечера, ночь не спал, ворочался к неудовольствию, а потом и беспокойству матушки, а под утро и вовсе встал и ушел в кабинет. Молился, просил у Господа совета и помощи. И до самого приезда князя все не находил себе места, даже проверенные средства — работа в саду и молитва — не помогали.

Отцу Андрею казалось, что до тех пор, пока он никому об этом не рассказал, за судьбу России в ответе он один, только от него зависит ее дальнейшее положение, и вдруг остро посочувствовал и государю, и думским депутатам, которые, должно быть, ощущали нечто подобное каждый день, с этим ложились и вставали.

Сейчас самое главное — все сказать до конца, когда уж главное выговорилось!

— Дело будто бы должно быть обставлено так, что покушение организовано депутатами Думы от социалистов и имеет целью переполнить чашу терпения государя. После террористического акта государь Думу непременно разгонит и революционная борьба обострится с удесятеренной силой, — тут отец Андрей вздохнул.

Его очень тянуло перекреститься, но он не стал в присутствии князя, подцепил со стола лепесток, подул на него, тот вспорхнул, как живой.

— Министр финансов должен в ближайшее время по августейшему поручению отправиться во Францию договариваться о займе, столь необходимом для России в настоящее время. Министр будет убит, поручение сорвано, о предоставлении займа после такого акта и речи быть не может, и мы окажемся на краю финансовой пропасти, как после русско-японской войны. А это на руку господам революционерам-заговорщикам.

— Да, но... как? — вымолвил Шаховской, глядя на него во все глаза. — Как вы узнали?! И про августейшее поручение, и про заговорщиков?!

— Вчера услышал в первый раз, — признался отец Андрей. — Вот на вашем месте сидел да слушал. Человек, который меня посвятил в тайну, намеревался первым делом к вам обратиться, но сделать это в Думе оказалось чрезвычайно затруднительно, и он решил действовать через меня. Будто бы видел в храме, послушал проповедь и вот... отважился довериться.

— В каком храме? — зачем-то спросил Шаховской.

— Знамения иконы Божьей матери, тут недалеко. Я там служу. К нам в храм молодежи мало приходит, если только по случайности. Молодость ищет руководителей, — отец Андрей улыбнулся. — В гимназиях и университетах же привыкли искать только подготовки к будущей профессии, а этого недостаточно. Все молодые смутно мечтают, что учителя откроют им самое главное — смысл жизни, а открывают им только калейдоскоп теорий и обобщений, врассыпную, не связывая их в определенное миросозерцание. Для Сына Божьего в сегодняшней философии и места-то нет. Вот молодость и принуждена искать и находить себе других руководителей, а те-то знают, как им представить картину мира!.. Для них «Капитал» господина Маркса и есть объяснение всех первопричин. Они его штудируют неустанно.

— Вы и про Маркса осведомлены, батюшка?!

— Я не в пустыне живу, — сказал отец Андрей с досадой. — О многом наслышан. Уверяю вас, духовное лицо не есть непременно косное, патриархальных взглядов. Только я не у господина Маркса ищу ответов на вопросы, как нынешние прогрессисты, а в Евангелии или у Отцов церкви.

Князю про Отцов церкви слушать не хотелось, с делами земными бы разобраться, куда как более важными и срочными, не терпящими отлагательства, и, кажется, батюшка это понял.

— Спохватимся, поздно будет, — сказал он задумчиво, более себе, чем Шаховскому, — вот о чем бы следовало задуматься, особенно господам из Думы. Мираж революционной романтики, да еще подкрепленный господином Марксом и его умозаключениями, не одну сотню на свою сторону привлек, а сколько еще привлечет и с какими последствиями — неизвестно.

— А господин, который к вам приходил? — спросил князь, возвращая батюшку к вопросам практическим. — Вы его знаете?

— Он мне назвался. Раньше я его не видел. С его собственных слов, бывший студент, служит помощником у одного из депутатов от социалистов.

— У которого же? — быстро спросил Шаховской, знавший всех депутатов до единого.

— Прошу меня простить, князь, но я связан словом. Обещал молчать и только способствовать вашему с ним свиданию. Он утверждает, что убийство министра предполагается на железной дороге при посадке в поезд или на одной из станций. Чем более людей погибнет, тем лучше для боевой группы, ибо задача ее как раз поднять шум, взорвать видимость гражданского мира, который может вот-вот наступить, если Дума продолжит работу.

Шаховской подумал, что история, которую рассказывает ему батюшка в весеннем садике под грушей, при всей ее невероятности очень похожа на правду.

Радикальные социалисты и социал-демократы выборы в Думу открыто бойкотировали, однако некоторые одиночки из них баллотировались и были выбраны не как члены политических партий. Если допустить, а это очень вероятно, что некоторые из них продолжают тесное общение со своими товарищами-террористами и при этом отлично осведомлены о том, что происходит в Думе каждый день и час, чего опасаются депутаты, а чего министры, вполне возможно разработать план такой акции, после которой жизнь в России будет взорвана — в прямом и переносном смысле — и возврата к прежнему не состоится.

Если сегодня, сию минуту еще есть смысл договариваться, искать и находить компромиссы, то после убийства одного из наиболее уважаемых даже Думою министров время разговоров закончится навсегда, а оно только-только наступило после десятилетий и столетий, когда власть не слышала и не желала слышать свой народ!

Какие-то страшные картины вдруг привиделись князю в весеннем цветущем саду. Марширующие полки, серые шинели, миллионы серых шинелей, взрывы, залпы, зарево вполнеба, брошенные поля, опустевшие дома, разорение и хаос. И еще тюрьмы, решетки, разинутые в предсмертном крике рты, мученические глаза, груды тел на обочинах и — отдельно — детский трупик в белой рубашечке. Арестантские вагоны, решетки, босые ноги на грязном размолотом снегу, крики конвоиров и всюду кровь, и небо черно и глухо, зови на помощь — не дозовешься, и некого звать, никого не осталось. Как будто все это уже предопределено и вот-вот настанет, и ничего уже нельзя изменить, и тьма вот-вот накроет Россию, задернется черный занавес, а за ним — страшное, ревущее голосами, полыхающее, кровоточащее...

Шаховской с силой помотал головой из стороны в сторону — не хочу, не могу! — и отец Андрей посмотрел с удивлением: что, мол, такое?

— А этот ваш бывший студент может быть провокатором?

— Всякое возможно, и это тоже, — быстро согласился отец Андрей. Он думал об этом много, но ничего толком не надумал. — Человек нервный, душевной организации тонкой, ближе к истерической. Но я, Дмитрий Иванович, стараюсь людям верить. Ежели в Бога не верить, да еще и людям не верить, как тогда на белом свете жить?

Помолчали.

Шаховской думал, что, если дело обстоит так, как описал батюшка, придется обращаться к Столыпину, политическая полиция находится в ведении министра внутренних дел, и обращаться как можно скорее и строго секретно. О том, чтобы переговорить в Думе, дождавшись выступления Петра Аркадьевича перед депутатами, нечего и думать. Однако ж прежде чем затевать кампанию по подготовке встречи с министром, следует все хорошенько проверить.

Отец Андрей думал: слава тебе, Господи, князь узнал, и он, отец Андрей, больше не должен тяготиться в одиночестве, но — странная штука — ответственность, от которой, чего греха таить, так мечталось избавиться, никуда не улетучилась, так и лежала на плечах, как мешок с солью у грузчика-пермяка, и давила, давила. Батюшка даже шеей повел неловко.

— Уговорились мы с ним так: я обещался вас разыскать, изложить предмет и взять слово, что вы не станете обращаться в полицию.

— Помилуйте, как же не обращаться?

— Если вы согласитесь с ним повстречаться и дадите слово его не выдавать, он расскажет, где, как и на какую приманку можно террористов поймать. Сам он при этом должен оставаться в стороне. Сдается мне, товарищей своих он больше, чем полиции, опасается.

— Кто же будет ловить господ террористов, если не полиция? Мы с вами вдвоем не управимся.

— Да этого и не требуется. Только дело должно быть обставлено так, чтоб об участии в нем моего подопечного никто не узнал, ни свои, ни чужие.

Князь подумал немного. Собственно, выбора-то у него никакого и нет. Придется соглашаться.

Один вопрос не давал ему покоя, и очень хотелось его задать, хотя князь и понимал прекрасно, что вряд ли батюшка знает на него ответ.

— А почему он решился предупредить о заговоре, если сам в боевой группе состоит? Ведь это означает арест, а может, и смерть его товарищей?..

— Сомнения, — сказал отец Андрей со вздохом. — Тяжкие и трудные раздумья, как я понимаю. Убеждения убеждениями, а как жить-то, если знаешь, что в ближайшее время человека убьют, а он ни о чем не подозревает. А с ним еще, не дай бог, десяток или несколько десятков погибнуть могут. Господин Маркс, должно быть, не разъясняет, как в таких случаях следует действовать, как грех эдакий на душу взять. Одно дело теории и разговоры всякие про революцию, а другое — бомбу кинуть, жизни лишить. Вот он и мучается, и думает, и ищет путь, как избежать смертного ужаса. И страшно ему, и жутко, а опоры-то нету никакой. Тут, изволите видеть, стихи, «Народной волей» изданные, опорой служить не могут, хоть с утра до ночи их декламируй.

Расстались на том, что батюшка даст знать, когда и где потенциальный террорист и бомбометатель назначит встречу, и Шаховской уехал, сильно обеспокоенный.

Дмитрий Иванович сильно опаздывал, из-за этого нервничал и сердился. Никогда ему не хотелось, чтобы лекция поскорее закончилась, а сегодня было просто невмоготу, он едва дождался, когда тренькнет звонок.

Но и после звонка сразу уйти не удалось. Те самые студенты, пойманные на профессорские крючки, обступили его, заговорили разом, и все — про первую русскую революцию. Ему бы радоваться, а он раздражался, смотрел на часы и в конце концов всех вытурил. Лохматый Степан, самый въедливый и дотошный, кажется, даже обиделся.

— Вы же обещали поговорить, Дмитрий Иванович!..

— В следующий раз и поговорим.

— Да когда? Вы обещали сегодня! Я с той лекции столько всего прочитал!.. Вот, например, про эсеров в этой самой Первой Думе, — и он потащил из рюкзака растрепанные листы, вознамерившись выложить их перед профессором. — Я вот тут выписал даже...

— Я опаздываю! — взмолился Шаховской. — Приходите в субботу, поговорим.

— В субботу у нас семинары!

В общем, пришлось бежать. В гардеробе он едва дождался, пока старухи в черных шелковых перчатках выдадут ему пальто, и одевался на ходу, отпихивая портфель, болтавшийся на длинном ремне. Портфель тоже был как-то причастен к тому, что он опаздывает.

В Думу за Шаховским увязался Боря Викторов, изнывающий от благодарности за поправленную статью и за полученное «новое задание». Профессору показалось, что Боря воспринял его просьбу поискать в архивах нечто, что указывало бы на неизвестный заговор, имевший место в девятьсот шестом году, как несомненное признание его, Бориной, учености.

А текст, между прочим, так себе. Очень много личных оценок, что, может, и годится для статьи, но уж точно никак не подходит для научной работы!

Почему-то у Шаховского было превосходное настроение.

— Ба, Дмитрий Иванович! Опаздываете? — первым делом поинтересовался Петр Валерианович Ворошилов, встреченный им на центральной лестнице, где почему-то всегда толклись журналисты с камерами, неизвестно за что полюбившие именно этот план — с видом на люстру и ковровую дорожку. Сколько Шаховской видел репортажей из Думы, столько наблюдал ковер с люстрой!.. — Вот если бы вы вовремя пришли, я бы решил, что вас не пустили на раскопки в монгольские степи. Удельным периодом не интересуетесь?..

— Петр Валерианович, познакомьтесь, мой... аспирант Борис Викторов. А это...

Тут Ворошилов его перебил, представился сам таким образом:

— Бюрократ и бумагомаратель Ворошилов. Никчемный человек.

Боря Викторов вытаращил глаза немного больше, чем следует, на что никто не обратил внимания.

— А все же куда это вы в тот раз пропали, профессор? Я так ничего и не понял!

— Вы не поняли, — сказал Шаховской с удовольствием, — потому что я вам ничего не рассказывал!

— А что? Государственная тайна?

Никакой тайны не было, полковник Никоненко — он же участковый уполномоченный Анискин, — никаких специальных предупреждений, вроде «никому ни слова», не делал и помалкивать не просил, поэтому Шаховской сказал, что его вызвали на место преступления. Преступление ужасное — труп.

Ворошилов так удивился, что даже приостановился, и Боря Викторов почти налетел на него.

— Так вы не только по исторической части, но еще и по уголовной, Дмитрий Иванович!?

— Там какая-то странная связка. На первый взгляд совершенно дикая. Возле трупа нашли письмо и записку. Нужно экспертизу проводить, но мне показалось, что письмо подписано Щегловитовым, который в девятьсот шестом году был министром юстиции. В письме еще и Столыпин упоминается!..

— А... как эти почтенные люди из прошлого могут быть связаны с трупом? Совершенно современным, я бы даже сказал, свежим?

— Понятия не имею, — признался Шаховской. — Никакого. Вот хочу поручить Боре поискать что-нибудь в архивах. Сегодня будет директор Государственного архива, да? Я бы их познакомил. Речь идет о каком-то заговоре, но никаких документов о заговоре в мае девятьсот шестого я не встречал.

— Первая Дума тогда еще работала, да?

Шаховской кивнул.

— Ее разогнали в июле. В мае все было в разгаре.

— Интересно, — признался Ворошилов и покрутил головой. — Жаль, что я аппаратчик и никчемный человек, я бы вам помог.

— Будет вам. Что это вас сегодня на самоуничижение потянуло?

— А меня все время тянет! — Ворошилов открыл дверь, за которой толпился народ, много, как показалось Шаховскому после просторной пустоты коридора. — Недовольство собой есть признак здорового отношения к жизни.

— Да что вы говорите? — под нос себе пробормотал Дмитрий Иванович. — Не может быть.

— Вы проходите, проходите, — пригласил Борю Ворошилов. — Молодым людям полезно познакомиться с парламентским закулисьем, так сказать.

Боря засуетился, заулыбался, стал кланяться, и Шаховского удивило его... подобострастие. Ничего особенного не происходит, обычное совещание в государственном учреждении. Впрочем, карьерные устремления Бори Викторова хорошо известны, и по всей видимости, ему казалось, что он приближается к вершинам власти семимильными шагами и уж почти достиг их — вот же и в Думу попал, на самое что ни на есть настоящее совещание, а там недалеко и до толстых книг в синих «государственных» переплетах, и списка редколлегии, где сияющими буквами набрано «Викторов Борис, доктор исторических наук, профессор».

— А почему так много людей?

— Потому что это... производство, Боря.

Будущий доктор и профессор честно ничего не понял.

— В каком смысле, Дмитрий Иванович?

— Да в прямом. Ты же не маленький! Чтобы парламент принял любое решение, самое незначительное, его нужно для начала осознать, потом сформулировать, потом отдать юристам, чтобы оно в принципе соответствовало нормам, потом показать другим экспертам, чтобы внести изменения в эти нормы, если необходимо, потом скомпилировать мнения, которых может быть миллион. Ты считаешь, что школьная форма нужна, а я считаю, что вредна, а вон та дама, может, полагает, что вместе с формой для школьников надо еще ввести форму для учителей!.. Каждый из нас с пеной у рта доказывает, что прав. Получается, что одно мнение исключает другое, и все они правильные.

— Я об этом никогда не задумывался, — признался Боря Викторов, будущий законодатель.

— Приходится договариваться на берегу, — продолжал Дмитрий Иванович, у которого было превосходное настроение. — Пока дело не дошло до законов! Как раз на этом и погорели депутаты Первой Думы — они и не собирались договариваться с правительством, а правительству даже странно было подумать, что оно должно отчитываться перед какими-то там депутатами!.. Никогда не отчитывалось, а тут вдруг должно! Ты же историк, Боря.

Совещание началось, все притихли, говорить стало неудобно, но Шаховской договорил, точнее дошептал:

— Это же парламент, а не подпольная организация и не заговорщики! Любое действие, по идее, необходимо соотносить с законом, а в законах сам черт голову сломит, и не все жаждут соотноситься. И все это как-то нужно приводить к общему знаменателю.

Совещание пошло своим чередом, Шаховской слушал внимательно — к столетию Первой мировой войны предполагалось опубликовать уже имеющиеся исследования, открыть экспозиции в музеях, книжку для школьников издать. Дмитрия Ивановича поражало до глубины души, что одна из самых страшных и великих войн в истории человечества оказалась так быстро и почти безнадежно забыта. Война, повернувшая в другую сторону не только развитие Европы, но и всего мира, война, предопределившая следующую, еще более страшную! О ней мало писали, говорили и того меньше, почти не вспоминали, а с тех пор прошло всего сто лет, ничтожный срок.

Впрочем, лучше бы совсем не говорили и не писали. Очень много ошибок, дилетантства и вранья.

Ворошилов нагнулся к нему, и Шаховской понял, что сейчас будет смешное:

— Недавно попалось на глаза. Меры охраны, подлежащие принятию в селениях по пути Высочайшего следования от Арзамаса в Саровскую пустынь. Пункт седьмой: с раннего утра дня Высочайшего проезда в попутных селениях все собаки должны быть на привязи!

Дмитрий Иванович засмеялся, а Ворошилов подхватил свалившиеся с кончика носа очки.

— А? Хороша мера?

Когда все закончилось, Шаховской сдал Борю директору архива — тот выразил полную готовность всячески помогать.

— Но вы же понимаете, как всегда, сведения нужны срочно.

— Архивное дело суеты не терпит, вы тоже это понимаете, Дмитрий Иванович. Но все, что можем, сделаем.

Вообще Шаховской любил архивистов именно за то, что они всегда были готовы помогать и любили прошлое, собранное в их архивах, так, как будто это никакое не прошлое, а живая, настоящая, сегодняшняя жизнь. Дмитрию Ивановичу казалось, что любого, кто к ним обращался, работники архивов уже заранее уважали за интерес к этому прошлому, которое только казалось мертвым и ненужным, а на самом деле было необходимым, важным — готовый учебник, надо лишь внимательно читать, запоминать, вникать, чтобы не повторять ошибок. Нельзя научиться читать, промахнув мимо азбуки, нельзя научиться жить сегодня, не выучив того, что было вчера. Эта простая и очевидная формула была для архивистов не просто формулой, в ней заключался подход к жизни, и он казался Дмитрию Ивановичу единственно правильным.

— Хотите, я могу ребят из аналитического управления попросить, — предложил Ворошилов, пряча свои необыкновенные очки, — они тоже чего-нибудь поищут. Музейщиков еще! Не может такого быть, чтобы следов заговора не осталось! Ну, если он существовал, конечно, и эти ваши документы подлинные.

Дмитрий Иванович был совершенно уверен и что заговор был, и что документы подлинные. Причастность к тайне, возможность разгадать загадку — не только сегодняшнюю, но и столетней давности, — будоражили его, и ему нравилось невесть откуда взявшееся состояние азарта, и приходилось напоминать себе, что это не «история во вкусе рассказов г-на Конан Дойла».

И еще ему не хотелось... делиться. Ни с Борей Викторовым, ни с Ворошиловым!.. Если бы время не торопило, он все разузнал бы сам — так гораздо интереснее. Что-то очень личное заключалось для него во всей этой истории, может, из-за *того Шаховского*, может, из-за Варвары с ее дивной улыбкой, а может, из-за Думы, к которой он привык относиться как к месту работы, а в той, первой, было нечто таинственное, но тоже связанное с ним — через сто лет.

И от «ребят из аналитического управления» он отказался.

— Ну-ну, — то ли одобрил, то ли осудил Ворошилов. — Бог в помощь, конечно, но если что — обращайтесь! Всем сердцем с вами!

Возле думского подъезда, где всегда гулял ветер, Шаховской постоял немного, раздумывая.

Ехать на машине не было никакого смысла — пробка стояла мертвая, — и он побежал пешком мимо третьего подъезда Думы, мимо Большого театра к Петровке.

Еще утром он позвонил Игорю Никоненко, но тот не стал ничего слушать.

— Приезжайте часа в четыре, — буркнул полковник. — Пропуск я закажу. На третий этаж, семнадцатый кабинет. По телефону такие вещи не обсуждаются.

Дмитрий Иванович не очень понял, какие именно вещи не обсуждаются по телефону, потому что ничего секретного говорить не собирался. Он твердо решил не опаздывать и точно знал, что опоздает. Он всегда и везде опаздывал.

На Петровке профессор еще и заблудился. Он знал, как и все на свете, легендарный адрес — Петровка, 38 — и был уверен, что никаких других не существует, и очень удивился, когда Никоненко стал диктовать какие-то номера с дробями и корпусами.

— А это что такое? — на всякий случай спросил он.

— А это где мы как раз сидим, — удивился его непонятливости полковник. — Я же вам сообщаю!

До неприметного серого дома, перед неухоженным подъездом которого дождем налило большую лужу, Дмитрий Иванович добрался, когда опоздание стало совсем неприличным. Ему было жарко, и он злился.

У подъезда они нос к носу столкнулись с Никоненко.

— Здрасти, Дмитрий Иванович. — Полковник обвел глазами лужу в поисках брода. — Государственные дела замучили? В Думе заседали?

— Я не заседаю в Думе, — сказал Шаховской ненатуральным от злости голосом. — Я там время от времени работаю.

Никоненко прыгнул, грязная вода плеснула в разные стороны.

— Как дождь пройдет, так стихийное бедствие. Вот в прошлом году меня супруга в Карловы Вары таскала, печень лечить от последствий возлияний. Так я вам скажу, там дождь есть, а стихийного бедствия после дождя нету!.. Вот почему у них всю жизнь красота и порядок, а у нас грязь и лужи? Вот как это так вышло?

— Вам в хронологическом порядке изложить? — осведомился Шаховской. — И откуда начать? С Петра или еще раньше — со Смутного времени?

Никоненко отряхнул штанину, а ладонь вытер о стену дома. На кирпичах остался мокрый и грязный след.

— Садитесь, поедем, — распорядился он и кивнул на машину, которая подмигнула желтыми огоньками. — По дороге поговорим.

Шаховской потянул дверь.

— Не, не, вперед, вперед залезайте! Сзади грязно, я там... того... собаку вожу.

В джипе на самом деле было не слишком чисто, но он казался обжитым, даже как будто уютным. На заднем сиденье валялись плед, пустая бутылка из-под воды и какие-то журналы, на щитке темные очки, дужками зацепленные за решетку отопителя, а в подстаканник был засунут зеленый плюшевый крокодил, довольно потрепанный, но жизнерадостный.

— Супруга моя шалит, — объяснил полковник, заметив, что Шаховской косится на крокодила. — Говорит, что это есть мой скульптурный портрет. С виду вроде ничего, а суть-то все равно крокодилья!..

Дмитрий Иванович развеселился, злость как рукой сняло.

— А куда мы едем?

— На самом деле тут недалече. Сейчас налево, потом на Сретенку, и, считай, приехали. Все по нашему с вами делу.

— Это что означает?

— Это означает, что с подругой потерпевшего мне надо потолковать по душам. Вызывать ее не хочу, да и не придет она, а потолковать надо. А у вас чего? Что за спешка-нетерпение?

— Можно мне с вами? — неожиданно для себя спросил Шаховской. — Нет, вы не подумайте, что из пустого любопытства...

— А разве не любопытно?

— Любопытно, — признался Дмитрий Иванович. — И чем дальше, тем больше.

— То-то и оно. Такие дела, как это, на которое мы с вами налетели, раз в десять лет случаются, а то и реже. Тайники, особняки, письма столетней давности — это в романах только бывает, а в уголовных делах большая редкость.

— Тогда с антикварами тоже было интересно.

— Переходи к нам работать! — вдруг на «ты» предложил Никоненко. — Будет тебе рутина каждый божий день, двадцать четыре часа в сутки и еще три сверхурочно! Муж жену по пьяной лавочке зарезал, соседи друг друга из дробовика постреляли, тоже, ясный перец, не на трезвяк, а там наркоманы бабусю за пенсию задушили, на дозу им не хватало. Ты что думаешь, мы только красивые преступления раскрываем?

— Я не знаю, что означает «красивое преступление». Убийство всегда убийство, и оно отвратительно.

— А я только по ним работаю. Тяжкие и особо тяжкие. И ничего в моей работе нету хорошего, Дмитрий Иванович.

— Зачем тогда ты работаешь?

— Тебе в хронологическом порядке изложить? — осведомился Никоненко. — И откуда начать? Со школы милиции или еще с чего?

Он посигналил зазевавшейся барышне в красной машинке, которая вырулила ему под колеса. Барышня возмущенно выговорила что-то неслышное и покрутила пальцем у виска.

— Ну, ну, — сказал ей Никоненко. — За руль держись лучше. Так чего у тебя? — обратился он к профессору.

— Я поговорил со священником из храма, который сразу за особняком, — Шаховской взглянул на жизнерадостного крокодила. — Он рассказал, что одна из его прихожанок-старушек несколько раз пыталась попасть в особняк и требовала, чтобы директор отдал ей бриллианты.

— Чего директор отдал?!

— Бриллианты, — повторил Дмитрий Иванович. — Они якобы спрятаны в тайнике, в голубой чашке.

— Во дела! — вдруг громко и удивленно произнес Никоненко.

— Старушка не в себе, так священник говорит.

— Да пусть у нее три раза Альцгеймер с Паркинсоном, про чашку-то она откуда знает!? Чашка-то у нас в вещдоках лежит, как есть голубая и самая настоящая! А у меня ни Паркинсона, ни Альцгеймера нету, и видения редко посещают.

— Я думаю, найти ее легко, в храме знают, где она живет. — Шаховской улыбнулся, вспомнив. — Ее дьякон несколько раз унимал, когда она скандалила, и домой провожал. Мне показалось, что они хорошие ребята. И священник, и дьякон.

— Ты даешь, Дмитрий Иванович, — то ли похвалил, то ли укорил Никоненко. — Вырвался на оперативный простор!

Джип остановился возле чистенького, только что отремонтированного дома, весело смотревшего вымытыми окнами в крохотный московский скверик. Как только он остановился, сзади припадочно загудели на разные голоса.

— Да, да, — пробормотал полковник, обернулся и стал сдавать назад. — Это я все понимаю, только где стоять-то?! Стоять негде! Нужно было на служебной ехать, и чтоб шофер круги наматывал, пока мы разговаривать будем, только не люблю я служебную эту...

Дмитрий Иванович тоже зачем-то обернулся и стал смотреть, хотя помочь ничем не мог.

— Сюда не поместимся.

— Да вижу я, вижу.

Сдавали они довольно долго. Дмитрий Иванович как будто тоже крутил руль, хотя и не крутил.

— Может, на Петровку вернемся и оттуда пешком?

— Ну тебя к лешему!..

В конце концов нашли какой-то шлагбаум, въезд за который был строжайше запрещен, а из будочки выскочил сердитый человек в форме, преисполненный служебного рвения, гнать джип с дороги.

— Тебя-то нам и надо, — под нос себе пробормотал полковник, опустил стекло и сунул охраннику под нос удостоверение. Тот уставился, зашевелил губами и, наконец, вытаращил глаза.

— Открывай давай, что за литературные чтения!?

Приткнувшись на свободном пятачке, полковник выпрыгнул из машины, велел человеку в форме быть бдительным и служить, и вдвоем с Шаховским они пошли к чистенькому дому — довольно далеко.

— Значит, так, Дмитрий Иванович, говорю я, ты помалкиваешь, наблюдаешь картины жизни, а потом докладываешь мне о наблюдениях, понял?..

Профессор Шаховской уже, пожалуй, привык к манере полковника Никоненко распоряжаться и давать указания, как будто он, Дмитрий Иванович, был у него в подчинении.

— Дом-то, дом, — Никоненко задрал голову и посмотрел на мраморную маску на фронтоне, решетки и мозаики. — Не простой, а золотой.

— Модерн, начало двадцатого века, — поддержал Дмитрий Иванович. — Вон, видишь, по углам еще собаки!..

— Где, где?

Профессор показал — где.

— А почему они задницами к нам сидят? Чего не лицом-то?

— Наверное, архитектор так придумал. Тогда любили всякие такие штуки, странные маски, скульптуры, детали. Чтобы нужно было разглядывать.

Домофон прозвенел с переливами, подождал, потом еще прозвенел. Дмитрий Иванович рассматривал спины и хвосты сидящих по углам собак.

...Кто может позволить себе жить в таком доме в самом центре старой Москвы? Как выглядят люди, которые приходят сюда... к себе домой, привычно не замечая решеток и мозаик? О чем они думают, чего боятся, кого жалеют? Это же должны быть какие-то необыкновенные люди, раз они здесь живут!

Домофон наконец-то спросил, кто там, и Никоненко сердито отрапортовал, кто и зачем.

Как видно, и на него дом произвел впечатление.

В роскошном мраморно-мозаичном подъезде, где было тихо и шаги гулко отдавались от стен, полковник, кажется, обозлился еще больше. Дмитрий Иванович наблюдал с интересом, а потом решился проверить наблюдение.

— Ахматова однажды страшно возмутилась, когда при ней сказали, что в петербургских подъездах было сыро и воняло кошками. Она сказала, что тогда в подъездах пахло только кофе и дамскими духами.

— А у всех разные подъезды были, ты не поверишь, Дмитрий Иванович! У прекрасных дамочек, вроде этой твоей, обязательно должно духами пахнуть, от кошачьей мочи они в обморок хлопаются!..

Кабина лифта залилась неярким желтым светом, когда Шаховской потянул на себя затейливую чугунную решетку. Декорации приключения ему очень нравились, было любопытно и весело еще и потому, что полковник злился.

На третьем этаже оказалось всего две квартиры, дверь в одну из них распахнута настежь.

— Проходите, пожалуйста, — пригласила высокая пожилая женщина в переднике и наколке, стоявшая на изготовку. — Вас ждут. Нет-нет, обувь снимать не нужно.

Никоненко с тоской посмотрел на мраморный пол, в котором отражалась люстра и его собственные ботинки с пятнами засохшей грязи. Участковый уполномоченный Анискин из глухой сибирской деревни, где ты есть-то? Давай, давай, выступай на подмогу!..

— Да я вам тут свинарник форменный устрою, — выпалил Анискин и округлил глаза. — На улице-то не май месяц!

И мигом разулся. Шаховской его маневр оценил, а женщина не дрогнула.

— Сюда, пожалуйста.

В большой квадратной комнате, выходившей окнами на скверик, было тепло, светло и просторно. Мебели не слишком много, и располагалась она вольготно, уютно, как-то так, что сразу хотелось именно «расположиться» удобно, заговорить о приятном, подумать о хорошем. Девушка ходила в отдалении у самых окон, разговаривала по телефону и улыбнулась, когда полковник и профессор возникли в дверях. Улыбнулась и помахала рукой — мол, проходите, проходите, не стесняйтесь!

— Чаю или кофе?

— Чаю, — немедленно согласился Анискин. — С вареньем. Есть варенье?..

И опять ничего не получилось!.. Ни изумления, ни возмущения, ни уничижительных взглядов. Женщина просто кивнула и вышла, тихо прикрыв за собой двери.

— Ну, все, все, — сказала девушка в телефон. — Потом поговорим, ладно?.. Нет, все в порядке, просто ко мне приехали.

Шаховскому показалось, что в телефоне у нее никого нет, и не разговаривает она ни с кем, просто так придумано, чтобы встреча с «правоохранительными органами» началась с... ожидания. Она разговаривает. Они ждут. Есть минута, чтобы оценить друг друга.

Ничего оценить Шаховской не смог. Девушке могло быть двадцать пять лет, а могло пятьдесят. Она идеально соответствовала интерьеру в итальянском вкусе, но она могла соответствовать любому богатому интерьеру. Она говорила очень правильно и держалась естественно, но естественность и правильность могли быть не своими, а выработанными в результате тренировок.

Девушка договорила, бросила телефон в подушки дивана, покачала головой и вздохнула, как будто сокрушаясь, что дела не дают никакого покоя, и извиняя себя за это.

— Милана, — непонятно сказала она.

— И вам не хворать, — моментально откликнулся участковый уполномоченный. Девушка удивилась.

— Меня зовут Милана. Хотя вы, наверное, знаете.

Если ее зовут Милана, значит, пятьдесят ей быть не может, подумал Шаховской. Всякие такие имена — Камилла, Анжель, Ханна-Влада — новейшее изобретение. Впрочем, имя можно и поменять. Или придумать себе новое. Вполне возможно, что в паспорте она значится как Ольга или Елена.

— Полковник Никоненко Игорь Владимирович. А это профессор Шаховской. Наш эксперт из... Государственной думы.

109

— Боже мой, как все серьезно, — пробормотала Милана. — Присаживайтесь, где вам будет удобнее. Вы по поводу Павлика, да? Но я ничего не знаю и даже не понимаю, что вас интересует.

— Да мы спросим, и вы поймете, Милана... Как вашего батюшку звать?

— Кого? Папу? — растерялась девушка. Этот, из Думы, симпатичный, смотрел очень внимательно, просто глаз не отводил. Второй тоже уставился, даже не моргает. — Папу зовут Слава. То есть Вячеслав Викторович.

— Вы с Павлом Ломейко давно знакомы, Милана Вячеславовна?

— Довольно давно. Ну, несколько лет. Года три, может быть.

— Где познакомились?

Она усмехнулась и села в кресло, очень красиво.

— А это важно?

— Да кто ж теперь знает, что важно, что неважно, — со вздохом сказал участковый уполномоченный, — особенно после того, как Павла Игоревича-то зарезали!.. Так где же?

У Шаховского, как в игре, были готовы на выбор три варианта ответа: на приеме в честь Валентина Юдашкина, на приеме в честь Хосе Карераса, на приеме в честь столетия банкирского дома «Ллойд и Вебер».

— На благотворительном аукционе, кажется, — сказала девушка, которой совсем не понравилось упоминание о том, что Павла Игоревича зарезали. — Меня с ним папа познакомил. А какое это имеет значение?

— Чей папа? Ваш или Павла Игоревича?

— Мой! У него с Павликом были какие-то проекты, но потом все разладилось, я даже не знаю толком. Мы об этом никогда не говорили.

— Вы часто встречались с потерпевшим?

— Господи, какое ужасное слово!

— Так ведь как есть, — и Анискин развел руками. — По-другому-то и не скажешь!.. Каждый день? Через день?

Милана вздохнула. Нужно быть осторожной и внимательной. Когда этот, который сейчас сидит в носках, позвонил и заявил, что хочет с ней поговорить, она немедленно перезвонила папе. Тот велел поговорить. Ничего такого в этом нет, все правильно, стандартная процедура, сказал папа. Расскажи, что знаешь, аккуратненько, без подробностей лишних, чтоб потом не затаскали. Сейчас они, которые из прокуратуры или Следственного комитета или откуда еще, опять в большую силу вошли.

...Вот дурачок, почему он в носках сидит?

— Вы понимаете, — она поправила волосы сначала с одной, а потом с другой стороны, — поначалу мы очень даже часто встречались, каждый день, правда! Павлик... Он очень умный, очень. Собирался докторскую диссертацию защищать. С ним было так интересно. Он за мной ухаживал, очень красиво.

— А что у него супруга имеется и детишек двое, вы, стало быть, не знали, Милана Вячеславовна?

Она опять взялась за свои волосы.

Все они знали! Папа сразу сказал, что Павел женат давно и безнадежно, а мама сказала — сколько можно?! Женат, ну и что? Значит, разведется. Холостых женихов нынче днем с огнем не сыщешь, замуж теперь не выходить, что ли?!

— Конечно, не знала, — ответила Милана. — Да мне и в голову не приходило! Павлик никогда про жену не говорил и вообще был не похож на... женатого человека. Он был такой свободный, никогда не спешил домой, не знаю... эсэмэсок не писал! Он все время проводил со мной. Мы даже жили вместе.

— Долго жили?

— Долго! Месяца три, наверное.

Дурачок в носках сочувственно покачал головой. Почему-то Милане казалось, что он притворяется. Странное ощущение. Как будто за ним спрятался другой человек и тот, спрятавшийся, пристально и недоброжелательно за ней наблюдает.

— К моменту убийства вы уже вместе не жили, правильно я понимаю?

— Мы в последнее время вообще редко виделись, — сказала Милана, решив «убийство» пропустить мимо ушей. — Ну, реже, чем раньше. Павел был очень занят, у него работа новая, страшно трудная.

— Вы были на его новой работе?

— На Воздвиженке? Ну конечно! Там так красиво! Павел ремонт начал, потому что здание в ужасном состоянии. Его же только недавно под музей отдали.

— В ужасном, и не говорите, — прокудахтал участковый уполномоченный, — как взойдешь, так сразу видно!.. Сплошной кошмар, куда ни глянь. А в день убийства вы чем занимались?

Вот он, главный вопрос, поняла Милана, но с этим-то все легко. Папа сразу сказал, будут спрашивать про день, так и должно быть. Мы подготовились, не волнуйся.

— Утром я была дома, потом поехала с мамой в салон красоты на бульвары. У меня сейчас как раз мама гостит. А вечером день рождения отмечали в «Крокусе», там был миллион человек.

— Мама давно гостит?

— Недели две, а что?

— Откуда она приехала?

— Из Саратова, — удивилась Милана. — Они с папой в Саратове живут.

— Это ваша квартира?

— Моя, конечно. Мне папа подарил.

— А папа чем занимается в Саратове? — спросил полковник Никоненко, подвинув участкового уполномоченного Анискина. — Бюджет осваивает в правильном направлении?

И остановил себя. Папа в Саратове не имеет никакого отношения к делу. Нам бы с Воздвиженкой разобраться, а уж потом можно и про Саратов потолковать.

— Что ж вы, на день рождения без кавалера собирались? — исправляя ошибку полковника, заговорил участковый уполномоченный. — Там небось все девушки с женихами, а вы что же? В одиночестве с мамашей?

— Павел обещал приехать! — сказала Милана с досадой. — А потом я несколько раз звонила, он трубку не брал.

Полковник видел ее звонки в распечатке с мобильного потерпевшего. Звонила она раз пятнадцать.

— У него встреча была назначена часа в четыре, что ли! Он сказал, ненадолго. Закончит и приедет. Мы даже поссорились, я говорю, как же ты приедешь, в шесть начинаются такие пробки! До утра будешь ехать. Ну, он сказал, что поедет на метро. Пошутил так.

— Понятное дело, пошутил, конечно, пошутил! Как можно на метро?! А с кем встреча у него была, Милана Вячеславовна?

— Да с депутатом этим! Они все время встречались. Павлик говорил, что депутат ему надоел, настырный очень, но деваться некуда, потому что это комитет по культуре, а музей как раз какое-то отношение к культуре имеет!

— Да что вы говорите?! — опять встрял полковник Никоненко. — Какое же отношение музей может иметь к культуре?

— Я не знаю.

Бесшумно распахнулись двери, и строгая женщина вкатила столик, уставленный чашками и тарелками. Они призывно позвякивали. Никоненко посмотрел. Варенье было в хрустальной вазочке, рядом серебряные ложки с длинными витыми ручками.

...Саратовским жителям, должно быть, нелегко приходится. За такую красоту каждый день платить!

— Вот и чай, — Милана с облегчением подвинулась в кресле, и лицо у нее посветлело. Все самое трудное позади, и она справилась. — Вам с сахаром, с лимоном?..

— Депутата из комитета по культуре зовут Александр Бурлаков? — неожиданно спросил симпатичный из Думы, и дурачок в носках на него посмотрел.

— Да, а откуда вы знаете? Хотя вы, наверное, там всех знаете.

— С женой Ломейко вы знакомы, Милана Вячеславовна?

Ну вот, опять тот пристал!.. А она расслабилась.

— Конечно, нет! Я ее никогда не видела.

— А она вас?

Об этом Милане ни говорить, ни вспоминать не хотелось. Да и зачем? Павлика нету, и умер он мужем той, другой. Зря мама говорила, ничего он не развелся, и теперь придется все начинать сначала, а столько времени потеряно.

— О его жене я ничего не знаю. Да вы поймите, у нас с ним была любовь. Лю-бовь. Чувство.

— Наступила осень, отцвела капуста, — неожиданно продекламировал Анискин, — до весны уснуло всяческое чувство. В последнее время вам ничего не казалось странным? В поведении Павла Игоревича? Или необычным?

— Я же говорю, мы виделись редко! Он был очень, очень занят.

Он решил ее бросить, вот как. Ничего он не был занят. Просто ему надоела она, Милана. Ни разводиться, ни жениться по новой он не собирался вовсе. Папа, когда они с мамой пожаловались ему на Павлика, махнул рукой — разбирайтесь, мол, сами!.. Дочка в столицах живет на свободе, в свет выходит, на курортах прогуливается регулярно, а жениха все нет. Ну, придумайте что-нибудь! А что можно придумать, что?! Где их взять, если они давно разобраны, а те, которые свободны, или никуда не годятся, или высматривают себе дочек породистых, с родословной, и одного приданого им мало! Им нужны гарантии, что вместе с приданым придут связи, положение, продвижение. А где папа станет продвигать столичного зятя? В Саратове?!

У Миланы даже слезы навернулись на глаза, так вдруг стало себя жалко. Ну вот за что ей все это? В чем она виновата? Почему ей так не везет?

...Это хорошо, что слезы навернулись. Пусть они думают, что она плачет из-за Павлика и из-за того, что его убили, бедненького, и любовь не вернешь.

— Павел много работал, в последнее время особенно. Он диссертацию написал и вот-вот должен был защитить. Диссертация — это о-очень, о-очень большой труд. Он занимался научной работой, не только... делами. Рассказывал, что сделал какое-то открытие по истории! Нашел документы про какой-то заговор, что-то очень серьезное. Собирался про это писать статью.

Теперь они слушали так внимательно, что Милане показалось, будто у них обоих горят глаза, как у волков. Она себя похвалила — увела разговор в совершенно безопасное русло.

— У него был какой-то приятель, он тоже диссертацию пишет или что-то такое. В общем, пишет. Вот они вдвоем и разузнали про заговор. Павел говорил, что это очень важно, хоть и было сто лет назад. Это открытие в науке, понимаете?

Милана махнула рукой.

— А что за приятель? — спросил Никоненко.

Она пожала плечами.

— Как зовут, чем занимается?

Она опять пожала.

— В лицо знаете приятеля?

Милана покачала головой.

Никоненко с шумом потянул из чашки чай, посмотрел по сторонам оценивающе, потом съел еще ложку варенья и поднялся.

Провожала их строгая горничная и все время, что полковник, сопя, совал ноги в ботинки, стояла неподвижно и безучастно.

Сбежали они по лестнице, лифт ждать не стали.

На улице Никоненко фыркнул и покрутил головой:

— Нет, я не понял, почему собаки задницами-то повернуты? — И зашагал по тротуару.

Шаховской посмотрел на собак.

— Дмитрий Иванович, кто такой этот депутат Бурлаков? — теперь Никоненко шел спиной вперед, говорил издалека.

— В комитете по культуре занимается музеями. Я его много раз видел и слышал.

Никоненко сунул руки в карманы.

— Ты, может, спросишь у депутата, какие дела у него с потерпевшим имелись? Чисто по дружбе!

С ними, с депутатами, сложно очень. Запросы всякие, бумаги разные, неприкосновенность!.. Спросишь?

Шаховской кивнул.

— Выходит, Ломейко знал, что был какой-то заговор.

— Выходит, знал. Ты бы свое историческое расследование ускорил малость, Дмитрий Иванович. Можно это? Или ты все на помощника скинул, а сам на оперативную работу перешел?

Так оно и было, но Шаховскому не хотелось в этом признаваться.

— Я попробую ускорить, Игорь.

В машине, где в подстаканник был втиснут зеленый плюшевый крокодил, довольно потертый, Шаховской вдруг сказал:

— Если в группе, допустим, восемь девушек, из них три Лолиты, две Снежаны, одна Мадлен, одна Констанция, а еще, скажем, Улита или Агафья, пиши пропало. Такую группу ничему нельзя научить.

— Почему? — весело удивился полковник.

— Экспериментальный факт. Объяснения нет. Я думаю, что дело не в именах детей, конечно, а в умственных способностях родителей.

— Как бы нам с тобой наши умственные способности к делу применить, а, Дмитрий Иванович? Пока что-то плоховато идет!

— Бурлакова я разыщу и поговорю, — быстро сказал Шаховской. — Со старухой из храма тоже могу побеседовать.

— Ты бы на историческую часть налегал, серьезно тебя прошу! Что за елки-палки, какие-то прохиндеи, потерпевший и его неизвестный приятель, про заговор в девятьсот шестом году давно узнали, а ты, профессор всех наук, до сей поры ни ухом ни рылом!

— А если в мейсенской чашке на самом деле были бриллианты? И тот, второй, об этом знал? Или они вместе с Ломейко их нашли, а второй решил, что делиться не стоит? И кто тогда второй?

— Постой, Дмитрий Иванович, не придумывай. В нашей работе хуже нет, когда вместо четких выводов пустые придумки! Выводы нам с тобой делать пока не из чего. У тебя пусто, и у меня не густо. Круг общения у потерпевшего — во! — И полковник вскинул руку над головой, гулко постучал по крыше салона. — И кого там только нет: банкиры, журналисты, гольфисты, арфисты, адвокаты, депутаты. Если пошагово всех отрабатывать, как положено, жизнь пройдет, как с белых яблонь дым. А у меня начальство. А у начальства свои резоны — Воздвиженка место не простое, и пока особняк на особом положении находился и закрытым стоял, все тихо-мирно было. Только под музей его отдали, так сразу же директора и укокошили. И если на это дело под особым углом посмотреть, вовсе не хорошая история может получиться. Смекаешь?

Шаховской кивнул. Он был абсолютно уверен, что «круг общения» Павла Ломейко ни при чем. Все дело в чашке и старых бумагах, найденных на месте преступления. Убийство — часть странных и зловещих событий, которые происходили в девятьсот шестом году. Сто лет назад началось что-то, продолжавшееся до сегодняшнего дня и завершившееся убийством. Впрочем, вполне возможно, что ничего еще и не завершилось.

Как с Думой. Все началось именно тогда, в первые годы прошлого века, и началось с кровопролития, революции, неуклюжих, кособоких попыток создать парламент, но в то же время не создавать, даровать народу «гражданские свободы», но и оставить все как есть, ограничив самодержавие, но и сохранить его «таким, каким оно было встарь»!

Каким-то странным, мистическим образом тогдашние ошибки, недостроенные отношения, недоделанные дела, недосказанные речи перекочевали из Таврического дворца на Охотный ряд, и иногда Шаховскому казалось, что покуда весь путь не будет пройден, опять сначала, опять с трудом, с ошибками и попытками на ходу их исправить, ничего не сдвинется с места.

Никто так толком и не поймет, для чего он нужен, этот парламент!

— Ты о чем задумался, Дмитрий Иванович?

— О парламенте.

— Самое время. Слушай, а кто такой этот тезка твой, о котором в письме сказано? Вроде там говорилось, порядочный, хоть и из Думы?

— «В Думе есть люди благородные, проявляющие большую волю в достижении того, что есть полезно и нужно для государства», — по памяти процитировал Дмитрий Иванович.

Про _того Шаховского_ ему говорить почему-то не хотелось, он стеснялся, как будто должен был рассказывать про _себя самого_.

— Ну? Чего ты замолчал? Кто он такой был?

— Князь Шаховской был прежде всего депутатом. Потом его избрали секретарем Первой Думы, он стал правой рукой председателя, то есть занимался в основном организацией работы. На самом деле это сложнее, чем кажется. Никакого опыта парламентской работы, если не считать земских собраний, в России не было. То есть ничего не было! Никто не понимал, что это означает — работа парламента. Как именно он должен функционировать? Ну, вот самое простое: кто за кем должен выступать? По очереди? По записи? В алфавитном порядке?

— А это имеет значение?

— Ну, конечно, — сказал Шаховской с досадой. — Сколько должны заседать? Три часа или восемь? Что должно получиться в результате заседания? Какая-то бумага, резолюция или что? Зачем нужно заседать?

— Как зачем? На то она и Дума, чтобы в ней заседать!

— Вот именно. И зачем? Все тогдашние депутаты были уверены, что заседают они исключительно по вопросу «Долой самодержавие!». Долой, и все тут. Какие там законы, конституция, бюджеты! По идее, Дума создавалась для принятия законов, по которым впоследствии должна была жить огромная страна. Но никто не умел принимать никаких законов.

— А Шаховской чего?

— Шаховской попробовал наладить работу. У него многое получилось, во Второй и Третьей Думе дело пошло, может, и не легче, но все же чуть понятней. Он был депутатом, а не канцеляристом или писарем, и остальным приходилось с ним считаться, он же один из них. Он пытался сделать из Думы первоклассно работающее государственное учреждение.

— Сделал?

Дмитрий Иванович улыбнулся.

— Пожалуй, да.

— Вот и молодец. А он не того... не предок твой, часом?

— Нет.

— А чего это ты разозлился?

— Я не разозлился.

Никоненко причалил к тротуару и сбоку посмотрел на Шаховского.

— Значит, с тебя депутат. Как его? Бурлаков? Только поаккуратней! Видишь, Милана показывает, что он в день убийства в музей приезжал. Черт его знает... И думай, думай головой, что там, в бумагах этих, какое они отношение к убийству имеют.

— А старуха?

— Какая старуха? А, сумасшедшая. Валяй, беседуй со старухой. Если что, сразу мне звони. Ну чего? Ты на этой выходишь или до следующей поедешь?

Шаховской спохватился, полез из машины и угодил прямиком в лужу. Ботинки залило с верхом.

— Слышь, Дмитрий Иванович! — наклонившись через сиденье, во весь голос окликнул его Никоненко. Петровка шумела и ревела автомобилями. — Там у Варвары какие-то вопросы по чашке этой. Она тебе звякнет. Лады?

Шаховской помедлил секунду, наступил в лужу и влез в джип.

Вот почему у него весь день было прекрасное настроение — из-за Варвары!

— Я сам позвоню, — сказал он полковнику. — Если ты дашь мне ее телефон.

— Дам я тебе телефон. А то можешь зайти. Пропуск я тебе еще с утра пораньше заказал, она на работе верняк торчит. Ну чего? Зайдем?..

1906 год.

Варвара Дмитриевна Звонкова писала быстро, так что чернила брызгали с пера. В гимназии Оболенской, где она когда-то училась, за такое неряшество ей непременно сделали бы замечание.

Боже мой, как давно это было — гимназия, шалости, любимые классные дамы!..

Впрочем, шалила Варвара Дмитриевна вовсе не от сознательной дерзости, а просто от детства. Однажды произошел такой случай. Задано было написать сочинение о способах освещения столицы. Варвара Дмитриевна написала: «Столица освещается фонарями», поставила точку и так и сдала страничку. Елизавета Ермолаевна, тогдашняя классная дама, очень молодая, добрая и красивая, прочитавши, сказала дрожащим голосом:

— Как вам не стыдно?

Глупой девчонке, какой была тогда Варвара Дмитриевна, мгновенно стало стыдно, она сбивчиво попросила извинения и обещала впредь не быть такой глупой.

Елизавета Ермолаевна, как и другие учителя, считала Варвару Дмитриевну очень способной и призывала ее учиться, не лениться, но той все давалось легко, и полного усердия в учебе она никогда не проявляла. Нынче, на ответственной работе в Думе, Варвара Дмитриевна часто вспоминала свою гимназию, ей казалось, что княгиня Оболенская и остальные могли бы ею гордиться. Она научилась систематическому труду, научилась вкладывать в него душу, хотя иногда, как сегодня, от излишней торопливости получалось плоховато.

Был уже глубокий вечер, заседание окончилось, и раздали отчеты. Варвара Дмитриевна писала статью в завтрашний номер «Русского слова». Как правило, получив расшифрованный стенографический отчет, она спешила домой или в редакцию, если уж материал требовалось сдавать срочно, но сегодня твердо решила задержаться.

Шаховской, заехавший за ней утром, как и уговаривались, ни слова не сказал ей о вчерашнем деле.

Темнил, смотрел в сторону, а когда Варвара Дмитриевна принялась настаивать, сказал, словно извиняясь, что хоть дело и совершенно пустяковое, рассказать о нем он никак не может — дал слово.

— Так если пустяк, к чему было давать слово? — разгорячилась Варвара Дмитриевна, которой казалось, что князь ничем с ней не делится, потому что она барышня. А она не барышня, а соратник по политической борьбе!

— Вы меня простите, Варвара Дмитриевна, так уж получилось. Слово дано, и теперь я ничего не могу поделать.

Весь день он был озабочен, даже как будто взволнован, а когда подали чай, ушел со стаканом в сад, хотя с первых дней в Думе так сложилось, что на время чаепития он непременно подсаживался к Варваре Дмитриевне, и они разговаривали. Не только о важном — что сегодня происходило на заседании и в кулуарах, — но и о пустяках. О Генри Кембелл-Баннермане — бульдог терпеть не мог как левых, так и правых. Особенно что-то взялся на Алябьева и Пуришкевича. Как заслышит зычный голос последнего, так непременно начинает подрыкивать и капать слюной, смешно!.. О летней поездке в нижегородскую усадьбу родителей Варвары Дмитриевны: они давно приглашали князя погостить, да все никак не получалось. О вишневом варенье, любимом обоими. Клубничное тоже хорошо, но все же нет ничего лучше вишневого.

Когда вместо разговоров князь ушел за французское окно, Варвара Дмитриевна сделала вид, что ничего не заметила, но в душе оскорбилась.

Да, а еще под вечер, когда председатель Думы Муромцев объявил перерыв в заседании, князь почти бегом кинулся в угловую комнату и стал наспех просматривать какие-то бумаги. Варвара Дмитриевна потом взглянула, и оказалось, что Шаховского так заинтересовал список министров, назначенных выступать в Думе в ближайшее время.

Зачем ему понадобился список, хотелось бы знать?

Она решила ни за что не уезжать, не дождавшись Шаховского, но время шло, а его все не было. Генри Кембелл-Баннерман уже не раз и не два поддавал ее руку лобастой башкой и смотрел вопросительно — ему хотелось домой и горячего ужина, и он не понимал, почему они с хозяйкой не идут вдоль решетки Таврического дворца, гордые собой и довольные проведенным в Думе днем. Генри очень любил утром ходить на работу, а вечером с нее возвращаться.

Варвара Дмитриевна дописала пассаж, перечла написанное, немного поправила, осмотрела рукава блузки, нет ли на них чернильных точек, еще раз прочла текст, а князь все не шел.

Тут она страшно рассердилась — на себя и на него, — решительно пристегнула поводок к ошейнику Генри и через анфиладу зал повела его к выходу.

Впрочем, бульдог был уверен, что его намеки возымели действие и это он повел Варвару Дмитриевну домой.

В потемкинской бальной зале, где во времена Екатерины танцевали тысячи пар, а теперь были устроены кулуары, оставалось еще много народу. Варвара Дмитриевна очень любила эту залу, с окнами от пола до потолка, с зеркалами в простенках, с белыми скамьями, обитыми голубым штофом. Здесь хоть нынче и не танцевали, но все равно откуда-то возникало ощущение праздничности — может быть, от дамских нарядов, старинных хрустальных люстр, узорного паркета, а может, от выражения лиц, энергичных речей, улыбок.

Здесь еще продолжали громить, выступать, обсуждать все сказанное за день с трибуны, издали был слышен взвинченный голос Пуришкевича:

— Стыдно, господа, стыдно-с! Нынче вашими усилиями слово «патриотизм» стало в России одиозным! За вашими стенаниями о народной доле вы потеряли ощущение государства как живого существа!

Генри Кембелл-Баннерман, полный тезка британского премьер-министра, напружинил загривок и зарычал тихонько, но выразительно.

— This is definitely not your business. It's all about politics[1], — сказала ему Варвара Дмитриевна и чуть-чуть ускорила шаг.

По неизвестной причине речи Пуришкевича ее пугали, как нечто... первобытное и неодолимое — гроза, буря. Князь Шаховской, напротив, нисколько его не боялся и даже позволял себе немного подтрунивать над рьяным монархистом, впрочем, не обидно.

Кто-то из депутатов или приглашенных, стоящих вокруг тесной группкой, Варвара Дмитриевна не разглядела, кто именно, возражал Пуришкевичу:

— Полно вам, Владимир Митрофанович! «Вы все, в ком так любовь к отечеству сильна, любовь, которая все лучшее в нем губит, — и хочется сказать, что в наши времена тот честный человек, кто родину не любит»...

Варвара Дмитриевна узнала строфу из Жемчужникова и улыбнулась. Она полностью разделяла убеждения поэта. Как можно любить *такое отечество*?! Сна-

---

[1] Это не наше дело. Это касается политики *(англ.)*.

чала следует его улучшить, перестроить, а уж потом любить, зная, за что любишь.

— Вы погубите великую Россию! Приведете ее прямиком в пропасть! Вы киваете постоянно на Запад и ищете вечно на Западе примеров, посмотрели бы, как там воспитывается патриотизм и как относятся к врагам государства!

Пуришкевич возвысил голос, и Генри тоже возвысил, зарычал громче. Варвара Дмитриевна уж не рада была, что пошла покоями, а не садом.

— Революция, революция застит вам глаза! Но доколе нет порядка, доколе в стране смута, должно помнить, что всякая поблажка революции есть сдача революции. Сдаваться мы не имеем никакого права, хотя некоторые господа из ваших имеют к этому все желания и задатки!

Дойти-то оставалось всего ничего, но в эту минуту толпа расступилась, как разомкнулось кольцо, из него шагнул Пуришкевич, возбужденный, красный, но все равно величественный и монолитный, по сторонам и под ноги не глядит, конечно. Генри Кембелл-Баннерман, тоже величественный, и не подумал шарахнуться, убраться с пути, и ботинок монархиста как следует отдавил собачью лапу.

Генри взвыл, припал к полу и вцепился в ботинок. Пуришкевич дрогнул и чуть было не повалился назад. Произошла неприличная и шумная сцена, в которой принимали участие все собравшиеся, включая сбежавшихся на крики приставов.

— А пес-то ваш левак! — проговорил Варваре Дмитриевне на ухо депутат Алябьев. — Объявил войну монархистам! Придется на заседании ЦК в социал-демократическую партию его принять.

Он был рад, что эта анафема английская тяпнула не его, а Пуришкевича. Так ему и надо!

— Он просто не любит криков, — чуть не плача, сказала Варвара Дмитриевна. — Терпеть не может!

Все, все из-за князя Шаховского! Он целый день интересничал, не обращая на нее никакого внимания, вместо того чтобы с самого утра все по-дружески ей объяснить. А если бы удосужился, не было бы неприличной сцены с посторонним человеком!

Кое-как они выбрались из дворца и пошли по тротуару. Варваре Дмитриевне казалось, что и на улице все на нее смотрят, чуть не пальцами показывают. Генри, прихрамывая, гордо и тяжеловесно трусил рядом.

— Вот замечательно, — сказала ему Варвара Дмитриевна с досадой и укором. — Вошел в политику, нечего сказать! Укусил самого Пуришкевича!..

В нескольких шагах впереди она вдруг заметила князя Шаховского. Он шел довольно быстро, но был совсем недалеко, можно догнать или окликнуть.

Тут Варвара Дмитриевна сообразила, что, если он вышел из Таврического только что, стало быть, был свидетелем сцены и ничем ей не помог, просто ускользнул!

Она быстро задышала, потому что вдруг слезы поднялись к глазам — еще не хватает!

...Нет, а все же это странно. Обыкновенно князь уезжал в коляске, так как жил далеко, пешком добираться долго и неудобно. Сейчас его коляска, которую Варвара Дмитриевна отлично знала, неторопливо ехала по мостовой почти вровень с ней.

Что это может означать?..

Она подтянула поводок и пошла потише, стараясь не терять Шаховского из виду. Никакой слежки она осуществлять не станет, конечно, но все же интересно, что происходит.

Дмитрий Иванович некоторое время шел впереди, потом оглянулся и махнул рукой своему человеку. Коляска остановилась под липами, а Шаховской свернул в боковую улицу. Варвара Дмитриевна с Генри повернули за ним. Бульдог задрал башку и посмотрел удивленно. Он точно знал, что они идут не туда.

...А как же вкусный ужин? Отдых от трудов под стулом хозяйки? Покойный вечер в кругу семьи, позвякивание посуды, привычные, любимые голоса? А потом валяться на коврике до самого завтрака, а утром трусить на службу? Что может быть лучше?!

Генри даже приостановился, решив напомнить, что им вовсе не сюда нужно, а домой, но Варвара Дмитриевна сильно потянула за поводок. Пришлось покориться.

Князь шел быстро, и Варвара Дмитриевна, поймав себя на глупом любовании — широкоплечий, стройный, легкий — немедленно перевела взгляд на квадратную спину Генри Кембелл-Баннермана, а потом и вовсе перешла на другую сторону.

Вот так-то лучше. И ничего она за ним не следит! Просто ей интересно.

Князь свернул еще раз, и Варвара Дмитриевна заспешила. Если он сейчас войдет в один из подъездов, она даже не успеет увидеть, в какой именно.

Однако никуда сворачивать Дмитрий Иванович не стал, так и шел по тротуару. В переулке почти никого не было — все же вечер, хоть и светло, и тепло, и обыкновенно свинцовые петербургские небеса голубели по-весеннему, а в той стороне, где Нева, между серыми громадами зданий мелькала полоса розового, умиротворяющего заката. До белых ночей далеко, но предчувствие уже разлито в воздухе, даже каменные громады кажутся не такими мрачными и безнадежными, какими их выводил г-н Достоевский.

Вот ведь — весна! А там и лето не за горами, веселые сборы, поездка на пароходе в Нижний, где непременно будет ее встречать Василий, присланный из усадьбы за нею, особенный воздух, пахнущий покосом и чистой рекой, возы на городском спуске, над ними пыль и жаркое марево, сады, сады — особенная радость после Петербурга, где деревьям и травам нет места!.. Дорога до ворот усадьбы, — за воротами Варвара Дмитриевна всегда спрыгивала с коляски и бежала пешком, — приятные разговоры с Василием, любимцем с детства, который всегда интересовался делами Варвары Дмитриевны и ее брата-студента и рассказывал свои новости.

Если б не князь Шаховской с его сегодняшними причудами, все в жизни Варвары Дмитриевны было бы прекрасно!..

Князь между тем пошел помедленнее, как будто соображаясь с номерами домов. Варвара Дмитриевна подтянула Герни Кембелл-Баннермана поближе к себе. Вот наказанье, зачем она только пошла за ним?.. Сейчас, не дай Бог, он оглянется, увидит, со стыда сгоришь!

Однако князь не оглянулся. За восемнадцатым номером между домами открылась решетка, а за ней несколько лип, дорожки и в тени — скамеечки. Даже садиком это никак нельзя назвать — просто аллея, выходящая к Фонтанке. Шаховской зашел в калитку и уселся на вторую от входа скамью.

Что же теперь делать? Войти следом, сделать вид, что встреча случайна, — нечего и думать. Уйти совсем? Это самое правильное, конечно, но любопытство грызло и подтачивало ее. Любопытство и еще какое-то странное чувство, неведомое доселе Варваре Дмитриевне. Будто ей важно знать, что именно затеял Дмитрий Иванович и зачем уселся на вторую от входа скамью? Просто так или в романтическом смысле? И что она станет делать, если в романтическом?

Вот завтра она явится в Думу, зная, что Дмитрий Иванович накануне романтически сидел на скамье, и что? Весь интерес, вся сладость работы, горячих споров, политических баталий пропадет и утратится начисто!

Варвара Дмитриевна немного подумала, затем перебежала улицу, завернула за угол — недоумевающий Генри трусил за ней — вышла к Фонтанке, еще раз повернула и вошла в аллею с другой стороны, Дмитрий Иванович посиживал спиной к ней. Здесь были насажены плотные и жесткие кусты, сквозь которые Варвара Дмитриевна тихонько пролезла, придерживая юбку, и оказалась в зарослях сирени. Только бы князь не заметил! Хорошо хоть вокруг ни души.

Сердце у нее колотилось от переживаний и стыда.

...Вот, милостивая государыня, какая вы невозможная! Впрочем, это придется обдумать позже, сейчас не до обдумываний.

Генри тяжело дышал рядом. Хорошо хоть она с компаньоном, одной было бы совсем невыносимо.

Сирень, готовая зацвести, уже тонко и сладко пахла. Варвара Дмитриевна нагнула к себе кисточку и понюхала независимо, как будто только для того и забралась сюда, чтобы насладиться ароматом.

Минуту, когда рядом с князем на скамейке возник еще один человек, она пропустила, как будто тот из вечернего воздуха материализовался.

Варвара Дмитриевна, хоть и оказалась в результате своих маневров совсем близко, слов почти не могла

разобрать, а ей представлялось страшно важным услы-
хать, о чем они говорят.

И кто этот второй? Что-то в нем было знакомое,
как будто она уже видела эти нервические движения,
когда он стал размахивать картузом.

Он говорил «бу-бу-бу», ничего не поймешь, Дмитрий Иванович внимательно слушал, а потом спросил
строго:

— Это точно известно?

Тот опять завел свое «бу-бу-бу», а князь спросил:

— Почему именно господин Коковцов?

Варвара Дмитриевна молниеносно и неслышно
вздохнула и шагнула еще чуть-чуть вперед в своей си-
реневой цитадели. При чем тут министр финансов?
Выходит, это деловая беседа?

— Расскажите все, что знаете, — велел Дмитрий
Иванович, и второй заговорил, и говорил долго.

...Ну, ничего же не слышно! Нельзя ли погромче?!

Тут таинственный собеседник князя подвинулся
на скамейке так, что оказался к Варваре Дмитриевне
вполоборота, и она... узнала!

Варвара Дмитриевна ахнула. Генри, прилегший
было в прохладе кустов, вскочил на ноги, зарычал
и гавкнул, двое на скамейке оглянулись, и госпожа
Звонкова, не думая ни о чем, кинулась вперед.

— Дмитрий Иванович!

— Варвара Дмитриевна, голубушка!..

— Кто здесь? Князь, вы обещали! Вы слово давали!..

— Дмитрий Иванович, это он! Который был в Таврическом!

— Как вы здесь?! — спросил князь.

— Это он, он меня напугал в Думе! Тише, Генри!..
Stop, stop it!

...Хотя если бы не вмешательство бульдога, только бы этого второго и видели! Сразу после феерического появления Варвары Дмитриевны из сиреневых зарослей он стал отступать и, пожалуй, дал бы деру, но Кембелл-Баннерман был начеку. Вздыбив складчатый загривок и обнажив клыки, он припал на упористые короткие лапы, стал надвигаться, и человек с картузом сделал шаг назад, неловко упал на скамью и закрыл лицо руками.

— Дмитрий Иванович, это тот самый, помните, когда я испугалась? Он хотел вас видеть! Я подумала, у него бомба!

— Я помню, но как вы здесь?!

— У меня нет никакой бомбы и тогда не было! — произнес давешний студент.

Тут Варвара Дмитриевна осознала всю серьезность и двусмысленность своего положения. Сейчас Шаховской поймет — что она шла за ним, следила, как жандарм за политическим, а потом еще и подслушивала в кустах!

Она залилась краской так, что жарко стало даже волосам, и серебряный обруч в локонах внезапно сдавил виски, как пыточное орудие.

— Я... мы с Генри... мы просто гуляли, и я увидела вас... совершенно случайно... и этот человек... я его знаю... он при депутате Алябьеве состоит... — она продолжала лепетать, а князь смотрел пристально и серьезно.

Лучше бы отчитал!

— Присядемте, — предложил Шаховской, когда она выдохлась и замолчала. — В сложившемся положении это самое лучшее.

— Меня убьют, если кто-нибудь узнает, — вдруг сказал помощник депутата Алябьева так, как будто речь шла о чем-то совершенно обыденном. — Неужели вам действительно все равно?

— Никто не узнает, — возразил Дмитрий Иванович, — за госпожу Звонкову я могу поручиться, как за самого себя.

Помощник Алябьева — Варвара Дмитриевна позабыла, как его зовут, — безнадежно махнул рукой.

— Рассудите сами, — продолжал Дмитрий Иванович, как ни в чем не бывало, — вы уже имели с ней беседу в Таврическом, когда разыскивали меня. Даже успели напугать! Гораздо разумнее будет ввести ее в курс дела, чем оставлять в неведении и беспокойстве. Госпожа Звонкова не просто талантливая журналистка, но и наш проверенный товарищ по партии.

Варвара Дмитриевна, хоть и была почти в слезах, все же этого «товарища» отметила.

— Вы можете быть с ней так же откровенны, как и со мной, — добавил князь.

— Да, но дело чрезвычайной секретности...

— Я не выдаю чужих секретов, — вспылила Варвара Дмитриевна, думая о том, что она «товарищ».

— Поклянитесь, что никто и никогда, ни ваши маменька и папенька, ни подруги, ни знакомые не узнают того, о чем мы здесь говорим. И имени моего вы никому называть не станете, — потребовал помощник депутата Алябьева.

— Разумеется, не узнает, — твердо сказала Варвара Дмитриевна и покосилась на князя. Имя она и сама позабыла! — Никто и никогда.

— Позвольте два слова, чтобы попусту не тратить время, — вступил князь. — Господин Викторов состоит в социал-демократической партии, насколько я понял, в самом радикальном ее крыле. Сейчас идет подготовка к акту убийства министра финансов. Цель акта сорвать договоренности о франко-русском займе. Дело должно быть обставлено так, будто в убийстве замешаны левые депутаты Думы. Россия не получит денег, которые необходимы для пополнения казны, а для государя страшная смерть одного из самых уважаемых министров станет поводом для разгона Думы. Взорвать министра планируется на железной дороге. Погибнуть должны десятки людей, — Варвара Дмитриевна слушала, боясь вздохнуть. — Убийство должно откликнуться не только в России, но и по всей Европе, где только с открытием Думы поверили в возможность перемен и остановку революции.

— Революция не должна останавливаться, — бесцветным голосом сказал господин Викторов и сел поглубже в тень. — Самодержавие будет сметено любой ценой.

— А покуда работает Дума, есть возможность договориться и без революции. Это господам социал-демократам не подходит. Нужен взрыв.

— Он и произойдет, если... вам не удастся его предотвратить, — пробормотал господин Викторов.

Варвара Дмитриевна представила себе варшавский поезд, с длинными, как во всех нерусских поездах, окнами, с диванами, латунными ручками, чистыми стеклами. Вот дают гудок, кричит паровоз, в толпе на перроне начинается суета последних секунд перед отправлением, а впереди дальний путь, путешествие, радость.

Нет, впереди гибель, смерть. Остановитесь, туда нельзя!.. Но уже плывут мимо вагоны, девочка на руках у отца машет за чистым стеклом, кланяется усатый кондуктор, мальчишки отталкивают друг друга, чтобы подольше видеть бабушку, а мать выговаривает им и смеется, собака недоуменно лает в тамбуре — едет впервые, непривычно ей.

Взрыв.

Варвара Дмитриевна открыла глаза.

Ничего, ничего. Пока еще все можно изменить. Еще есть время.

И есть Дмитрий Иванович и этот человек, пришедший предупредить.

Перед глазами немного дрожало — может, оттого, что ветер шевелил кроны лип?..

— Полиция ни о чем не подозревает, — продолжал помощник депутата Алябьева. — В группе все проверенные боевики, из чужих и новых никто не допущен. Боятся провокаторов. Сам товарищ Юновский поставлен за главного. План операции и вся разработка у него в руках. Подробностей никто не знает.

— Кто такой этот Юновский?

— Из Петербургского совета рабочих депутатов. Важная фигура. Через него идут все деньги от актов и ограблений, он выбирает и намечает... цели.

— А бомба?

— Бомбу изготавливает Сулимо, ответработник боевой технической группы, на Малоохтинском. Взрывчатка с Патронного завода. Помогает какой-то инженер, кажется, из Москвы.

— Этот Юновский бывает на Малоохтинском?

— Может быть, и не всякий день, но бывает. Конспирация строжайшая.

— А дом, где подготовка к акту идет, вы знаете? Сможете показать?

— Смогу.

Шаховской задумался. Варвара Дмитриевна боялась дышать. Социалист же, напротив, как-то размяк, нервная дрожь улеглась, и сел он посвободней, как будто тяжесть с него свалилась.

— Позвольте спросить, — вдруг заговорил Шаховской, — мне важно. Почему вы решились сказать, Борис? Если ваши узнают, плохо вам придется.

— Если узнают, смерти буду, как избавления, ждать. Молиться о ней, хоть и не верю я ни в кого...

— Тогда почему?

Борис заглянул Шаховскому в лицо и опять откинулся на спинку скамьи.

— Страшно стало? — как-то очень просто, по-дружески спросил князь.

— Вы не поймете.

— Я попробую.

Борис помолчал, а потом заговорил из тени:

— Я мальчиком часто приходил к отцу в канцелярию. Это не полагалось, но меня пускали. Я там за шкафом занимался. Дома... возможности не было.

Варвара Дмитриевна ничего не поняла. Какой шкаф?.. Какая канцелярия?.. К чему все это, когда нужно людей спасать от бомбы?! Спешить, куда-то бежать, звать на помощь!

— И вокруг только и разговоров, чтоб не попался я на глаза Владимиру Николаевичу, который был в ту пору помощник статс-секретаря. Увидит, выгонит отца, останемся совсем без средств. Строгий он очень. А деваться все равно некуда, надо же мне где-то находиться.

— Владимир Николаевич Коковцов? Которого собираются убить? — спросил князь.

Борис кивнул.

— Он тогда по Государственной канцелярии служил. После уж в министры вышел. И вот однажды Владимир Николаевич застал меня за шкафом. Не знаю, зачем он заглянул к низшим чинам в комнату, что ему там понадобилось!.. Регистратор даже в лице переменился, оправдываться стал, клялся, что сам не знает, как я проник за шкаф, уверял, что такое больше не повторится. А я понял одно только — и мне, и отцу конец пришел. И службе его конец, пропали мы. Владимир Николаевич слушал-слушал, а потом достал из жилетного кармана две карамельки и угостил меня. И ушел. День, другой проходит, а никакого приказа об отставке отца все нету. А недели через две его коллежским секретарем пожаловали, и жалованье сразу чуть не вдвое назначили. Мы на другую квартиру переехали, учителя мне взяли и няньку, потом уж я в гимназию поступил... А теперь Владимира Николаевича должны убить, и я об этом знаю.

За спинами у сидящих прогрохотал одинокий экипаж, и Варвара Дмитриевна вдруг как будто очнулась и поняла, что ей холодно, зубы стучат.

— Отец мой до последнего дня в церкви за здравие Владимира Николаевича свечки ставил. Все ко мне подступал, чтобы и я молился. Только я в церковь не ходил. В первый раз пошел, когда узнал, что акт готовится. А там поп как раз про убийства толковал. А вас я по Думе знаю. Там часто повторяют, какой вы... порядочный человек, из всякого положения выход найдете. Хотел сначала прямо к вам обратиться, но побоялся. А поп обещал нас свести и свел.

— Карамельки, — задумчиво проговорил Дмитрий Иванович. — Две карамельки, вот ведь штука какая...

Он почесал Генри Кембелл-Баннермана под подбородком, а потом за ухом.

— Министра внутренних дел все равно придется в известность ставить. Без его содействия никак не обойтись.

— Лишь бы не дознались, что я навел.

— Не дознаются. Я спишусь со Столыпиным, попрошу о встрече, вряд ли он мне откажет. На вас ссылаться ни при каком случае не буду. В боевой группе точно знают, когда именно министр финансов отбывает во Францию?

— Известно, что на будущей неделе. Одна из горничных подкуплена, она сообщит, когда багаж будет сложен и паспорт готов.

— Времени совсем мало, — посетовал Шаховской. — Что бы вам раньше-то... Полицейскую операцию вполне возможно устроить, только как узнать точно, когда и где будут находиться руководители группы?.. Ежели группу обезглавить, никакие акты не состоятся.

— Тут я вам не помощник, — сказал Борис. — Секретность полная. Где они живут, когда у кого бывают, когда на Малоохтинском собираются, никто не знает.

— Тогда их нужно заманить, — неожиданно для себя выпалила Варвара Дмитриевна, и они оба, князь и социалист, уставились на нее. — Придумать наживку и поймать на крючок!

Они молчали, и в сумерках казалось, что на лицах у них странные гримасы.

— Эти ваши террористы все время ищут средства на революцию, правильно? И многие состоятельные люди им ссужают, так? Можно придумать, что объявился какой-нибудь сочувствующий богач и хочет внести свою лепту в дело террора. А условием поставить личную встречу! Мол, отдаст деньги только в руки руководителей группы, больше никому не доверяет. Террористы придут за деньгами, и мышеловка захлопнется.

Они все молчали. Варвара Дмитриевна нахмурилась, и Генри поднял голову.

— Что? — спросила она строго. — Что такое?

— Варвара Дмитриевна, голубушка, да вы умница! Это прекрасная мысль!

Князь вдруг поцеловал ей руку, она отняла.

— Мне нужно подумать, — произнес он скороговоркой. — Подумать, подумать. Приманка — отлично, превосходно! Расставить сети и захлопнуть...

— Чтобы товарищ Юновский сам занялся, куш должен быть уж очень велик, — сказал господин Викторов.

Шаховской отмахнулся.

— Об этом не беспокойтесь, у меня есть и золото, и бриллианты. Можно хоть чашку насыпать! Чтоб все правдоподобно, чтобы не спугнуть, заставить объяснить, на какое революционное дело будут потрачены средства. Что именно — газеты, прокламации, оружие, подкуп, агитация на заводах?.. Пока они будут объяснять... Лишь бы жандармы не сплоховали. Ах, какая вы умница, Варвара Дмитриевна!

Он вскочил и тут же сел обратно.

— Нужно только удержать все это в секрете. Депутат Алябьев знает руководителей боевой группы?

— За это поручиться не могу, но, скорее всего, знает. Впрочем, ему доверия нет. Социал-демократы выборы бойкотировали, он в Думу одиночкой выбирался и от участия в секретных операциях давно отстранен.

— В доверии нет никакой необходимости. Даже лучше, что не доверяют!.. Ни его, ни, следовательно, вас никто ни в чем не заподозрит. Действовать придется через секретных сотрудников, наверняка у Петра Аркадьевича имеются агенты среди социал-демократов. А обставить все так, будто дело не терпит отлагательств — жертвователь днями отбывает за границу, ждать не может, передать средства желает немедленно. — Князь помолчал. — Может быть, и успеем.

— Как же не успеть?! — воскликнула Варвара Дмитриевна. — Нужно, нужно успеть!

— Встречаться впредь удобнее всего в Таврическом. Вы, Борис, всегда можете ко мне обратиться якобы по думским делам, как к секретарю председателя, и такое обращение ни у кого не вызовет никаких подозрений. Как только мне удастся снестись со Столыпиным и разработать сколько-нибудь приемлемый план, я тотчас же вас извещу. — Шаховской встал со скамьи и помог подняться Варваре Дмитриевне. — И... не сомневайтесь, Борис. Вы поступили так, как вам подсказало ваше сердце.

— А поп? — неожиданно и не слишком понятно спросил социалист. — Не выдаст?

— Нет, уверяю вас.

— Варвара Дмитриевна, дайте слово никому не передавать, что от меня сегодня услыхали.

Госпожа Звонкова сказала даже, пожалуй, излишне резко:

— Я даю вам слово, господин Викторов! И, признаться, от вас я почти ничего и не слышала! Все больше от князя.

Шаховской дотронулся до шляпы — попрощался — и пошел с Варварой Дмитриевной и Генри по аллее.

— Дмитрий Иванович, что же будет?

— Будем надеяться, сработает ваша уловка, и на приманку террористов удастся поймать. Времени очень мало. Слишком долго решался господин революционер...

— Но ведь решился!

Шаховской улыбнулся.

— Из-за двух карамелек, да. Видите, как бывает.

— А министр финансов? Его ведь тоже необходимо известить!

— Думаю, это Петр Аркадьевич на себя возьмет. Тут ведь чем больше суеты, тем хуже, Варвара Дмитриевна. Прав наш революционер, такие обстоятельства требуют особой секретности. Хорошо бы, конечно, к делу решительно никого не привлекать, даже охранку, так ведь без них не обойдешься! Лишь бы не начали бумаг писать, со всеми департаментами согласовывать! Вы ведь знаете, как в России. Любое живое дело погубят бюрократы и крючкотворы.

Шаховской задумался.

— Впрочем, Столыпин человек решительный и честный. Хоть и не согласен я с ним...

— Столыпин — душитель революции, — заявила Варвара Дмитриевна как-то неуверенно.

Все знали, что министр внутренних дел пытается навести порядок совершенно азиатскими, зверскими методами. В Думе на каждом заседании только и разговоров про военно-полевые суды да казни революционеров через повешение, «столыпинские галстуки». Любое предложение осудить террор с думской трибуны — вон Дмитрий Иванович сколько раз призывал! — наталкивается на протест: «Сначала прекратите вешать, а там посмотрим!» Так считают и левые, и либералы, все.

И вдруг так получилось, что на Петра Аркадьевича с его методами только и надежда. Если он с его средневековой азиатчиной не вмешается, будет то, что представилось Варваре Дмитриевне только что и во всех подробностях — взрыв, ужас, вопли, куски человеческого мяса, оторванные конечности, трупы.

«Не стану думать. Ни за что не стану».

Да и Дмитрий Иванович рядом. Он-то уж точно этот ужас предотвратит.

В молчании они дошли до коляски.

— Разрешите мне проводить вас, Варвара Дмитриевна, чтобы сегодня уж никаких приключений больше.

Помог ей забраться и подсадил Генри Кембелл-Баннермана. Она метнула на Шаховского быстрый взгляд — очень хорош, очень!.. Особенно улыбка, как будто он немного смущается и старается этого не показать.

И, слава богу, не спрашивает ни о чем — как она попала в аллею, почему пряталась в кустах! Как будто знает, что спрашивать об этом нельзя.

Тут она вдруг вспомнила, что он сказал: хорошо бы к делу никого не привлекать. И перепугалась.

— Дмитрий Иванович, но вы же... в самом деле лично не станете участвовать?

— В чем, Варвара Дмитриевна?

— В деле, боже мой!.. Это ведь полиция на себя возьмет, правда? И ловушку устроить, и приманку, и господ террористов вызвать на переговоры?

— Я пока не знаю, как оно будет. Приманкой, думаю, как раз мне придется заняться. Если официально в Казначействе заказывать золото на секретную операцию, сами понимаете, сколько времени пройдет и усилий потребуется.

— Но вы не можете рисковать. — Она хотела сказать «собой», но получилось другое: — Вашими собственными средствами, да еще такими значительными!

— Никакого риска нет, уверяю вас, — он улыбнулся и опять как будто смущенно, — вряд ли ценностей понадобится столько, что это нанесет моей семье существенный урон. Да ведь и нужны они просто для правдоподобия, расставаться с ними мне вряд ли придется.

— Дмитрий Иванович, вы не понимаете...

— Варвара Дмитриевна, я все понимаю.

Тут он взял ее руку, легко, осторожно. Его пальцы были прохладны и немного дрогнули, как будто Шаховской погладил ее ладонь. Варвара Дмитриевна замерла, даже дышать перестала.

— Давайте заключим союзнический договор. Если вам в другой раз что-то покажется странным или просто захочется приключений, ставьте в известность меня. Мы вместе во всем разберемся. Договорились?

Варвара Дмитриевна приняла его руку.

...Союзнический договор?! Еще не хватает! Тут уж и до «товарища по партийной работе» недалеко!

— Вы мне бесконечно дороги, Варвара Дмитриевна, — продолжал Шаховской твердо. — А мне в ближайшее время понадобится абсолютно холодная голова. Прошу вас, не заставляйте меня беспокоиться.

Варвара Дмитриевна смотрела в сторону, на проплывающий мимо синий весенний Петербург. Щеки у нее пылали.

Государственная дума, террористы, министр финансов, русская революция отошли на второй план. Остались только пылающие щеки и сильно бьющееся сердце — единственные важные вещи в синем весеннем Петербурге!..

...Что из сказанного князем главное? Союзнический договор или что она ему «бесконечно дорога»? Как понять?

...Как всегда, воспоследовали процедуры с паспортом, списками, сличением физиономии в паспорте с собственной профессорской физиономией, выгружением из карманов ключей и телефона, с торжественным проезжанием профессорского портфеля через просвечивающий аппарат, с забыванием ключей и телефона в пластмассовом корытце, ловлей портфеля, который все норовил свалиться с черной ленты.

— Вы попросите, чтобы вам пропуск сделали, — посоветовал Дмитрию Ивановичу знакомый лейтенант. На кульбиты, которые выделывал профессор с портфелем и телефоном, он смотрел с сочувствием. — Вы же почти каждый день приходите.

Шаховской сказал, что непременно попросит, зная, что никого просить не станет, и некоторое время провел, слоняясь по Думе туда-сюда, приезжая на лифте в буфет, уезжая в подвал и на технический этаж. Потом он оказался там, откуда начал путешествие, — на центральной лестнице, которую так любили журналисты. Сейчас здесь толпилось несколько озабоченных молодых людей с камерами и девушек с планшетами и блокнотами. По всей видимости, кого-то ждали. Микрофоны, засунутые в цветные поролоновые шишки с надписями «1 Канал», «Россия», «НТВ», в ряд лежали на красной дорожке, Шаховской старательно переступил через провода, чтобы их не задеть.

...Странно, что Ворошилова не видно. В два счета он бы отвел его куда нужно и непременно рассказал бы «смешное».

В конце концов Шаховскому удалось попасть на шестой этаж, где размещался комитет по культуре, но там тоже некоторое время он бродил по пустым коридорам, пытаясь сообразить, в какой стороне кабинет Бурлакова, и тут ему навстречу вышел Говорухин, знаменитый режиссер и председатель этого самого комитета.

— Дмитрий Иванович! Ты к нам, что ли? А то я сейчас уезжаю!

— Здравствуйте, Станислав Сергеевич.

Они были давно и хорошо знакомы, Шаховской, как и еще несколько миллионов человек, Говорухина уважал безмерно, фильмы его смотрел столько раз, сколько их показывали — десять, значит, десять, пятьдесят, значит, пятьдесят.

— Ты по делу или просто так, время ведешь?

— Мне нужно с Бурлаковым увидеться.

— С Сашкой?.. — Говорухин вполне мог позволить себе не церемониться и всех так называл — Сашка, Димка, — и никто не обижался, еще бы!.. — Я с утра его видел. Где-то здесь был. А чего вдруг он тебе понадобился? Про музеи решил потолковать? Он у нас музейными делами занимается.

— Про музей и хотел.

— Я только что из Тамбова вернулся, вот у них там музей! Все ругают провинцию, а вот съездили бы, глянули, может, чему и научились у провинциалов. — Тут Говорухин оглядел Шаховского с головы до ног. — А ты чего такой солнечный, Дмитрий Иванович? Влюбился?

Это было так неожиданно и так... похоже на правду, что ему стало жарко и неловко.

— С чего вы взяли?

— Ну, ну, — сказал Говорухин. — Я же режиссер!.. Все вижу. Ишь ты, и покраснел даже! Да ладно, чего ты? Не отобью, не бойся. Некогда мне отбивать. Пойдем, доведу тебя до Сашки.

Они пошли по коридору, ухмыляющийся Говорухин и совершенно красный Шаховской.

— Ты можешь для меня одну штуку сделать? Я вот сейчас придумал.

— Да все, что угодно, Станислав Сергеевич.

— Чего угодно, мне не надо. А подбери ты мне материалы про начало Первой мировой, а? Всего сто лет прошло, а мы уж позабыли! Ей-богу, про Наполеона больше помнят. Вот скажи мне, ты знаешь, как Первую мировую в России называли? Вот как, как?

— Вторая отечественная.

— Я бы сценаристов нашел, может, фильм сняли б. Только материалы мне нужны такие, чтоб за душу брало, чтоб все понятно, с чего она началась и почему закончилась так... трагически. Сможешь?

— Когда вам нужно?

— Да когда, когда!.. В прошлом году уже. Я одну дуру попросил, журналистку, так она мне прислала пятьсот страниц, надергала из научных работ, там сам черт не разберет, чего написано. А ты толковый. Сумеешь?..

«Толковый» Шаховской отлично представлял себе, какую работу придется провернуть, чтобы собрать материалы, да еще такие, «чтобы все понятно» и «чтобы за душу брало», это не Борину статью почитать и поправить, но отказаться ему даже в голову не пришло.

Он быстро прикинул свои возможности.

— Сколько времени есть, Станислав Сергеевич? Если всерьез?

— Если всерьез, месяц, не больше. В помощь своих кого-нибудь дам. У меня в комитете все ребята дельные. Дур не держу.

— Это всем известно. Хорошо, я попробую. Начну готовить, пришлю, вы посмотрите, годится вам или не годится. Если я правильно понимаю, нужна короткая, но емкая историческая справка и какие-нибудь подробности. Совпадения, странности. Да?

— Во-во! Говорю же, понятливый! — Говорухин распахнул дверь в кабинет. — Маша, твой у себя? Я вам гостя привел! Сашка! Выходи!

Секретарша поднялась из-за стола, заулыбалась радостно, как все и всегда при виде Говорухина. Хотя ничего веселого или забавного он не говорил и не делал, часто бывал резок и даже грозен, но почему-то всем казалось, что сейчас начнется какой-то праздник, волшебство.

— Ну, спасибо тебе, Дмитрий Иванович. Если что, вопросы там какие-то, приезжай ко мне на «Мосфильм» или сюда приходи. Я больше нигде и не бываю.

Говорухин потряс руку выскочившему из кабинета депутату Бурлакову — Сашке, — сказал комплимент секретарше и удалился.

Шаховской с Бурлаковым посмотрели друг на друга.

— Прошу прощения, — начал наконец профессор. — Можете со мной поговорить? Недолго.

— Ну, конечно.

Тем не менее лицо у Бурлакова было удивленное, а Шаховской, оказавшись в кабинете, вдруг понял, что решительно не знает, о чем и как именно станет говорить. Когда он шел сюда, казалось, все очень просто, а на самом деле — как?..

Полковник Никоненко велел быть осторожным, но что это значит? Профессор умел разбираться в разного рода исторических загадках, но на оперативной работе состоял совсем недавно, опыта у него не было.

Сели по обе стороны приставного полированного стола, в центре которого стоял стакан с карандашами. Дмитрий Иванович вытащил карандаш и оглядел его со всех сторон.

— Может, кофе? — спохватился депутат Бурлаков.

— Кофе, — ухватился за предложение Дмитрий Иванович. — Спасибо. Я с утра в университете, у меня лекции, а потом семинары, и еще...

147

Тут он остановился, решив, что посвящать постороннего человека в свои дела, излагать ему факты биографии как-то совсем глупо.

— Работы много, — поддержал его Бурлаков, который тоже чувствовал себя неловко. — Министерство культуры объявило о поддержке небольших музеев в провинции и вроде бы даже деньги на это выделило, всего-то и нужно придумать грамотный план работы. Что первым делом — ремонт сделать, оборудование купить, зарплату сотрудникам, может, повысить. А они не знают никто, как такие планы писать, понимаете?.. Вон у меня тридцать семь писем от директоров, и все с просьбой помочь. А помочь — это значит за них написать. Нет, я могу, конечно, но специфики-то местной не знаю.

— Я как раз по поводу музея. — Шаховской сунул карандаш обратно в стакан.

— Провинциального? — осведомился Бурлаков. — Помощь требуется?

— Помощь, — согласился Дмитрий Иванович. — Музей не то чтобы провинциальный. Музей на Воздвиженке. Знаете?..

Бурлаков склонил голову набок, как большой пес, и посмотрел внимательно. Он вообще не очень походил на человека, занимающегося музеями, больше на штангиста или грузчика. В вороте белоснежной рубахи совершенно бычья шея, рукава закатаны, и руки — загорелые, мощные, — как будто он на досуге подковы гнул.

— Музей на Воздвиженке мне известен хорошо, — согласился депутат Бурлаков, разглядывая профессора. — Да он музеем стал всего четыре месяца как. А почему он вас интересует, Дмитрий Иванович?

...Да, непростая работа у полковника Никоненко. Как следует отвечать на вопрос депутата? Я пришел спросить, что вы делали на Воздвиженке в тот день, когда там убили директора? Не вы ли, часом, его и убили? И если вы, то за что?..

Шаховской решил, что придется говорить, как есть. Ничего умного он с ходу не придумает.

— На Воздвиженке убили директора, Павла Ломейко.

Тут вдруг Бурлаков так удивился, что у него задвигался лоб, и руками он с двух сторон взялся за край стола.

— Что значит — убили?! Как?!

Шаховской молча смотрел на него.

— Да ну, ерунда какая-то! Я был у него дня два, нет, три назад, он был жив-здоров!

— В тот день, когда вы у него были, все и случилось.

Бурлаков выбрался из-за стола, прошел к двери, распахнул ее и крикнул:

— Кофе нам дайте, Марья Петровна! — и за стол не вернулся, стал ходить в отдалении.

Некоторое время ходил, а потом повернулся к Шаховскому:

— Так, а вы какое отношение имеете? И к музею, и к... директору?

— Меня попросили помочь. Рядом с трупом нашли бумаги столетней давности. Столетней — в прямом смысле слова. Бумагам сто лет. Нужно разобраться.

— Ну? — грубо спросил Бурлаков. — Разобрались?

— Пока нет.

У Дмитрия Ивановича не имелось опыта и знаний полковника Никоненко, но и он понимал, что депутат ведет себя странно, подозрительно даже.

— И что вы от меня хотите?

Дмитрий Иванович вздохнул. Правда, а чего он хочет?

— Вы хорошо знали Павла Ломейко?

— Прекрасно я его знал!

— Давно знакомы?

— Недавно!

— Вы с ним часто встречались?

— Лучше б мы с ним совсем не встречались!

— А три дня назад? Зачем вы к нему приезжали?

— По делам! От меня вы чего хотите?!

Круг замкнулся.

...Пусть полковник сам разбирается. По всей видимости, он, Шаховской, к оперативной работе не пригоден.

— Кто вас прислал? Его папаша?! — спросил вдруг депутат.

— Чей папаша? — не понял Дмитрий Иванович.

— Не прикидывайтесь. Зачем вы пришли?!

Шаховской встал.

— Я хотел просто поговорить с вами про особняк и...

— Я не хочу ни о чем с вами разговаривать! Так и передайте вашим... начальникам. Я же предупреждал, что это плохо кончится.

Тут Дмитрий Иванович вспылил:

— Ректору университета, моему начальнику, я, с вашего позволения, ничего передавать не стану.

В дверях он столкнулся с секретаршей Марией Петровной, которая несла поднос с чашками, и придержал перед ней створку. Она посмотрела с изумлением, даже рот открыла, чтобы спросить, но Дмитрий Иванович быстро вышел в коридор, пустынный и широкий.

...Нужно звонить полковнику с сообщением, что Бурлаков выгнал его вон и даже не стал разговаривать. Нужно выяснять, как именно они были связаны, директор музея и депутат Государственной думы. Надо проверить, во сколько депутат в тот день приехал на Воздвиженку и когда уехал. А еще искать свидетелей, которые могли его там видеть.

Стоп, стоп, как будто ему в ухо сказал Никоненко. Что ты зачастил, Дмитрий Иванович? Разберемся! Потихоньку-полегоньку разберемся.

Шаховской вышел на улицу — после некоторой канители с поиском пропуска в недрах портфеля. Портфель все норовил свалиться с плеча, его приходилось то и дело поддергивать и сторониться, давая дорогу вбегающим и выбегающим людям, и благожелательный лейтенант опять посоветовал ему получить постоянный пропуск, и Дмитрий Иванович опять согласился, что это прекрасная мысль.

У подъезда Думы, где всегда сильно дуло, так что приходилось поднимать воротник и поворачиваться к ветру спиной, он вытащил телефон и попытался позвонить.

Позвонить сразу не удалось — телефон на его усилия никак не реагировал, заливался идиотским светом и тут же гас, и Дмитрий Иванович вспомнил, что тыкать в экран нужно без перчатки. Перчатку дьявольское устройство не слушается. Шаховской стащил ее и попробовал еще раз.

Когда ответили, Дмитрий Иванович чуть не уронил трубку. Он собирался позвонить совершенно другому человеку, не тому, кто ответил!

— Але, — терпеливо повторила в трубке Варвара. — Я слушаю.

— Здравствуйте, Варвара. Это Шаховской, — сказал Дмитрий Иванович. — Вы можете сегодня со мной увидеться?

— А вы где? На Каспийском море?

— Нет, — удивился Дмитрий Иванович. — Возле Думы.

— Ветер очень шумит! — крикнула из трубки Варвара. — Ничего не слышно!

— Давайте сегодня встретимся! — тоже завопил Дмитрий Иванович.

— Давайте! Только я с работы уже ушла!

— Я могу к вам подъехать!

— Лучше я!.. Вы сейчас куда собираетесь?

— В университет!

— Я подъеду к университету и позвоню!.. Хорошо?

— Отлично, — проорал Дмитрий Иванович, и Варвара из трубки пропала.

— Что ж ты так надрываешься, милый, — укоризненно сказала ему посторонняя бабуля, катившая сумку на колесах. — Людей пугаешь!

— Прошу прощения.

Не отпуская телефон — вдруг Варвара решит зачем-нибудь ему позвонить, — Шаховской пошел к пешеходному переходу.

Все хорошо, просто прекрасно, и депутат Бурлаков, и заговор девятьсот шестого года, и чашка мейсенского фарфора, и задание полковника, которое он только что провалил, отошли на второй план. Самым главным казались телефон в руке, холодный ноябрьский ветер, желтые огни, город, огромный и прекрасный, его город.

...С чего Говорухин решил, что он влюбился?..

Две тени в шелковых перчатках выдвинулись ему навстречу из глубины гардероба и тихо поздоровались. Шаховской хотел сказать им что-нибудь приятное, особенное, но сразу ничего такого не придумал. Вернулся с середины лестницы.

— Здесь прошла лучшая часть моей жизни, — сказал он, когда тени, канувшие было в полумрак, вновь выплыли ему навстречу из глубины гардеробной. — Для меня университет — это вы.

— Благодарствуйте, Дмитрий Иванович, — ответил кто-то из старух, и Шаховской вдруг подумал, что понятия не имеет, как их зовут, а спросить было совестно после стольких лет, да еще после того, как он почти что в любви им объяснился.

Он забежал к ректору, который всегда интересовался «как там в Думе», и немного рассказал ему, как там.

— Говорухин Станислав Сергеевич просил обзор Первой мировой войны, с предпосылками и основными событиями. Ему нужно для сценария.

— Так аспиранты на что? Подключайте аспирантов! Пусть собирают материалы, а вы потом сами посмотрите, что подойдет, а что нет. И на конференции бы надо выступить, Дмитрий Иванович.

Шаховской про конференцию услышал первый раз, и ректор стал объяснять. Пообъяснив некоторое время, он остановился и посмотрел на профессора сначала через очки, а потом поверх них.

— Что такое, Дмитрий Иванович? А? Вы меня совсем не слушаете!

— Я?! — удивился Шаховской. — Разумеется, слушаю. Конференция.

Ректор еще посмотрел и махнул рукой.

— Ступайте, Дмитрий Иванович.

Шаховской ушел на кафедру, где никого не было, самое лучшее время для занятий — вечер, только за шкафом сидел Боря Викторов, едва видный из-за книг и бумаг, и шумно прихлебывал из кружки чай.

— Дмитрий Иванович, а вы разве собирались прийти?

— Какая разница, собирался или нет, Боря? Я же пришел.

Шаховской кинул пальто и портфель в кресло, а телефон, подумав, сунул в передний карман. Вдруг Варвара будет звонить?..

— Показывай, что нашел?

— Да в том-то и дело, что почти ничего я не нашел.

— Почти — это что значит?

Боря слегка повернул в его сторону монитор.

— Вот здесь я попытался собрать все, что удалось найти. Никаких сведений, подтверждающих заговор или хотя бы что Столыпин или Щегловитов лично были знакомы с Шаховским, я не нашел. Ведь именно Шаховской упоминается в письме Щегловитова. — Тут Боря вдруг удивился: — А он ведь тоже был Дмитрий Иванович, а?.. Мне как-то в голову не пришло... Он к вам имеет отношение, тот Шаховской?

— Нет.

— Странно. Очень редкая фамилия, и фигура знаковая. Прямо как вы.

— Боря, иди ты к черту.

— Есть сведения, что в мае девятьсот шестого года охранка, конкретно Третье делопроизводство, то есть как раз политическая полиция, разгромила подпольную мастерскую на Малоохтинском. Там некий умелец Сулимо изготавливал патроны для социал-демократов.

— Я знаю про эту мастерскую.

— Никаких подробностей и описаний операции нет, по крайней мере в опубликованных архивах. Только упоминание.

— Значит, нужно искать в неопубликованных.

— Вы что? — обиделся Боря. — Смеетесь? Как там искать? Жизнь придется положить.

— Жизнь надо употребить на что-нибудь другое, — сказал Шаховской, — а в архивах придется поработать.

— Дмитрий Иванович, у меня диссертация!..

— А у меня кафедра, студенты, аспиранты и ты, Боря!

— Вы все шутите. Вы же шутите, да? — Он покосился на профессора. Тот был какой-то странный. Может, выпил? — Есть упоминание о том, что Шаховской, он же был секретарем Думы, правой рукой председателя можно сказать, в том же мае во время заседания поругался с министром финансов.

— Что значит — поругался?

— Стенограмма сохранилась, вот она. Можете почитать. Почему-то Шаховской, который никогда особенно ни с кем из министров не скандалил, стал требовать, чтобы Коковцова повторно пригласили в Думу для объяснений необходимости французского займа. Странно вот что: ни до, ни после этого случая Шаховской финансами вообще не интересовался. А тут вдруг так горячо выступил!

Дмитрий Иванович развернул монитор еще немного к себе и стал читать.

— Протестовал против займа и вообще против поездки министра финансов во Францию. Убеждал министров и депутатов, что поездку надо отложить. Даже Муромцев записал, что поведение князя на заседании показалось ему странным. А больше ничего я не нашел. Еще вроде бы на этом же заседании Столыпин и Щегловитов мило беседовали, хотя до этого враждовали не по-детски. Газеты потом написали, что они объединились, чтобы окончательно задушить русскую революцию.

Шаховской читал. Читать слова *того Шаховского* ему было странно, как будто он читал свои собственные. И Боря, сопевший рядом, очень мешал! Не отрываясь от монитора, Дмитрий Иванович подвинул к себе листок бумаги, раскопал ручку и написал в столбик: «Шаховской и Коковцов? Шаховской и Столыпин? Шаховской и Щегловитов?» Потом подумал, отчеркнул и приписал: «Французский заем. Когда Коковцов уехал в Париж?»

Боря заглядывал ему через плечо.

Шаховской написал еще: «Газеты? Слухи?»

Он дочитал стенограмму, подумал, опять отчеркнул и приписал: «Разгром на Малоохтинском?»

— Там кого-нибудь арестовали? — спросил он, задумчиво разглядывая написанное.

— Где? — не понял Боря.

— В мастерской на Малоохтинском? Где изготавливали патроны?

— Да какая-то темная история, Дмитрий Иванович, — сказал Боря. — Я не понял. То есть точно была операция, и по всей видимости, строго секретная. Сведений о ней почти нет. Упоминается только, что она прошла с успехом.

— Нужно узнать подробнее, — сказал Шаховской. — Если никаких других операций в мае девятьсот шестого не проводилось...

— Я ничего не нашел.

— Значит, вполне возможно, что эта как-то связана с заговором. Никаких громких убийств и взрывов в это время тоже не было, значит, логично предположить, что заговор удалось раскрыть и предотвратить. Тогда разгром мастерской на Малоохтинском — финальный аккорд. Нужно запросить ФСБ, архивы Департамента полиции наверняка у них.

— Дмитрий Иванович, это сколько времени понадобится!

— Немного, — отрезал Шаховской, которому надоел Борин скулеж. — Я попрошу Ворошилова, он меня с кем-нибудь сведет из их архива.

— Ворошилова из Думы?

Шаховской кивнул и приписал еще: «Переписка Щегловитова и Столыпина, Щегловитова и Трепова».

Тут Боря Викторов окончательно впал в уныние. Нет, ему очень хотелось быть полезным, он был готов на все — не то чтоб ради Дмитрия Ивановича, а ради синих «государственных» переплетов и своего имени в «списке редколлегии», — но одно дело ездить в Думу и принимать участие в совещаниях, чувствовать себя отчасти большим ученым, отчасти государственным мужем, слушать, навострив уши, что говорят, а другое дело — ковыряться в документах и книжках, сверять даты, читать кучу скучнейших стенограмм!..

...Заболеть, что ли? Завтра утром позвонить и сказать, что температура? И на свободе быстренько сочинить статейку о том, как в этой самой Первой Думе осуществлялось принятие законов, материала хватит. Шаховскому статейку можно не показывать, хотя, конечно, лучше бы показать, потому что в «Вестник Исторического общества» Борину статейку определить может только Дмитрий Иванович, так не возьмут, а издание хорошее, солидное.

Так и не решив, заболеть или нет, Боря на всякий случай шмыгнул носом погромче и спросил у профессора, не сделать ли чаю. Шаховской промычал невразумительное — он читал еще какую-то стенограмму, благо Боря набрал их полно.

Тут на столе у профессора залился трамвайным звоном желтый телефонный аппарат, должно быть выпущенный незадолго до того дня, когда был объявлен Всемирный потоп, и Ной именно по нему связывался с окружающим миром.

Сто раз аппарат предлагали поменять, но профессор не соглашался ни в какую. Когда телефон звонил, в книжных шкафах вибрировали стекла и сотрясалась в углу раскидистая пальма.

Шаховской встал, свалив на пол свои записи, и взял трубку.

— Дмитрий Иванович, к вам пришли. Спуститесь?

Он ничего не понял — честно.

— Ко мне? Кто?..

В желтой трубке произошло какое-то движение, возникли и пропали голоса, и охранник доложил:

— Звонкова Варвара.

Дмитрий Иванович брякнул трубку на всхлипнувшие пластмассовые уши и выскочил в коридор. Викторов от изумления, кажется, даже глаза вытаращил, но ему было не до Бори.

По пустому коридору он добежал до широкой лестницы с истертыми мраморными ступенями, скатился по ней, его окликнули:

— Дмитрий Иванович! — но он только махнул в ответ рукой.

Внизу он вдруг сообразил, что бежать глупо, пошел потише, но все равно хотелось побежать.

Он увидел ее издалека — сунув руки в карманы длинного пальто, она стояла возле канцелярского стола, за которым сидел охранник, и рассматривала стенгазету.

— Вы же обещали позвонить!

Она обернулась, и он увидел ее улыбку.

— Так мы же и позвонили. Вот с товарищем часовым!

— Записать, Дмитрий Иванович?.. — благожелательно спросил товарищ, распахнул толстую разграфленную тетрадь и вооружился карандашом. — К вам?

Дмитрий Иванович взглянул на него и опять уставился на нее.

— Я бы встретил!.. Как вы меня нашли?

— Вы же говорили, что работаете в самом старом здании университета.

— Вы бы позвонили, Варвара Дмитриевна!..

— Записать, что к вам, Дмитрий Иванович? — спросил охранник.

Шаховской кивнул. Мимо них пропорхала стайка припозднившихся студентов.

— До свидания!.. До завтра, Дмитрий Иванович!..

Заскрипели и бабахнули высокие двери с латунными ручками, дернуло сквозняком. Шаховской решительно не знал, что делать дальше.

— Документики ваши, пожалуйста!..

Она достала из кармана красную книжицу, охранник изучил и преисполнился таким уважением, что записывать не стал.

— Я хотел с вами поговорить, — сообщил Дмитрий Иванович, вытащил мобильный, посмотрел на него и потыкал пальцем. Мобильный на призывы не реагировал. Должно быть, выключился в кармане. — Или вам... некогда?

Фу ты, глупость какая!..

— Какая чудесная стенгазета, — сказала Варвара. — А на каком языке это написано?

Он посмотрел.

— На фарси.

— И фотографии... веселые!

— Наш ректор считает, что на компьютере такие вещи делать глупо и бессмысленно. Нужно рисовать и непременно красками и карандашами.

— Он прав, ваш ректор.

Кивнув охраннику, Варвара пошла по коридору, а Дмитрий Иванович почему-то остался стоять и некоторое время с места не двигался.

Он совершенно не представлял себе, как станет с ней... общаться. Вот она приехала, и, стало быть, они встретились, и что теперь делать?..

Дмитрий Иванович догнал ее возле лестницы.

— А это какой язык?

— Где? По-моему, маратхи.

— Какая красота, — пробормотала Варвара, — фарси, маратхи.

Они стали подниматься.

— Вы давно здесь работаете?

— Всю жизнь. Я здесь учился, потом окончил аспирантуру, потом кафедра.

— Какой-то совсем другой мир. — Она улыбнулась. — Мне всегда казалось, что история — это очень далеко! Как можно изучать то, чего уже давно нет?..

...Вот сейчас спросит: «О чем вы хотели со мной поговорить?», и что он ответит?..

Чтобы опередить ее вопрос, он заговорил сам, очень быстро и как-то не к месту, как будто начал лекцию читать, хотя никаких лекций и не требовалось.

— Я сейчас как раз исторические материалы смотрю. Это только кажется, что история или совсем не оставляет следов, или оставляет мало. Сто лет в историческом масштабе — крохотный срок, все это было совсем недавно. Конечно, в семнадцатом году, после революции, архивы основательно почистили, но все равно многое сохранилось. И архивы полиции тоже.

Я пытаюсь как-то разобраться, о каком заговоре шла речь в письме Щегловитова.

— А кто был этот Щегловитов, я забыла?

— Министр юстиции. Но пока ничего особенного не нашел, а полковник просил быстрее.

— Полковнику всегда все нужно быстрее. В нашей работе чем быстрее, тем лучше. И если мы делаем ее хорошо и вовремя, о ней забывают тут же. Дело закрыто, приступаем к следующему. И так без конца. Через сто лет вряд ли кому-то придет в голову рыться в наших архивах!..

Шаховской открыл перед ней дверь, Боря выглянул из-за шкафа:

— Дмитрий Иванович, куда вы подевались?

И вскочил, завидев их.

— Варвара, это Борис Викторов, аспирант. Борь, Варвара... эксперт, с Петровки.

Боря как будто даже попятился немного, лицо у него приняло странное выражение.

— У нас... что-то случилось?

— Варвара Дмитриевна работает по этому же делу. — Как дальше объяснять ее присутствие у них на кафедре, Шаховской не знал.

Варвара стянула с плеч пальто и кинула в кресло. Дмитрий Иванович проводил его глазами.

— Можно посмотреть? — спросила Варвара.

Боря пожал плечами.

— Конечно, можно! — Шаховской пролез за шкаф и подвинул немного Борю. — Садитесь, Варвара! Ну, это стенограммы речей секретаря Думы, — он не хотел произносить собственную фамилию, — это материалы заседаний...

— Так много? — удивилась Варвара. — И они все сохранились?

— Конечно! Борь, а где?.. Все, я вижу. Это выписки из газет...

— Стойте, стойте! — Варвара перехватила его руку и стала быстро читать: — «По телефону сообщают. Депутат от Киевской губернии Иващенко серьезно заболел нервным расстройством и помещен в одну из психиатрических больниц Петербурга. Как известно, Иващенко в самом начале деятельности Думы обращал на себя внимание странным стремлением баллотироваться решительно на все должности».

Она засмеялась и снизу вверх посмотрела на Дмитрия Ивановича.

— Бедолага. Стремился на все должности, а попал в психушку. И тогда тоже так было, да?

— А вы говорите, история — то, чего нет...

— А вот, вот еще: «Помощник пристава Думы случайно обнаружил в креслах депутатов-трудовиков уволенного недавно из думского буфета официанта, комфортабельно читавшего стенографические отчеты. Поддельный депутат был удален с протоколом».

— Да, там много смешного.

Варвара продолжала читать.

— «Полиция случайно обнаружила» — опять случайно! — «в центре города подпольную мастерскую по изготовлению патронов на углу Малоохтинского проспекта и Суворовской улицы. Во время операции все выходы были обставлены чинами охранной полиции, которые арестовывали всех, выходящих из подозрительного дома. Мастерская ликвидирована. В кулуарах Думы чрезвычайное волнение вызывает слух о предстоящем массовом привлечении к судебной ответственности членов социал-демократической партии, около 38 человек, в связи с последними обысками и арестами».

— Вот, собственно, и все, что у нас есть. А больше никаких следов заговора.

Варвара еще раз пробежала текст глазами и посмотрела на Дмитрия Ивановича.

— Ничего себе — полиция случайно обнаружила, если мастерскую со всех сторон оцепили и повязали всех, кто там был. А остальных потом арестовали, не знаете?..

— Не знаю. Нужно искать следы.

— А их... реально найти?

— Совершенно.

Варвара опять уставилась в монитор:

— «Правые обвинили крестьянина-трудовика в предательстве интересов родины. Несчастный продал сотруднику австрийской дипмиссии дюжину яиц от заведенных им в гостинице кур». А это правда или шутка?

— Какие уж тут шутки, Варвара Дмитриевна.

— Господи, какой маразм! Бедный крестьянин! Он же депутат, да?

— Ну, конечно.

— В Думе заседал, законы принимал. Спасал Россию. По вечерам в гостинице выращивал кур.

Шаховской улыбнулся.

— Представляете, как было трудно работать такому парламенту? Представители народа ведь разные бывают. С одной стороны, этот крестьянин, а с другой, например, Муромцев. Ему четыре года было, а он играл в государство. Отцовское имение разбил на губернии и уезды, конституцию придумал сам. Беседка у него называлась «Палата депутатов». В двадцать семь он защитил докторскую диссертацию.

— Она называлась «Очерки общей истории гражданского права», — влез Боря, про которого все забыли. — А еще Муромцев был председателем «Юридического общества».

От Бориного высказывания, хотя в нем не было ничего особенного, Шаховскому вдруг стало неловко.

Он же сейчас... встречается с Варварой. При этом она почему-то приехала к нему на работу, сидит за шкафом у него на кафедре, читает выдержки из газет девятьсот шестого года и выслушивает биографию Муромцева. Ерунда какая-то получается.

— Наверное, уже пора по домам, — объявил профессор. — Поздно.

Кажется, Варвара удивилась. Еще бы! Теперь получается, что он ее выгоняет!

Некоторое время они путались в пальто. Шаховской подал ей свое, она его отвергла и взяла собственное, он перехватил, положил в кресло, взял снова, подал и опять не то!..

— Что вы делаете, Дмитрий Иванович?

— Не знаю, — сказал Шаховской искренне.

По лестнице они спускались в молчании. Дмитрий Иванович вовсю занимался самоедством.

Самым правильным будет сейчас извиниться, разойтись в разные стороны и больше ей не звонить и на работу к ней не таскаться. Так нескладно все получилось! Он сто лет ни с кем не... встречался и совершенно позабыл, как это делается. Нужно было подготовиться, пригласить в кафе, что ли, придумать, о чем говорить, так чтобы и ей было интересно. Ну, не о депутатах же Первой Думы и не о мастерской на Малоохтинском!.. Теперь у него даже повода нет задержать ее. Конечно, она обиделась, и совершенно справедливо.

Они вышли на высокое крылечко с двумя полукружьями ступеней. Дмитрий Иванович иногда спускался по левому полукружью, а иногда по правому, в зависимости от настроения.

Варвара взяла его под руку. Дмитрий Иванович замер. Они немного постояли на крыльце, а потом стали спускаться. Он изо всех сил старался соблюдать дистанцию, но все-таки чуть прижал ее руку локтем.

— А я сегодня глупость сделал, — сказал он. — Никоненко просил меня переговорить с Александром Бурлаковым, это депутат из комитета по культуре. Он несколько раз приезжал на Воздвиженку к Павлу Ломейко, и в день убийства тоже приезжал.

— А в чем глупость-то?

— Да я так и не смог ничего выяснить! Бурлаков меня практически выставил.

— Выставил? — удивилась Варвара.

— Ну, не совсем, но... Я так и не понял, зачем он туда приезжал, в каких отношениях они были! Хотя, пожалуй, в плохих, — добавил он, вспомнив. — Спрашивал, кто меня к нему подослал.

— Что значит — подослал?!

— Бурлаков говорил что-то про отца этого Ломейко, я не очень понял. Еще он сказал, чтобы я передал своим начальникам, что он не станет ничего со мной обсуждать.

— Подождите, Дмитрий Иванович, — Варвара потянула его за локоть. — Какие еще начальники!.. Игорь попросил вас переговорить с депутатом, так? Официально это долго и сложно, а вы с ним знакомы, вам будет проще. Правильно я говорю? Вы пошли, задали два вопроса, он вас выгнал, а перед этим сказал про отца Ломейко, начальников и что вас подослали.

— Ну, не совсем выгнал, но...

— Вы что?.. Не понимаете? Он принял вас за кого-то, кто имеет отношение к убитому. Непонятно какое, но имеет. А вы не имеете, если не считать того, что когда-то завернули его диссертацию!

— При чем тут диссертация?

— Ах ты, господи! Ну, конечно, ни при чем! И я об этом! Может быть, они чего-то не поделили, Ломейко и Бурлаков. Может, у них были какие-то общие дела. Или они друзья детства, если Бурлаков говорил про отца!.. В одной песочнице играли в куличики!

— Да, — согласился Дмитрий Иванович, чувствуя себя кретином, — но как теперь все это узнать?

— Странно, что он не стал с вами разговаривать. Подозрительно. Если он во что-то замешан, логичнее было бы вас выслушать, ответить на все ваши вопросы и задать свои.

— Он не знал, что Ломейко убили, и был ошарашен, мягко говоря.

— Растерялся?

— По-моему, не поверил даже.

— Может, он великий актер?

Дмитрий Иванович улыбнулся.

— Он похож на бурлака или горчичника. В Самаре в начале двадцатого века водились такие мелкие бандиты — воришки, бузотеры. Носили черные костюмы, за голенищем сапога непременно нож или гирька на проволоке.

— Почему горчичники?

— Там, в Самаре, выращивали красный перец и называли его почему-то горчицей. Измельчали и продавали, ну, как приправу. Покупателей страшным образом надували, подмешивали отруби и всякую ерунду. Оттуда и пошло.

— А вы Игорю рассказали про Бурлакова?

— Нет еще, — повинился Дмитрий Иванович.

Он собирался позвонить полковнику, когда вышел из Думы, но получилось так, что позвонил Варваре. И сейчас с ней «встречается».

— Нужно срочно рассказать. Пусть ищет отца потерпевшего и выясняет, как они оба были связаны с депутатом.

— Все дело в том, что именно это должен был выяснить я, Варвара Дмитриевна. А я задание провалил.

— Да ну вас, Дима, — сказала Варвара сердито. — Не выдумывайте! Ничего вы не провалили. И потом, вы же профессор, а не оперативник.

Димой его почти никто и никогда не называл. Он стал Дмитрием Ивановичем очень рано, лет в двадцать пять, когда стал читать лекции студентам, и с тех пор по имени его называли только родители и самые близкие друзья.

— Послушайте, — сказал Шаховской, вдруг осознав себя Димой, — мы же договорились встретиться, а весь вечер разговариваем об убийстве. Это неправильно, наверное.

Варвара пожала плечами.

— Мне нравится.

— Убийство?!

— Разговаривать с вами.

Тут она почему-то вытащила руку, независимо посмотрела по сторонам и спросила довольно воинственно:

— Куда мы идем?

— Ужинать, — брякнул Дмитрий Иванович, перепугавшись, что она сейчас скажет, что ей нужно домой. — На Никитской есть ресторанчик, почему-то он называется «Лук-кафе». Там вкусно и всегда полно студентов и зрителей из театра Маяковского. Два шага осталось.

— Лук так лук, — согласилась Варвара. — Кафе так кафе. Только Игорю нужно позвонить.

1906 год.

— Да, разгорячился сегодня Дмитрий Иванович, прямо на себя не похож.

— И финансовая сфера его никогда особенно не интересовала, а тут — на тебе! Такой напор. Даже Муромцев удивился.

— А что, господа, ведь по сути князь совершенно прав!.. Иностранный заем, да еще такой значительный, требует разрешительной резолюции парламента! Государственное ведь дело. Лягушатники, может быть, и дадут денег, только поунижаться, покланяться заставят! А сколько лет выплачивать придется? Еще детям нашим долг передадим.

— Что это вы так неуважительно, Николай Степанович? Наших европейских друзей да лягушатниками припечатали! Всякие такие словечки Пуришкевичу лучше идут.

— Да ведь дело-то в том, господа, что деньги от займа направят, как обычно, на удушение революции, а не на улучшение жизни народа!

Варвара Дмитриевна прислушивалась к разговору и все посматривала на дверь, не появится ли Дмитрий Иванович.

На только что окончившемся заседании, а был Большой день, когда в Думу приезжают министры, князь взял слово и заговорил о совершенно неожиданном — необходимости еще раз детально обсудить вопрос предстоящего французского займа. Мол, в прошлый раз дело было рассмотрено наспех, поверхностно, так не годится. Депутаты как следует не вникли в столь серьезный вопрос, и покуда они не вникнут как должно, министру финансов не стоит отправляться во Францию. С правой стороны, как только взяли в толк, о чем Шаховской намерен говорить, закричали:

— Остановите оратора, он не по теме!

Муромцев, надо отдать ему должное, сразу же сказал:

— Оратора не перебивайте. Только председатель может остановить выступающего.

Но все равно перебивали, конечно, а князь продолжал свое. И — странное дело! — министры, которые обыкновенно смотрели на депутатов с такой же враждебностью и подозрительностью, с какой депутаты смотрели на министров, выступление князя слушали внимательно и, пожалуй, с сочувствием, а старик Горемыкин, глава кабинета, в ответном слове сказал, что в предложении Дмитрия Ивановича видит разумное зерно.

Небывалый случай! Неслыханное дело!

Горемыкин как бы олицетворял собой сановную бюрократию, на думскую трибуну почти никогда не подымался и всегда читал по бумажке речь, до того вялую и неинтересную, что слушать было невыносимо, и это всегда толковалось как пренебрежение к Думе и нежелание с ней работать. А тут мало того, что взошел на кафедру, так еще и без всякой бумажки почти поддержал депутата Шаховского!

Журналисты, едва дождавшись звонка к окончанию заседания, бросились в кулуары и специальные помещения писать срочные отчеты в свои газеты. Все до одного корреспонденты указали на то, что сегодня, возможно, началось сближение Думы и правительства и лавры этого события относили, разумеется, на счет депутатов, заставивших-таки власти к ним прислушиваться!

И еще одна странность.

Не все министры сразу после заседания покинули ложу, как это обыкновенно бывало. Задержались Столыпин и Щегловитов, и первый что-то энергично толковал второму. Всем известны были трудные, почти враждебные отношения департаментов внутренних дел и юстиции и их руководителей, и их фактическое примирение в Думе показалось многим не только крайне симптоматичным, но и весьма зловещим.

Алябьев, догнав госпожу Звонкову в кулуарах, мрачно констатировал, что если уж оба министра открыто объединились на глазах депутатов, освободительному движению — конец. Свободу вскоре начнут душить, как это было при Александре Третьем.

— Может быть, совсем не так, — сказала Варвара Дмитриевна. — Просто у них какой-то важный разговор, и все!

— Полно, Варвара Дмитриевна, какой у них может быть разговор, когда в последнее время они друг на друга даже не глядели! — Алябьев поправил галстук. — Да еще такая театральность!

— Театральность?..

— На публике, в Думе, на глазах у журналистов, помилуйте!..

Варвара-то Дмитриевна, конечно, понимала то, что остальным думцам было неведомо: Шаховской, очевидно, нашел возможность известить Столыпина о готовящемся акте, и сегодня прямо у нее на глазах заработал некий механизм предупреждения страшного дела. Ей очень хотелось расспросить Дмитрия Ивановича во всех подробностях, узнать все детали, но накануне было условлено, что он сам ей расскажет, выбрав подходящий момент.

Вспомнив это «накануне», Варвара Дмитриевна немного покраснела, поправила волосы и улыбнулась Алябьеву так, что ямочки на щеках заиграли как-то особенно.

Алябьев смутился и опять взялся за свой галстук.

С галстуками такая штука!.. Алябьеву нравилось внимание, особенно женское, и на трибуне он чувствовал прежде всего эти глаза, устремленные на него, ощущал восторг, когда какой-то пассаж ему особенно удавался и передавался в зал. Ему импонировало слово «трибун», которым его окрестили журналисты. Он старательно пробивался в первые ряды и еще нетвердо знал, пробился или нет, изо всех сил старался держаться самоуверенно, и у него получалось. Однако в Думе есть люди, у которых нет нужды демонстрировать эту внешнюю самоуверенность, оглядываться, все ли у них выходит, как надо. Если они так поступают, говорят, думают, значит, именно так и должно поступать, говорить, думать.

К таким людям относились и князь Шаховской, и Набоков, и еще многие, и их особая, не барская, а интеллектуальная самоуверенность не давала Алябьеву покоя.

И еще галстуки!.. Набоков каждый день менял их, и за короткое время это стало небольшим думским развлечением — наблюдать и обсуждать эти галстуки. Выбрать и завязать как надо — тонкая наука, не всем дается. Алябьев тоже стал менять, и кто-то из журналистов это заметил, подпустил шпильку — и понеслось!..

Теперь набоковские галстуки обсуждали, а галстуки Алябьева высмеивали. Журналистам только попадись на зубок!..

— Алексей Федорович!

Сквозь толпу к ним пробирался помощник Алябьева Борис, тот самый. Варвара Дмитриевна моментально придала лицу необходимое, как ей казалось, равнодушное и незаинтересованное выражение.

— Вы не знакомы? Госпожа Звонкова, журналистка и видный деятель партии кадетов. Борис Викторов, мой помощник.

— Мы встречались с господином Викторовым, — холодно сказала Варвара Дмитриевна. — Он заходил к нам во фракцию.

— Да, да, — поспешно согласился Борис. — Алексей Федорович, на два слова. По поводу вечернего заседания, у меня тут в бумагах значится...

— Прошу простить, Варвара Дмитриевна.

Получив свободу, она почти бегом побежала в комнату, где размещалась кадетская фракция. Может быть, Дмитрий Иванович уже там?..

Никакого Шаховского в комнате не оказалось, зато были «товарищи по партии», обсуждавшие его выступление. Все считали странным, что князь заговорил не по повестке, да еще в этом углядели неуважение — никого не поставил в известность, ни с кем не посоветовался. Варвара Дмитриевна изнывала от желания защитить Дмитрия Ивановича, но что она могла поделать!

Генри Кембелл-Баннерман, расположившийся из-за плохой погоды не в саду возле шток-розы, как обычно, а под столом Варвары Дмитриевны, завидев ее, потянулся, сел на квадратный зад и скроил довольную мину. Хозяйка рассеянно потрепала его по голове.

...Чем бы заняться? Писать? Невозможно. С тех пор как Варвара Дмитриевна узнала о планирующемся убийстве, все обычные дела, доставлявшие радость и удовольствие, стали казаться ей мелкими, пошлыми и никчемными.

Самовар внесли — раньше ее это радовало, а нынче она, поглядев исподлобья, подумала, что распивать чаи в такой час — распущенность. Собратья-кадеты завели громкую дискуссию об отставке старика Горемыкина, председателя совета министров, — прошел слух, что он просил государя освободить его от многотрудных обязанностей, — и Варвару Дмитриевну попытались вовлечь, но она сказала:

— Ах, какая разница!..

А сама думала только о том, что убийство *должно* предотвратить любой ценой, и если Горемыкин может помочь в деле его предотвращения, пусть тогда остается на посту премьер-министра.

Варвара Дмитриевна всегда считала себя человеком принципов и совершенно определенных взглядов, но что значат взгляды и принципы, когда вот-вот случится беда, а удастся ли ее предотвратить, Бог весть.

Почесывая Генри Кембелл-Баннермана, Варвара Дмитриевна думала, что перед лицом реальной опасности, страха за людей, за страну — да, да! — мир предстает в совершенно ином свете. Для чего все обличают и уличают друг друга? Отчего не могут договориться? Зачем депутаты ненавидят министров? К чему кричат с мест: «Долой!» Почему журналисты ищут и находят глупые оговорки и стыдные факты? Ведь очень просто — порядочные и честные люди должны разумно и обстоятельно делать свое дело, а непорядочных и бесчестных нужно отстранить. А если они не захотят отстраняться — выгнать силой!

Тогда выходит, прав отец, который считает, что каждый на своем месте должен стараться и радеть за Россию, и все само собой постепенно выправится.

Но он не может быть прав, потому что он — «старой закалки», барин, помещик, вросший корнями в свою землю, не признающий свободы в том виде, в каком ее пропагандируют прогрессисты! Отец уверен, что один лучше знает, что необходимо его земле и работающим на ней людям для хорошей жизни, чем все революционеры чохом.

И почему нельзя устроить так, чтобы жизнь по всей России наладилась, чтобы разумное победило черноту и бесчеловечность?.. Раньше Варвара Дмитриевна точно знала ответ — нельзя, потому что самодержавие и вековая отсталость. Сейчас ей казалось, что беда в том, что честные и порядочные люди никак не могут объединиться, впрячься в тяжеленный, немазаный, скрипучий воз, приналечь, да и вытянуть, а только стоят вокруг воза, глядят, как он увязает все глубже, и рассуждают, рассуждают, с какой стороны лучше бы зайти. А его, того гляди, совсем затянет, и лошади из сил выбились, и кучер не знает, как править!..

А как и вправду затянет, что делать?

— Варвара Дмитриевна, что-то вы грустненькая сегодня?

— Дождик идет, — сказала госпожа Звонкова, очнувшись от задумчивости. — Как будто осень.

— Будет вам скучать, Варвара Дмитриевна. Сейчас после перерыва такие баталии начнутся, если, конечно, князь Шаховской новых сюрпризов не устроит.

В это время в комнату не вошел, а вбежал сам князь, и все всколыхнулось ему навстречу, как будто в пруд бросили камень.

— Дмитрий Иванович, наконец-то!..

— Князь, как это вас угораздило в финансовый вопрос ввязаться! Да ведь вы знаете Коковцова, он никому указывать не позволит. Особенно если у него поручение от государя.

— Дмитрий Иванович, а правда, что Горемыкин просил отставки? Вы все же к правительственной ложе поближе будете!

— А правда, что вместо него Столыпина прочат? Или граф Витте тоже претендует?

Варвара Дмитриевна немедленно сделала вид, что занята, обмакнула перо в чернильницу и принялась сосредоточенно писать. Князь сел к столу, окруженный товарищами по партии, заговорил оживленно, громко. Она не слушала и не смотрела.

Ну и пожалуйста.

Генри под столом лягнул ее коленку, и она подняла глаза. Дмитрий Иванович стоял совсем рядом. Когда успел подойти?.. Она и не заметила.

— Варвара Дмитриевна, дождитесь меня после заседания, если у вас нет срочных дел.

— Я постараюсь, Дмитрий Иванович.

Он, кажется, хотел еще что-то сказать, даже губы сложил, и она вся превратилась в слух, но подошел кто-то, заговорил про конституцию, и все разговоры о главном пришлось отложить.

До вечера Варвара Дмитриевна изображала, что занимается привычным делом. Правда, на заседании никого и ничего не слушала, даже не записывала, а потом устыдилась — свою журналистскую работу она привыкла выполнять добросовестно. Ничего, внимательно прочтет отчеты и напишет материал.

Шаховской, против ожидания, явился сразу, как только прозвенел звонок к окончанию заседания.

— Позволите вас проводить?

Варвара Дмитриевна тут же растолкала под столом Генри, который вышел на середину ковра несколько удивленным. Полный тезка британского премьера не любил, когда им помыкали, а сейчас хозяйка явно помыкала — наспех пристегнула поводок, не дала минуты потянуться, прийти в себя, собраться с мыслями перед дорогой домой, а повлекла его за собой. Ну, деваться некуда, пришлось покориться.

— Пойдемте так, — предложил князь, кивнув на французское окно. — После заседания еще не разошлись, боюсь, как бы не пришлось в дискуссии вступать.

На улице было прохладно, серо. От дождя, который шел весь день, не переставая, шток-роза погрустнела, наклонилась. Генри, обрадованный выходом через сад, сильно потянул в сторону мраморной чаши — орошать. Варвара Дмитриевна отвернулась.

На дорожках и в аллеях никого не было.

— Благодарю вас, что весь день держались, — сказал Шаховской.

— Что это значит?..

— Я ведь понимаю, вам трудно играть, как на сцене. А вы играли превосходно! Ни одного лишнего слова или жеста. Ничем себя не выдали. Я сам ни за что не утерпел бы, обязательно стал бы расспрашивать, а вы молодчина.

Варвара Дмитриевна понимала: это преувеличение, но было так приятно, что князь ее хвалит, да еще за сдержанность! Ей всегда трудно было быть сдержанной, и мама часто повторяла, что этому особенно необходимо учиться.

— Ваше выступление относительно того, что поездку министра финансов необходимо отложить, произвело фурор, Дмитрий Иванович.

— Мы вчера об этом договорились со Столыпиным. Он счел необходимым известить Щегловитова и, конечно, самого Коковцова. Нужен значимый и вполне официальный предлог, чтобы задержать его отъезд на неопределенное время.

Они шли по дорожке, Варвара Дмитриевна время от времени трогала мокрые листья, просто так.

— И видите, как оно вышло?.. В первый раз за все время министры оказались солидарны с мнением Думы.

— Дмитрий Иванович, это же неправда! Они солидарны только из-за... — она понизила голос и оглянулась, — из-за опасности.

— Верно, но газеты об этом не знают и напишут, что правительство наконец-то прислушалось. А это уже немало, Варвара Дмитриевна! Противостояние парламента и власти — штука опасная, коварная. И увлекательная, вот в чем дело! А нужно не противостоять, а попытаться наладить работу.

Варвару Дмитриевну — вот ужас! — сию минуту совершенно не интересовала работа парламента.

— Расскажите мне, — попросила она, — все-все.

— Поедем или прогуляемтесь? Погода, правда, к прогулкам не располагает, но...

Ехать всего ничего, быстро подумала Варвара Дмитриевна. А прогуливаться можно долго. Бог с ней, с погодой!

Тут к решетке Таврического дворца, вдоль которой они шли, подкатила «эгоистка», ухоженная лошадка фыркнула и остановилась, и из коляски, к изумлению Варвары Дмитриевны, вылез священник и направился прямиком в ним. Лицо у него было несколько растерянное и виноватое.

— Дмитрий Иванович, прошу покорнейше меня извинить, но я к вам с разговором.

— Добрый вечер, батюшка, — как ни в чем не бывало поздоровался князь. — Варвара Дмитриевна, это отец Андрей из храма Знамения иконы Божьей Матери. Госпожа Звонкова — мой друг.

— Варвара Дмитриевна, — пробормотал «друг».

«То «бесконечно дорога», а то «друг»!..»

— Как я понимаю, нас всех интересует один вопрос, — заявил князь. — Предлагаю обсудить его у меня, здесь таким... собранием, я думаю, неудобно будет.

Варвара Дмитриевна уставилась ему в лицо — как «один вопрос»?! А батюшка-то при чем?! И разве дело не строго секретное?.. А как же строжайшая конспирация?! Шутка ли — террористический заговор, столько жизней в опасности!

— Я вам все объясню, — отвечая на ее взгляд, сказал Шаховской. — Вон моя коляска, идемте. Отец Андрей, вы за нами.

Батюшка смутился еще больше, оглянулся по сторонам, неловко забрался в свою изящную «эгоистку» и там ссутулился, словно старался занять как можно меньше места. Варвара Дмитриевна еще на него оглянулась — он сидел, нахохлившись и низко опустив голову, а сам высокий, здоровый, странный какой-то священник!..

Шаховской жил на Мойке в особняке, дверь отворил швейцар в красной с золотом длинной ливрее. Наверх в гостиную их вел лакей в черной паре. Варвара Дмитриевна и раньше здесь бывала, но сейчас благолепие и богатство дома почему-то произвели на нее неприятное впечатление. Застывший, как будто многовековой аристократизм обстановки резко контрастировал с живой жизнью, которую Варвара Дмитриевна всей душой ощущала в Думе, и уж тем более с делом, какое так будоражило, занимало и страшило ее. Здесь все было другое и по-другому устроено, и казалось, что жителю такого особняка абсолютно должно быть безразлично то, что происходит за его стенами.

— Чай прикажете в кабинет?

— Да, да, — рассеянно согласился Шаховской и открыл дверь, пропуская Варвару Дмитриевну вперед.

Одно из кресел было покрыто белой простыней, скрывающей от глаз то, что там лежало. Варвара Дмитриевна покосилась и села с другой стороны. Генри Кембелл-Баннерман оглядывался с интересом, принюхивался. Пахло табаком, немного старинной мебелью и еще чем-то острым, и это острое мешало Генри установить окончательно, будут ли в этом доме сегодня пироги с мясом. Когда заходили, ему показалось, что совершенно определенно будут, а отсюда разнюхать что-либо было трудно. Он ткнул хозяйку головой в колено. Может, спустимся вниз и понюхаем как следует?..

— А вот и батюшка.

Отец Андрей вошел, слегка прихрамывая, но тем не менее бодро и деловито, нисколько не сутулясь.

— Вы меня извините, — начал он с порога. — Никак не мог удержаться, приехал к Думе, уверен был, что застану вас, князь.

Тут Варвара Дмитриевна вдруг сообразила — Борис Викторов на вчерашней встрече в аллее спрашивал про какого-то попа, мол, не выдаст ли? И князь твердо сказал, что нет.

Не тот ли самый?..

— Не мог долее оставаться в неведении, — договорил отец Андрей, пристально и многозначительно глядя на князя.

— Варвара Дмитриевна вот тоже не могла, — сказал Дмитрий Иванович, похоже, насмешливо, — и оказалась посвящена в нашу общую тайну.

— Помилуйте, — пробормотал батюшка, — как же можно?

И неловко приткнулся на стул, обитый синим штофом. И руки сложил на коленях, всем видом выражая тревогу.

— Теперь самое главное — не терять времени, — продолжил князь, — и Петр Аркадьевич уверил меня, что потеряно оно не будет.

— Столыпин самолично?

— Самоличней некуда. Отъезд Коковцова отсрочен по инициативе Думы. Правительство с отсрочкой согласилось. Никаких подозрений это не вызовет, все совершенно официально, инициатива исходит от парламента, который требует более детальных объяснений предстоящего финансового займа.

— Это вы такую штуку придумали? — Шаховской ничего не ответил, и отец Андрей продолжил задумчиво: — Вы так, чего доброго, Думу с правительством помирите, Дмитрий Иванович. Совсем другая жизнь наступит.

— О наступлении другой жизни говорить покамест рано и не к месту, — почему-то резче, чем нужно, ответил князь. — Операцию необходимо провести как можно быстрее. Выглядеть она должна как ловля на живца. Это Варвары Дмитриевны догадка, и Столыпин ее полностью поддержал.

Отец Андрей уставился на барышню с изумлением, а она и бровью не повела — ну да, операция, да, ее придумка, и что тут особенного?..

— Один из внутренних агентов, который работает в самом сердце социал-демократов, сегодня в срочном порядке был обо всем извещен. По словам Столыпина, о заговоре ему ничего не известно, то есть дело на самом деле сверхсекретное!.. Сегодня же он должен сообщить своим руководителям о желании некоего очень богатого человека пожертвовать значительную сумму на нужды революции. Это и есть приманка. По мнению Петра Аркадьевича, самое главное — не давать им времени на размышления, напирать на то, что жертвователь ждать не может. Партийная касса сейчас особенно нуждается в деньгах, после того как в марте охранка разгромила явочную квартиру, где хранились в том числе и средства.

— А что за средства и кто жертвователь?

— Средства мои и жертвователь я же. Искать другую кандидатуру некогда, да и опасно.

Варвара Дмитриевна ахнула, Генри зарычал тихонько.

Князь продолжал так же твердо:

— Как только агент сообщит о готовности руководителей группы к встрече, о месте и времени, которое они назначат, будет раскинута сеть. Петр Аркадьевич уверяет, что привлечет к делу только лучших своих людей и в момент передачи средств все будут схвачены. Роль у меня, конечно, малопочтенная, — тут он скривился немного, — но ничего не поделаешь.

— Как хотите, а это чистое безумие, — заговорила немного пришедшая в себя Варвара Дмитриевна и вскочила. Шаховской тут же учтиво поднялся, она не обратила внимания.

Батюшка подумал и тоже встал. Варвара Дмитриевна заметалась по кабинету. Генри зарычал громко.

— Stop it, Henry! Что за странные фантазии, князь! Вы что? Полицмейстер? Или жандарм? Кто вам позволит отправляться на такое рискованное дело? Там же наверняка... стрелять будут!

— Варвара Дмитриевна, это вопрос решенный. Сотрудники охранки на такую роль вряд ли сгодятся, если только кто из генералов, — он улыбнулся слегка. — Приглашать для этой цели Москвина или Качалова из МХТ уж совсем неловко, да и непорядочно, там ведь, как вы справедливо заметили, возможны... всяческие неожиданности.

— Правильно ли я понял, — заговорил священник растерянно, — что в роли финансиста революции должны выступить вы сами, князь?

— Совершенно правильно, и Петр Аркадьевич с моим предложением согласился.

— Ах, согласился! — совсем уж вышла из себя Варвара Дмитриевна. — Как мило!..

— Но это невозможно решительно, — продолжал отец Андрей, — вы особа известная, вас слишком многие знают в лицо. Тогда уж лучше я...

— Вот именно! — Варвара Дмитриевна повернулась на каблуках. Генри Кембелл-Баннерман, который никогда не видел хозяйку в такой ажитации, сглотнул слюну. — Вас все знают! Ваши фотографические портреты во всех газетах! А вы собираетесь в логово террористов явиться собственной персоной!

— Не собственной, — Дмитрий Иванович улыбнулся, подошел к занятому креслу и откинул простыню. Там оказались какие-то странные вещи. — Это костюм и грим.

— Грим? — совсем уж обессилела Варвара Дмитриевна. — Костюм?..

Отец Андрей подошел и стал перебирать и рассматривать вещи.

— Тут ведь такое дело, Варвара Дмитриевна, — тихо сказал князь и попытался взять ее за руку, она руки не дала, конечно. — За считаные дни, что нам удастся выиграть, как следует операцию не подготовить. Одна надежда на внезапность и на... соблазн. Предлагается очень большая сумма, а у революционеров расходы немалые. Партийных идеологов за границей содержать надобно, оружие покупать, типографские расходы покрывать тоже надо, куда ж без подпольной литературы!

— Господин Маркс, что вы, — пробормотал батюшка, — без него пропадешь...

Варвара оглянулась на него.

— Взрывчатка, подпольные мастерские, свои люди в охранке, все требует денег.

— Вот именно — свои люди!

Варвара Дмитриевна готова была разреветься у них на глазах. Она никогда не отличалась преувеличенной чувствительностью и к истерике склонности не имела, распущенность презирала. Привычка к самообладанию заставляла ее сдерживаться изо всех сил, но это невозможно, невозможно!..

— Если у террористов есть в охранке свои люди, то вы подвергнете себя страшной опасности! Вас... как это... расшифруют!

— В том-то и дело, что нет, Варвара Дмитриевна. Отправлять кого-то из агентов действительно сверхопасно. Их могут знать в лицо или по описанию. А я человек совершенно далекий, посторонний. Да и грим, — тут он опять поморщился, — сделает свое дело. Столыпин считает, что операция пройдет успешно.

— А велика ли сумма? — Батюшка вертел в руках накладные гвардейские усы.

— Вот это я еще не примерял, — сообщил Шаховской, ткнув в усы. — Мне пойдет, как вы думаете, Варвара Дмитриевна?..

Он прошел к немецкому несгораемому шкафу, погремел ключами, распахнул толстую металлическую дверь.

Варвара Дмитриевна старалась длинно дышать, чтобы успокоиться, считала вдохи и выдохи. Отец Андрей кинул усы на кресло и вытащил седой парик. Варвара Дмитриевна, завидев парик, неслышно топнула ногой по ковру и отвернулась. Вдохи-выдохи не помогли.

— А вот и соблазн.

Сообщники оглянулись.

Дмитрий Иванович аккуратно поставил на зеленую обивку письменного стола голубую чашку, до краев наполненную чем-то блестящим.

— Здесь бриллиантов тысяч на семьсот-восемьсот, — сообщил князь. — Согласитесь, ради таких денег господа террористы должны будут рискнуть.

Батюшка подошел и посмотрел в чашку. Варвара Дмитриевна опустилась в кресло.

Все кончено, вот что она поняла в этот момент совершенно отчетливо. Уговаривать, умолять, даже рыдать не имеет смысла.

Этот человек, имя которого ей было так весело произносить — вот просто сказать «Дмитрий Иванович», и сразу хорошее настроение, — организатор думских дел, вечно занятый нескончаемыми вопросами, вовсе не только политическими, но и мелкими, обыденными, даже работу буфета ему приходилось регулировать, такой свой, привычный, насмешливый, легкий, уважаемый не только союзниками, но и противниками, хорошо образованный, умеющий ясно и складно излагать свои мысли, этот самый человек все решил и хорошенько подготовился к делу, которое ему предстоит.

Вот чашка с бриллиантами, а вот накладные усы и парик.

Господи, помоги нам!

...Если его убьют, подумала Варвара Дмитриевна, я останусь совсем одна. Навсегда. Без него.

— Н-да, — сказал отец Андрей. — Удивили вы меня, князь. Чему Господь нас только не учит в великой милости своей...

Варвара молчала, смотрела на свои сцепленные руки.

— Варвара Дмитриевна, — заговорил Дмитрий Иванович, поглядывая на нее, — вы преувеличиваете опасность.

Она печально на него взглянула и опять опустила глаза. Ей нужно было как-то привыкнуть к мысли, что изменить ничего нельзя, ее никто ни о чем не спрашивает, и поделать она ничего не может.

Все решено.

— Столыпин сам возглавит операцию. Я почти уверен, что и выстрелить никто не успеет. Будут задействованы только самые проверенные люди.

Она покивала.

— В Охранном отделении держат исключительно профессионалов, самых опытных. Они все время будут начеку. Петр Аркадьевич...

— Ах, что вы меня утешаете Петром Аркадьевичем, как маленькую!.. Я знаю только, что довольно будет одного неверного слова, случайного жеста, малюсенькой ошибки, и случится непоправимое.

— Не будет никаких ошибок. Я вам обещаю.

Она опять покивала.

Князь переглянулся с отцом Андреем.

— Я не стал бы втягивать вас в это дело, но так вышло, что вы обо всем узнали, а держать в неведении, обманывать вас мне бы не хотелось. Вы же первый пропагандист и певец равноправия, Варвара Дмитриевна!

Это была шутка, и Варвара улыбнулась, глядя на свои руки.

...При чем тут равноправие? Легче ей было бы ничего не знать или лучше вот так — зная? Бесспорно, в незнании есть великая милость, свобода от тяжких раздумий, от страха, который теперь станет терзать ее ежеминутно, ежечасно. Но не знать — это оставить его одного?.. Чтобы он справлялся не только во время страшного дела, но и какое-то время до него — один?

Шаховской взял проклятые усищи, кое-как приладил, скорчил ужасную рожу и как можно веселее спросил Варвару Дмитриевну:

— Похож я на сумасшедшего миллионера от революции?

— Я не знаю, — сказала она, глядя ему в лицо. — Я ничего не понимаю в сумасшедших миллионерах. Только если вас убьют...

Тут самообладание дало трещину.

Варвара Дмитриевна всхлипнула и выбежала из комнаты. Следом за ней потрусил обеспокоенный Генри Кембелл-Баннерман.

Утром профессор отправился в Думу. Пропуска у него не было, он ни с кем ни о чем не договаривался и поехал наудачу — просто потому что его осенило, кого можно попросить о помощи. Советоваться с полковником по этому вопросу он не стал. Тот ни за что не разрешил бы, а мысль показалась Шаховскому удачной.

Охотный ряд и поворот на Тверскую были запружены машинами, которые не двигались, ждали, когда подойдет очередь проехать следующий десяток метров. Дождутся, проедут и станут — дальше ждать. Светофор исправно переключался с красного на зеленый, но это ничего не меняло, ехать было некуда.

Дмитрий Иванович приткнул машину в университетском дворе, побежал пешком.

На Охотном ряду по утреннему времени было многолюдно, офисные работники непрерывной рекой поднимались из глубин переходов и метро, выплескивались наружу, растекались ручьями, запружая тротуары.

...Почему все процветающие офисы непременно находятся в центре, думал профессор, проталкиваясь по переходу. Зачем они здесь?.. Бесчисленные компании — транспортные, лесозаготовительные, производящие телевизоры и руду или вовсе ничего не производящие, а занимающиеся волшебным, упоительным превращением воздуха в деньги, — считают своим долгом непременно обзавестись помещением в пределах Садового, а то и Бульварного кольца?! Почему нельзя открыть «представительство» или «хэд-офис», что бы это ни значило, в Балашихе? Или в Химках? И дешевле выйдет, и добираться сотрудникам проще!..

— Где метро?! — вдруг рявкнул на Дмитрия Ивановича какой-то очумелый в кожаной куртке и высокой меховой шапке, так что профессор от неожиданности отшатнулся. — Метро где, ну?!

Профессор кивком показал, где.

— Нету там метра, я там уже был!..

— Вон вход, — Шаховской ткнул рукой в сторону беспорядочно машущих туда-сюда дверей, в которые ломился народ.

— А чего, туда очередь, что ли?!

Дмитрий Иванович на это ничего не ответил и стал продираться дальше.

...Почему все так неразумно и безалаберно устроено? На автомобиле не проедешь, в метро не войдешь — нужно сначала очередь отстоять, — припарковаться негде, пешком ходить тоже негде, разве что по Тверской туда-сюда фланировать! Из-под колес грязь, потому что не работают ливнестоки, как только пойдет снег, техника непременно не справится, и окажется, что «коммунальные службы не подготовлены к зиме», а закупленное за несколько миллионов оборудование существует лишь на бумаге, в реальности нет его и не было никогда, отравленный химикатами снег станут валить в изнемогающую Москву-реку, сминая и уничтожая чугунные решетки, а городские начальники примутся скорбеть в новостях о том, что организация жизни в мегаполисе дело чрезвычайно трудное, практически невозможное, потому вы живите как хотите, а мы пока поменяем асфальт на плитку, а потом плитку на асфальт. Стараемся, работаем для населения!

Где их старания? В чем они?..

Возле Думы толпа текла широко, свободно, — места много, — но и народу столько, что Шаховской приуныл. Разглядеть в такой толпе одного человека невозможно.

Или возможно?

Он пристроился рядом с будкой, через которую заходили думские служащие, поднял воротник, ветер был действительно как на Каспийском море!..

— Ба, Дмитрий Иванович!.. — сказал совсем рядом знакомый насмешливый голос. — На какое-нибудь совещание опаздываете? Вот если бы вы не опаздывали, я бы решил, что вы избраны депутатом, а крестоносцы вошли в Константинополь.

— Петр Валерианович, как хорошо, что я вас встретил, — искренне сказал обрадованный Шаховской, — собственно, я только вас и намеревался встретить. То есть я вас тут жду.

— Меня? — удивился Ворошилов. — А если бы я не с Охотного ряда зашел?

В Думу можно было попасть через любой из многочисленных подъездов, но Шаховскому, который на оперативной работе состоял недавно, это даже в голову не пришло.

— По телефону-то проще позвонить, Дмитрий Иванович!

— А у меня вашего номера нету, Петр Валерианович!

— Проблема, — согласился Ворошилов. — Грандиозная.

— Вы надо мной смеетесь? — осведомился Шаховской.

— Нет, еще не приступал, — ответил Ворошилов совершенно серьезно. — Можно приступать?.. Ну, пойдемте, пойдемте, холодно! Хоть бы снег выпал, что ли! Когда снег, сразу как-то веселее делается.

— Почему, когда снег, мы все время хотим, чтобы он скорей растаял, а когда его нет, хотим, чтоб побыстрее нападал?..

— Чего-то вас, Дмитрий Иванович, с утра пораньше в мизантропию потянуло?..

Шаховской улыбнулся — ничего его не тянуло в мизантропию!.. У него уже несколько дней было прекрасное настроение.

Воспоследовала процедура с заказом пропуска, ожиданием его, предъявлением оного, поиском паспорта, сличением физиономии в паспорте с подлинной профессорской физиономией и проезжанием его портфеля через просвечивающий аппарат. Ворошилов терпеливо ждал.

В кабинете, заваленном бумагами так, что казалось, если открыть дверь пошире, бумажная волна выплеснется в коридор и листы полетят во все стороны, как после налета белогвардейцев на штаб Чапаева, Ворошилов пристроил пальто в узкий шкафчик и спросил, чего профессору хочется: чаю или кофе. Получив ответ, он уселся за стол, как бы выполнив необходимую, но бессмысленную процедуру, нацепил на кончик носа очки и уставился — приготовился слушать.

— Дело вот в чем, Петр Валерианович. Мне нужно знать, чем конкретно в последнее время занимался депутат Бурлаков.

— Тю! Это который? Из комитета по культуре?

— В его ведении находятся музеи, но что это конкретно означает, я не знаю.

— Так и я не знаю, откуда?..

— Какие у него были дела в музее на Воздвиженке, вот самый главный вопрос.

Ворошилов помолчал.

— Это вы за расследование убийства принялись, Дмитрий Иванович? Не только в исторической части, но и в современной, что ли?..

— Я просто хочу помочь.

— А с какого боку там Бурлаков?

— Он несколько раз приезжал к директору и в день его убийства тоже там был. И пока непонятно, зачем. — Шаховской запнулся. — Когда я его об этом спросил, разговаривать со мной он не стал. А если идти официальным путем, сами понимаете, на это очень много времени потребуется.

— Да, — согласился Ворошилов, — это точно.

— Вы не можете разузнать, Петр Валерианович?

Ворошилов засмеялся и уронил очки.

— Так ведь я не ясновидящий! Шапки-невидимки у меня нету, через стены тоже не хожу. Как же я узнаю?

— Да вам наверняка и так все известно, — негромко сказал Дмитрий Иванович. — А мне больше помощи попросить не у кого.

— Известно! — фыркнул Ворошилов и поправил на столе бумажный холм. За его спиной на стене взблескивал маятник в старинных часах, и это движение мешало Шаховскому. — Мне, конечно, многое известно, Дмитрий Иванович, но тут, насколько я понимаю, дело довольно тонкое и... как бы это помягче... уж больно криминальное.

Шаховской кивнул. Ворошилов порассматривал свои очки так и эдак, почесал за ухом, а потом спросил:

— Куда это вы смотрите?

— А?.. А, на часы.

Ворошилов повернулся и тоже посмотрел.

— Надо бы их завести. Из дома принес, сделаны на немецком часовом заводе в тысяча восемьсот девяносто втором году. Семейная реликвия. В квартире с ними сожительствовать невозможно, бьют каждые полчаса, а здесь я привык, знаете ли.

Он еще посмотрел на часы — с удовольствием, а потом оборотился к Дмитрию Ивановичу без всякого удовольствия.

— А письма? Помните, вы рассказывали про письма, которые на месте преступления нашли? Что-нибудь прояснилось?

— Пока почти ничего.

— Давайте я вам лучше в этой части помогу, — предложил Ворошилов, как-то особенно выделив «часть», в какой он может помочь. — Подключу архивистов. Хотите, аналитическое управление?.. Они ребята дотошные, чего-нибудь да разыщут. А депутаты не по моей части. Я же аппаратчик, никчемный человек. Больше с бумажками работаю.

— Не станете помогать? — уточнил Шаховской на всякий случай, хотя и так все было ясно.

Ворошилов уставился на него, сделав физиономию учтивой, а глаза плоскими.

— Тогда прошу прощения, Петр Валерианович.

— Да бог с вами, за что же? Вопрос-ответ, ничего особенного.

Несолоно хлебавши Шаховской вернулся в университет, кое-как прочитал две лекции, долго сидел на кафедре за шкафом, перебирая заготовленные Борей материалы и пытаясь извлечь из них хоть что-то. Потом были семинары, и они тоже дались профессору с трудом. Он знал за собой такое — начав думать о том, что его на самом деле интересовало, он совершенно выключался из жизни сиюминутной, привычной. Мать всегда говорила, что он не заметит конца света, если о чем-нибудь всерьез задумается, и это истинная правда. Никакого конца света сегодня не планировалось, но и семинары, и лекции профессор провел скучно, серо. В общем, обыкновенно. А студенты терпеть не могут обыкновенности, это уж Дмитрию Ивановичу было отлично известно!..

...Почему Шаховской — *тот Шаховской* — ни с того ни с сего заговорил в Думе о поездке министра финансов Коковцова в Париж? Ни до, ни после секретаря Первой Думы финансовые вопросы не интересовали, хотя выступал он много и часто?.. И что означает примирение министров — внутренних дел и юстиции, если оно на самом деле состоялось? В письме Щегловитова упоминается Столыпин!.. На чем они могли сойтись, ведь у них на самом деле были очень разные взгляды на усмирение бунта и революции?..

Нужно разыскать воспоминания Коковцова, Шаховской точно знал, что тот много писал в эмиграции, и изучить внимательно, нет ли у него упоминаний о том самом дне в Думе, когда князь Шаховской вдруг предложил отсрочить его отъезд.

«Воспоминания Коковцова», — написал на бумажке Дмитрий Иванович.

...Вчера вечером Варвара сказала ему: «Звоните, Дима!», зевнула до слез, смутилась и засмеялась — расстались они поздно. Она жила в старом неухоженном доме на Мясницкой, подъезд облупленный, страшный, в струпьях облезшей зеленой краски. «В центре полно таких домов, — сказала Варвара, когда в подъезде он стал оглядываться по сторонам, — ну, которые еще не успели купить и продать за бешеные миллионы, а жителей выселить в Дегунино Восточное!»

Дмитрий Иванович потом долго думал — почему в Восточное?..

...Этот дом на Мясницкой с одиноким фонарем перед ободранной коричневой дверью понравился ему гораздо больше того, ухоженного и богатого, в котором обитали прекрасная Милана и ее вышколенная сторожиха. Там все было... придуманное, ненастоящее, выставленное напоказ, а здесь все наоборот. И дело не в том, что Шаховскому запустение и неухоженность нравились больше красоты и шика, а в том, что красоту и шик всякий понимает по-своему. Ему нравилось, что в доме на Мясницкой Варвара выросла, ходила по этой улице в школу — «во-о-он там, видите, наша школа, а дальше музыкальная!» — а под Новый год в «Детский мир», он же рядом, только площадь перейти.

«В «Детском мире», — рассказывала Варвара и улыбалась своей дивной улыбкой, — были такие корзины с игрушками. Огромные! В них сидели всякие звери. И разрешалось в них рыться! Я рылась сначала в одной, потом в другой, а толпа страшная, не подойти. Но в этом все дело! Хотелось найти своего медведя, понимаете?.. Из всей корзины выбрать одного, своего. И мама всегда меня ждала, не торопила. Она сейчас вспоминает, как мы ходили, и говорит, что ее ужас берет. Но ничего он не берет, я-то знаю! А потом мы брали медведя и шли домой, вот так, по кругу, в обход. И на Кузнецком мосту заходили в булочную. Там продавали бублики. Теперь нигде не продают бубликов, не знаю почему. Мы приходили домой с медведем и бубликами, а елка уже стояла, родители ее всегда рано ставят! Я однажды под ней заснула, и папа не стал меня переносить в кровать. Я утром проснулась и ничего не поняла — надо мной зеленые ветки, представляете?!»

Он представлял. И елку, и медведя, и дорогу из «Детского мира» вокруг Лубянской площади, и маленькую Варвару почему-то в клетчатом пальтишке.

«У вас было клетчатое пальто?» — спросил он неожиданно, и она удивилась, потому что оказалось — было.

...Почему нигде нет никаких упоминаний о заговоре, если на самом деле он существовал? И против кого? Кто это — «известная вам особа», которая упоминается в письме Щегловитова? О чем именно должен узнать государь? Дело очень важное, если уж о нем докладывали государю! Что именно произошло в мастерской на Малоохтинском, которую «случайно обнаружила полиция»? Хороши случайности, если у каждой двери оказались жандармы, права Варвара!

Еще он спросил ее, как получилось, что у нее такая странная профессия — эксперт? Странная и некрасивая. Варвара Звонкова страшно удивилась. Ей не приходило в голову, что у нее некрасивая профессия! «Папа всю жизнь на Петровке проработал, — объяснила она. — И мне тоже очень хотелось служить там же. Я папой очень гордилась, и мне здание нравилось, мы с бабушкой всегда на Петровку ходили гулять, — вдруг папу встретим. И несколько раз правда встречали!.. Только он все время бежал, то на вызов, то с вызова. Он мне сказал, что в следствии — ну, в серьезном следствии, конечно, — женщине не место, и оперативником она быть не может. Осталась одна дорога, в эксперты! А мама хотела, чтоб я поступила в МГИМО и сначала красиво училась, а потом красиво ездила в разные красивые страны!.. Она, как и вы, поклонница красоты!»

Осталось еще очень много всего, о чем он хотел спросить, но они прогуляли до ночи, и нужно было расставаться, а расставаться он как раз не хотел.

... Он позвонит ей сегодня, и они встретятся.

Дожив до сорока лет, Дмитрий Иванович стал профессором и «ученым человеком», как иронизировал полковник Никоненко, написал множество научных трудов и монографий, заработал «имя» — Боря то и дело повторял, что Дмитрию Ивановичу хорошо живется, потому что у него «имя», — но огромная часть жизни, в которой принято звонить девушкам и назначать им свидания, и провожать их до подъезда, и приглашать в кафе, и разговаривать о пустяках, страшно важных, никогда не имела к нему никакого отношения.

Он женился только один раз, давно, еще в аспирантуре, на чудесной девушке из Абакана, которая все время хохотала, обожала клубничное мороженое, пела «Ах, вернисаж, ах, вернисаж, какой портрет, какой пейзаж!», носила мини-юбки, колготки в сеточку и лакированные сапоги. Диму Шаховского она тоже обожала, готовила на ужин «вкусненькое», а когда приходили его друзья-лингвисты, таращила глаза и восхищалась, что они такие умные, говорят — ни слова не поймешь!.. Очень быстро девушка из Абакана соскучилась с ним так, что вовсе перестала петь про вернисаж и пейзаж, и даже пару раз поплакала, и объявила ему, что мама считает, они «не пара»! Дима Шаховской не умел разбираться в тонких материях, ему казалось, что все хорошо — они не ссорятся, не портят друг другу нервы, не «рвут душу», этого вполне достаточно. Но она считала как-то по-другому и года через два объявила Диме, что «встретила другого и полюбила его всей душой». Она опять плакала, жалела Диму, который теперь без нее пропадет, ругала себя и называла «вертихвосткой», потом села к нему на колени, обняла изо всех сил, зашептала в ухо, чтобы он не расстраивался, она будет приходить «часто-часто», и они «навсегда останутся друзьями», потому что Дима «очень, о-о-очень хороший», а сейчас он должен ее отпустить, потому что она «полюбила».

Он отпустил, конечно.

Новый муж, кажется, хоккеист, быстро увез ее в Лондон или Ванкувер. Наезжая в Москву, она непременно звонила Диме и его родителям, привозила «сувенирчики», хохотала, показывала фотографии кудрявых детишек, мальчика и девочки, таращила глаза, говорила, какая скучища там, в Лондоне или Ванкувере, ну просто несусветная!.. В Абакане было гораздо веселее, правда, правда! «Ах, вернисаж, ах, вернисаж, какой портрет, какой пассаж!»

Потом хоккеист куда-то делся, и она оказалась женой модного певца, звезды эстрады «первой величины». Тут произошла метаморфоза. Она перестала звонить, приезжать и хохотать и сделалась «столбовою дворянкою», как в сказке. Несколько раз Дмитрий Иванович видел ее по телевизору, где она сидела прямо, почти не улыбалась, рассуждала о своих корнях, — Абакан в ее рассуждениях никогда не поминался, — о том, как важно для мужчины, чтобы рядом с ним была правильная женщина, а также о необходимости образования, вот, например, ее дети получают это самое образование в лучших университетах мира, как и положено детям аристократов. Очень серьезно говорила о любви, единственной, ниспосланной Богом, и демонстрировала бриллиант в одиннадцать каратов, подаренный ей певцом к годовщине свадьбы.

Действительно, пассаж, что тут скажешь!..

В следующий раз Дмитрий Иванович увлекся специалисткой по древнерусской истории, которая защищала диссертацию в его университете. Она была блестяще образованна, очень умна и в научных вопросах непреклонна. Друзей Шаховского она то и дело уличала в невежестве и ставила на место, и ему самому спуску тоже не давала. С ее точки зрения, он сделал очень мало — как ученый, — да и вопросы, которыми он занимается, совершенно пустяковые и изучать их глупо. Дмитрий Иванович поначалу оправдывался, старался казаться глубже и шире, все пытался доказать, что не так уж он плох, но она слушать ничего не желала. Когда он давал ей почитать свои монографии, она возвращала их, исчерканные красной ручкой, с пометками и язвительными замечаниями на полях, и как-то он поймал себя на том, что его тянет посмотреть прежде всего последнюю страницу, какая там оценка стоит!.. Быт она презирала, и не просто презирала, а как-то нарочито, напоказ, батон по рассеянности совала в бельевой ящик, фантики от конфет, читая книжку, закапывала в цветочные горшки, переполненные мусорные пакеты ставила на подоконник, а грязные тарелки на одеяло. Одевалась она исключительно в черное и, когда курила, непременно сыпала пепел себе на юбку. Потом ей предложили работу в Питере, и она уехала, велев Дмитрию Ивановичу следовать за ней.

Он не последовал, и все закончилось.

Была еще барышня из банка, куда Дмитрий Иванович наведывался за зарплатой. Больше всего на свете она любила в выходные поехать «на шопинг», то есть в торговый центр на МКАДе, и там шататься в толпе себе подобных между магазинами с барахлом, покупать соли для ванны и еще «что-нибудь хорошенькое», а потом пить капучино посреди огромного неуютного пространства, переполненного людьми с тележками и без тележек, и непременно рядом с катком. Оттуда грохотала музыка и несло ледяным сквозным ветром. Каждое утро она надевала костюм — «белый верх, темный низ» — страшно боялась опоздать, в банке опоздания строго карались, неслась на работу, там до вечера зевала до слез, сидя за стеклянной перегородкой, от скуки присылала за день по сорок эсэмэсок. Вечером неслась домой, страшно боялась опоздать, любимый сериал начинался ровно в семь. Просмотр сериала продолжался до девяти, потом, позевывая, она садилась за компьютер и оповещала «друзей» в социальных сетях, как провела день и что именно ей сегодня понравилось в сериале, а что разочаровало. Однажды совместно с «друзьями» ей удалось спасти котенка. Какие-то негодяи выкинули на улицу несчастное животное, и «всем миром», «бросив клич», добрые люди пристроили его в «хорошие руки». Разговоры о спасении продолжались несколько недель, не только в Сети, но и на кухне, и Дмитрий Иванович совершенно изнемог. Она все время мечтала об отпуске — уж очень ей надоедало сидение за стеклянной перегородкой и зевание до слез, — и непременно «в шикарном месте». Несколько месяцев шли приготовления, во время «шопинга» покупались алые сарафаны и золотые босоножки, а следующие за отпуском месяцы посвящались обсуждению отпуска в Сети, выкладыванию фотографий и подсчету «лайков».

Пожалуй, Шаховскому пришлось бы на ней жениться, потому что вариантов не было никаких, а замуж ей давно пора, и колечки в ювелирном рассматривались очень придирчиво — с непременным выкладыванием фотографий и последующим сбором «лайков» — но Бог спас, как выражалась его мать. В караоке-клубе она повстречала «богатого», моментально собрала вещи, переехала в снятую им квартиру и занялась увлекательным и отнимающим много сил процессом его развода с женой.

...Истории эти не имели ничего общего с прогулками по Мясницкой и разговорами о родителях и елках! Он то и дело вспоминал, как увидел Варю в первый раз, на месте преступления, в ампирной зале, где на полу лежал труп, и как она подняла глаза и улыбнулась ему своей необыкновенной улыбкой!

...Нужно позвонить. Прямо сейчас.

Шаховской вытащил телефон, некоторое время путался в многочисленных функциях и приложениях — телефон предлагал ему включить компас, узнать курс акций и наговорить что-нибудь на диктофон, — а потом Дмитрию Ивановичу все же удалось набрать номер.

— Привет, — сказала Варвара.

Ему показалось, что с тех пор, как они расстались, прошло двадцать лет, а не полдня.

— Пойдемте со мной к сумасшедшей старухе. А?

Она засмеялась.

— Куда мы с вами пойдем?!

— Старуха, — повторил он, сам не зная, что говорит, — приходила к Ломейко, требовала вернуть бриллианты. Говорила, что они спрятаны в особняке, а она единственная наследница. Полковник сказал, что ее нужно послушать, хоть она и сумасшедшая.

— А я-то вам зачем?

— Как зачем? — перепугался Дмитрий Иванович. — Вы же профессионал, а я... нет.

Тут она почему-то совершенно изменилась, он это понял, как будто видел ее своими глазами.

— Нет, Дима, — сказала она холодно. — Я профессионал совершенно в других вопросах. Если вам нужен кто-то из следствия, попросите Игоря, он вам выдаст сопровождение.

— Сопровождение?

— До свидания, Дима, — попрощалась Варвара величественно.

Телефон пиликнул и предложил Шаховскому «установить видеовызов». Дмитрий Иванович размахнулся и швырнул его в кресло. Мобильный подпрыгнул и с пластмассовым всхлипом шлепнулся на пол. Он подобрал аппарат и позвонил полковнику Никоненко.

1906 год.

В кабинете было холодно и пустовато, неуютно. Потрет государя в полный рост, несколько высоких книжных шкафов — однотонные, тисненные золотом переплеты, — длинный стол под зеленым сукном, и больше ничего. Столыпин сидел на противоположном конце стола, энергично писал, когда Шаховской зашел, тут же бросил писать и поднялся.

— Дмитрий Иванович, рад приветствовать. Вас потайным ходом провели?

— Да, — улыбаясь, сказал Шаховской, — как в романе.

— Приходится на всякие ухищрения пускаться. Подчас в моем кабинете бывают люди, которым бывать здесь не положено ни под каким видом-с! И знать об этом никто не должен.

— А я, признаться, странно себя почувствовал, когда ваш адъютант указал мне путь. Никогда никуда не входил через книжные шкафы!

Столыпин улыбнулся, но видно было, что он озабочен, даже бледен немного, борода казалась совсем черной.

— Сейчас я представлю вам нашего особого агента, специально прибывшего, чтоб повидаться с вами. Он давно работает в самой глубине социал-демократической партии, он и наживку вашу забрасывал. Уверяет, что господа революционеры клюнули. Теперь бы на крючок их подцепить с Божьей помощью.

Шаховскому не хотелось ни встречаться, ни разговаривать с человеком, который... предает, пусть даже из самых высоких, патриотических соображений. Он знал, что встречаться придется, готовился к разговору, уверял себя, что без помощи этого человека никак не обойтись, да и в лицо его знать должно — вдруг, паче чаяния, на самом деле придется стрелять!

— Этот человек многим рискует, — хмуро сказал Петр Аркадьевич, словно отвечая на его мысли. — В случае благополучного завершения операции нам предстоит долго и тщательно его прятать. И поручиться за его жизнь никто не сможет. Террористы — господа мстительные и злопамятные. Если его найдут, уничтожат без разговоров. На войне, как на войне, — прибавил он по-французски.

— Война с собственным народом? — не удержался Дмитрий Иванович. — Не слишком ли далеко мы зайдем на этом пути?

— Прикажете уговаривать, князь? Объяснять террористам и убийцам, что есть цивилизованные методы борьбы, как в Европе?

— Да в том-то и беда, что цивилизованные методы появились недавно!.. Думу следовало гораздо раньше создавать. Прогрессивная часть общества много лет жила надеждой на парламент и конституцию.

— А та часть общества, которая людей взрывает, стреляет, банки именем революции грабит, это какая, позвольте спросить? Которая выборы в Думу бойкотировала, чтобы продолжать убивать и грабить? Куда эту часть прикажете отнести?

— Тут мы с вами на разных позициях стоим, Петр Аркадьевич.

— У меня одна позиция, Дмитрий Иванович. Революционерам нужны великие потрясения, а нам великая Россия. Смею надеяться, что и вам тоже.

— Величие не казнями достигается, — тихо сказал Дмитрий Иванович, — а многолетней работой. Облегчением участи народной и выходом из многовековой тьмы. Ограничением власти, дарованием свобод, прежде всего гражданских.

Столыпин вспылил:

— Попробуйте уговорить господ террористов, чтоб они тихо сидели и ждали результатов вашей многолетней работы! На силу надобно отвечать силой, а не уговорами! Беззаконие карать жестоко.

— Да вы ведь и караете, а толку мало. Террор не останавливается.

— Дайте срок, остановим.

Помолчали. Министр вдруг усмехнулся.

— Вот ведь какая штука: мы с вами совсем по-разному на жизнь смотрим, а дело одно делаем. Все пытаемся Родину спасти. Идемте, Дмитрий Иванович.

Министр внутренних дел решительно прошагал к двери в дальнем углу кабинета, распахнул ее и пропустил вперед Шаховского. За столом в крохотном помещении сидел молодой человек в синем мундире, который вскочил при их появлении. Князь помедлил. Министр, не взглянув, прошел дальше, вот и еще одна дверь, и опять стол и синий мундир. Затем тесный коридор, плохо освещенный, несколько ступенек вниз.

— Мы сейчас переходим улицу, — заметил министр, оглянувшись через плечо. — Из этого коридора можно попасть в любое помещение нашего ведомства, а можно и в соседнее здание. Когда дело особо секретное, я пользуюсь переходом, чтоб даже ближайшие сотрудники не видели, с кем я встречаюсь.

Шаховской чувствовал себя отчасти графом Монте-Кристо, отчасти персонажем драмы «Разбойники». И неловко было отчего-то, стыдно даже!

Несколько ступенек вверх, опять коридор и крохотная приемная, в которой никого не было, министр распахнул дверь.

В комнате, обставленной канцелярской мебелью, под картиной, на которой утлое суденышко боролось с грозными волнами на фоне багряного заката, сидел человек в партикулярном платье, полностью занавесившись газетой «Речь».

Человек за газетой секунду помедлил, а потом смял ее и поднялся навстречу вошедшим. Шаховской замер.

— Думаю, представлять вас друг другу излишне. Вы люди знакомые.

— Дмитрий Иванович, — сказал человек и твердо посмотрел Шаховскому в глаза.

— А... Алексей Федорович, — выговорил князь с усилием и оглянулся на Столыпина. — Да, но... как же так?

Депутат от социал-демократической партии Алябьев в щегольском галстуке собственной персоной в секретном кабинете министра внутренних дел?!

— Алексей Федорович уже несколько лет внедрен в самые радикальные революционные круги. Ему там полностью доверяют.

Шаховской ничего не понимал.

— Но ведь говорили о вашем выходе из партии! Социал-демократы выборы в Думу бойкотировали, вы одиночкой шли.

— Это ничего не значит, князь, — возразил Алябьев твердо. — У подпольщиков свои игры. Я был и остался в партии.

— Алексей Федорович, — самодовольно сказал Столыпин, — один из ценнейших наших сотрудников.

— Выходит, вы знали о заговоре против министра финансов?!

— Нет.

— Как это возможно?

Алябьев отошел к окну и заложил руки за спину.

— Конспирация, Дмитрий Иванович. Когда планируются столь серьезные операции, о них знают только непосредственные исполнители и два члена ЦК. Не три и не четыре!.. Чтобы в случае провала полиция во главе с Петром Аркадьевичем, — тут он слегка поклонился министру, — не могла выйти на след других руководителей боевых групп, и партия не была бы обезглавлена. Об этом заговоре я ничего не знаю.

Князь все еще не мог поверить.

— А ваш помощник?! Он-то откуда узнал?!

— Как всегда, Дмитрий Иванович. То, что держится в строжайшем секрете, так или иначе становится известно почти случайным людям. Мои товарищи по борьбе все же самые обыкновенные человеки, хоть и мнят себя архангелами и вершителями судеб народных. Кроме того, постоянная игра в заговорщиков очень утомительна и требует специальной подготовки, каковой у большинства из них нет. Я уверен, что проговорился кто-то из непосредственных исполнителей, а Борис был рядом.

«Не зря Монте-Кристо вспомнился, — подумал Шаховской. — Уж больно все происходящее напоминает авантюрный роман».

— Мне Борис не доверяет, — продолжал Алябьев, — считает меня болтуном и позером, особенно после того, как я решился баллотироваться в Думу, якобы предав идеалы революции. Он сам состоит в партии, как и большинство молодежи, не столько потому что марксист, сколько из-за романтических грез о всеобщем равенстве, какового нет и никогда не будет в этом мире, да и как там, на небесах, неизвестно.

— Так или иначе, князь, бомбометание и стрельбу, о которых Алексею Федоровичу становилось известно, нам удавалось предотвратить, — вмешался Столыпин, — впрочем, не всегда. Время от времени приходилось молча и бездейственно наблюдать, как совершается страшнейшее из преступлений — убийство. Тем страшнее, что погибали ни в чем не повинные.

— Как?!

— Алексей Федорович должен был продолжать работу, — жестко сказал министр. — Подозрения в его адрес привели бы к катастрофе. Мы не можем всякий раз вмешиваться.

— Позвольте, это... бесчеловечно.

— Согласен, — спокойно сказал министр, и Шаховской посмотрел на него.

Под окнами с выставленными зимними рамами прогрохотала конка, и князю вдруг захотелось на воздух, к людям, которые спешат по своим делам, в Думу, где идет очередное заседание. Ему показалось, что там, в Думе, все хорошо и правильно устроено, вот-вот, еще немного, и она заработает, как и положено парламенту, и настанет жизнь ясная и понятная, без темных войн, какие охранка ведет с революционерами, без секретных агентов, которые, оказывается, все время рядом и решительно на агентов не похожи, обыкновенные, нормальные люди, и думская работа, еще вчера представлявшаяся ему трудной и неблагодарной, представилась единственно правильной.

Если парламент не справится, понял в эту минуту Дмитрий Иванович совершенно отчетливо, никто и ничто не поможет. Напрасно Столыпин уповает на жестокость и подавление террора террором. Даже если наводнить общество сверхсекретными и сверхтайными агентами, ничего не выйдет, не наступит никакого мира.

— Однако в данном случае положение столь серьезно, что Алексею Федоровичу пришлось взять на себя заманивание господ революционеров в ловушку.

— А что потом? Как же вы будете?

— Разумеется, о дальнейшей работе Алексея Федоровича в социал-демократической партии не может быть и речи. Я думаю, нам придется пустить слух о его гибели от рук жандармских палачей, — министр опять улыбнулся. — Возможно, ему придется перейти на службу по департаменту иностранных дел и работу за границей. Впрочем, это вопрос не сегодняшнего дня. Прошу к столу, господа.

Шаховской и Алябьев подошли. Князь все думал: как хорошо на воздухе.

— Руководители боевой группы через Алексея Федоровича назначили встречу неизвестному миллионщику, то есть вам, князь, в доме на углу Малоохтинского и Суворовской, вот здесь, — Столыпин показал на карте. — Дом этот нам хорошо известен, там чего только не было — и склад, и мастерская по набивке патронов. Сейчас там изготавливается бомба для министра финансов и нескольких десятков несчастных, которые окажутся с ним в одном поезде.

— Уже изготовлена, насколько я понял, — встрял Алябьев.

— Находится там же или перевезена?

— Пока там. После передачи денег предполагается бомбу переправить на другую явочную квартиру, а дом бросить и более туда не возвращаться, по соображениям конспирации. Мне было сообщено об этом, когда назначалось время свидания с жертвователем. Вот план дома. Мастерская в подвале. В первом этаже несколько комнат, считается, что их сдают жильцам. Во втором этаже проживает некто Венера Михайловна

Тихомирова, мещанка, в чьей собственности и находится дом. Венера Михайловна, разумеется, пламенная революционерка. Вы следите, князь?..

Шаховской кивнул. Ни за чем он не следил.

— Вы подъедете в одиннадцать часов вечера во вторник со стороны проспекта и оставите коляску вот здесь. Дальше отправитесь пешком. — Петр Аркадьевич вдруг бросил карандаш и спросил у Алябьева: — За долгие годы работы на революцию вам не удалось установить, почему они все и всегда назначают на ночной час? Ну, кроме убийств, которые производятся в любое время суток. Для особой таинственности, что ли? Днем-то в толпе и многолюдье, и затеряться куда как проще, и скрыться верней, а ночью каждый человек далеко виден и слышен! Или все в мефистофелей играются?

Алябьев промолчал, и Столыпин фыркнул сердито:

— Загадка! — И продолжил: — Здесь вас остановит человек в «чуйке» и спросит, который час.

— Вы должны ответить из Грибоедова: «Счастливые часов не наблюдают» и пойти дальше, как ни в чем не бывало, — подхватил Алябьев. — Это нужно для того, чтобы установить, что вы не привели за собой «хвоста».

— Хвоста? — пробормотал Шаховской.

— Да, да, совершенно верно. Следующий наблюдатель подойдет к вам уже на углу, в этом самом месте. Вы запоминаете, князь?

— Он подойдет только в том случае, — вставил Алябьев, — если не почувствует никакого подвоха.

— Подвоха?..

— Он спросит, готов ли у вас подарок к именинам, вы должны ответить утвердительно и идти дальше к подъезду. Наблюдатель пойдет за вами, а вы не останавливайтесь. У двери вы позвоните три раза длинно и один раз коротко. — Министр оглянулся на Алябьева: — Звонок электрический? Электрический, отлично. Когда откроют, следуйте за тем, кто вас впустит. Ну, а дальше все будет зависеть от того, как вы проведете свою роль.

— Роль? — опять повторил Шаховской, и они оба на него посмотрели, министр и тайный агент.

— Не мы с Алексеем Федоровичем затеяли эту игру, князь, — сказал Столыпин. — Нет-с, не мы. Нам ее навязали, как и вам, и теперь у нас с вами один выход — доиграть до конца. Впрочем, не поздно еще остановиться и оставить все идти своим чередом. Владимира Николаевича, скорее всего, убьют, сколько с ним вместе людей к Господу на свидание отправится, неизвестно, а мы вернемся к текущим делам. Я в министерство, а вы в Думу.

— Я не отказываюсь, — неприязненно сказал Шаховской. — Но мне дико.

— Как же не дико! Разумеется, дико!.. Но видите сами, как сложилось. Почему-то для этой роли судьба выбрала именно вас.

— Что я должен делать?

— Играть! — с силой сказал Столыпин. — Как на сцене. Вы решили пожертвовать огромную сумму на революционное движение. Сумма эта при вас, и вы готовы с ней расстаться сию же минуту, однако хотите знать в точности, на что именно будут потрачены ваши деньги. С вами явятся объясняться три члена ЦК. Одного даже из Женевы в спешке вызвали! — добавил министр хвастливо.

— Борис Викторов говорил о каком-то товарище Юновском.

— Этот сударь местного, так сказать, значения и должен быть непременно. Крепкий товарищ. Боевик. Нынче главный по сбору денег в партийную кассу. Не припомните, в прошлом году взрыв Железнодорожного банка на Большой Морской?.. Похищено триста восемь тысяч, убиты служащие и посетители, общим числом двадцать два человека, и трое городовых, прибежавших на шум. Его рук дело.

Шаховской внимательно изучал план дома на Малоохтинском, где во втором этаже проживала Венера Тихомирова, мещанка.

— Сигналом к началу операции послужит стул, который уронит Алексей Федорович.

— Как?! Вы тоже там будете?

— Непременно, — сказал Алябьев хладнокровно. — Предполагается, что это я установил контакт с жертвователем и выстроил всю цепочку, как же мне не быть?

— Но это очень опасно для вас!

— Для вас тоже, — вернул подачу Алябьев. — И что же-с?

— Ваша задача: как только Алексей Федорович уронит стул, заговорить особенно живо, отвлечь внимание. Остальное наша забота. Будем надеяться, что операция займет несколько минут, не больше. Самое главное, не дать никому внутри дома поднять шум, тогда вашей жизни вряд ли что-то будет угрожать.

— Да, но, пожалуй, дом придется приступом брать...

— Не придется, — сказал Петр Аркадьевич. — Накануне с патронного завода доставят ящики с гильзами. В ящиках будут наши агенты вместо гильз.

Шаховской взялся за голову. Агенты в ящиках?! Доставленных с патронного завода?!

Столыпин продолжал:

— Ящики будут составлены в подвале. По сигналу агенты покинут подвал и обезвредят террористов.

— Обезвредят — это значит убьют?

— Не обязательно, — откликнулся министр внутренних дел. — Нам бы хотелось избежать лишнего шума. Если все, бог даст, пойдет гладко, обойдемся без ненужных эффектов.

Линия министра внутренних дел была для Шаховского болезненно-неправдоподобной. Дело идет о тайной операции, в которой может погибнуть множество людей, а Столыпин хочет обойтись «без эффектов»!

— Ежели, паче чаяния, откроется пальба, — вступил Алябьев, — вы, Дмитрий Иванович, скроетесь в камине. Глядите, вот здесь в гостиной большой камин в английском вкусе. Начнут стрелять, ваша главная задача добраться до камина и там затаиться.

— Я не стану прятаться в камине, — твердо сказал князь. — Что за чепуха, господа! Кто это придумал?!

— Я, — Петр Аркадьевич посмотрел на Шаховского. — И вы так и поступите, князь.

— Петр Аркадьевич, при всем к вам уважении...

— Прошу меня простить, Дмитрий Иванович!.. Вы депутат Государственной думы, правая рука председателя. Как российское общество отнесется к тому, что эта самая рука в парике и накладных усах участвует в тайной операции охранки против социал-демократической партии?! Участие в деле, особенно в случае вашей гибели, скрыть будет никак невозможно!.. Что скажут в Думе? Что напишут газеты?

Шаховской молчал.

— Ваша главная задача после того, как выманите террористов и дадите нам возможность их обезвредить, остаться неузнанным и незамеченным. Нет и не было в деле никакого князя Шаховского!.. Был некий Семен Михайлович Полозков, сибиряк из старообрядцев, гражданин Канадского Доминиона, большой поклонник русской революции, сделавший капитал на хлебных поставках. Документ мы вам изготовили уже.

— А как же Алексей Федорович и его участие в деле? Он ведь тоже депутат!

— Он член ЦК социал-демократической партии и на тайной сходке вполне может оказаться, так сказать, по праву. Это что касается внешней стороны вопроса, общественности и газет, если в них что-то просочится. Хотя мы сделаем все, чтоб не просочилось. А что касается внутренней, то есть самих господ революционеров, тут риск господина Алябьева куда как выше, и, уверяю вас, сейчас обдумывается специальное мероприятие по укрытию Алексея Федоровича от их мести.

— Не завидую я вам, — пробормотал Шаховской в сторону Алябьева.

— Много лет под ударом, — ответил тот совершенно будничным тоном. — Сказать, что привык, нельзя, конечно, но в нервическое состояние стараюсь не впадать.

— Никакого оружия с собой не берите, — продолжал министр. — При входе в дом вас непременно обыщут. Ценности якобы для передачи должны быть у вас в саквояже. Лучше ничего, кроме ценностей, в саквояж не класть, чтобы не затягивать время досмотра. Ежели ваш маскарад будет раскрыт, вся операция сорвется, не начавшись. Алексей Федорович с изменением внешности вам поможет. Он в таких делах толк знает.

— Я сам вполне... — начал Шаховской и замолчал, понимая, что возражать им не имеет смысла.

Они все решили давно и определенно. Ему отводится некая роль, которую он должен сыграть в точности так, как этого требуют от него знатоки тайных дел. Остальное не его забота.

Он был уверен, что его ждет некое приключение, мало того, что приключение, его поступок еще и благу людей послужит, которых он спасет от ужасной гибели, и отечества, спокойствие которого не будет разорвано взрывом на части. Теперь дело поворачивалось так, что он просто исполнитель чужой воли, как будто тоже тайный агент в парике и накладных усах, к тому же без оружия, без возможности принимать самостоятельные решения, зато с перспективой отсидки в камине!..

Ничего благородного и интересного не было в этой роли.

— Сейчас мы вернемся в мой кабинет, — сказал Столыпин, — как будто никуда и не отлучались. В случае непредвиденных обстоятельств вам протелефонирует Алексей Федорович, в этом нет ничего подозрительного. Надеюсь, вы понимаете, что успех предприятия почти целиком зависит от вас, князь. Я за своих молодцов ручаюсь, будут только самые проверенные и ловкие.

В неуютном кабинете с портретом государя, когда уже пришло время прощаться, министр вдруг проговорил задумчиво:

— Вот ведь какое дело получилось, Дмитрий Иванович. Заговор, смертоубийственное дело, а ответственность вся на вас, лице гражданском, да еще из Государственной думы. Ни наград не получите, ни славы, да еще и собой рискнете. Для меня, как для министра правительства, от Думы одни беспокойства и неудобства происходят, а вот поди ж ты!..

И замолчал, ни слова больше не прибавил.

— Ну, ты артист, Дмитрий Иванович, как есть артист!.. — Никоненко-Анискин покрутил головой туда-сюда и фыркнул. — Пропуск ему закажи, с Варварой ему побеседовать нужно! О чем беседовать-то собрался, а?..

— О жизни, — ответил Дмитрий Иванович безмятежно. Теперь, когда до Варвары было рукой подать, у него опять сделалось прекрасное настроение.

— О жизни-и-и, — протянул полковник, — во-он что! Ну, флаг те в руки, барабан на шею. Беседуй, благословляю.

— Спасибо.

— Чувствую я, завалишь ты мне всю работу. Вот прям чувствую!.. Узнал чего про бриллианты, про министров царского правительства, про кровопийц, которые бриллианты чашками туда-сюда таскали?

— Ничего не узнал. А ты про Бурлакова узнал что-нибудь? Или про отца убитого?

Никоненко вздохнул, подвинул на обитой железными полосами стойке поднос, взял с него салат капустный, покрутил и ткнул на прежнее место.

— Моя супруга утверждает, что осенью надо на капусту налегать, — сказал он с тоской. — Авитаминоз, мол, и всякое такое. А меня, веришь, от любого авитаминоза только куском колбасы можно спасти! Ну, еще яичницей-глазуньей погорячее! Вот почему, скажи ты мне, Дмитрий Иванович, во всех столовых еда всегда чуть теплая, а? Газу в стране не хватает? Погреть не на чем?..

Дмитрий Иванович ответа на этот вопрос не знал и от салата капустного тоже отказался. Ему хотелось повидаться уже с Варварой, понять, что именно он сказал не так, когда пригласил ее сходить «по делу» к полоумной старухе, которая что-то знает про бриллианты в чашке, а полковник, едва Дмитрий Иванович заглянул к нему в кабинет, объявил, что сейчас самое обеденное время и нужно идти в столовую. Пришлось покориться.

Столовая в неприметном сером здании на Петровке размещалась в подвале, и здесь густо пахло щами, гуляшом и табаком из курилки.

— Значит, с Бурлаковым следующая петрушка, — сказал Никоненко, когда они со своими подносами приткнулись за единственный свободный стол, весь в липких розовых кругах от стаканов с киселем. — Его деятельностью я не занимался, да и как?.. Никак. Он депутат, и правонарушений никаких за ним не числится. Портрет его фотографический гаврикам, которые ворота на Воздвиженке стерегут, ребята мои показали. Гаврики подтверждают со всей уверенностью, что, мол, частый был гость. Да он, как я понял, от знакомства с потерпевшим и не отказывался!..

— Не отказывался. Он сказал, что Ломейко знал, но лучше бы не знал. И еще какую-то ерунду про тех, кто меня прислал, и про его отца.

— Во, во! — Никоненко ложкой погрозил Дмитрию Ивановичу, как будто пальцем. — Про отца. Стало быть, папенька депутата Бурлакова Александра проживает в городе Иркутске и является военным пенсионером. Служил в ПВО, закончил службу в звании полковника.

— При чем тут отец Бурлакова, Игорь Владимирович?

— На всякий пожарный. Теперь отец Ломейко Павла, потерпевшего. Большой человек, рукой не достать. Куда там депутатам твоим!

— Что это значит?

— А то и значит! — Никоненко в два приема дохлебал щи, быстро вытер тарелку коркой хлеба и отправил корку в рот. — Торговые центры разнообразные, рынок стройматериалов на Дмитровке, гостиница в Болгарии. Все евонное.

Он так и сказал — «евонное».

— Бандит?

— Бизнесмен, — поправил Никоненко. — Какие нынче бандиты? Нынче все бандиты до одного перековались и стали законопослушными гражданами России. Только гопота мелкая осталась.

— То есть отец Ломейко бандит?

— Ох ты, господи! — умилился полковник. — Ох ты, ученая голова! Говорят тебе, бизнесмен. — И, взглянув на профессора, переменил тон: — За руку я его не ловил, в девяностых он не сидел. Правда, по делу Дмитровской ОПГ проходил свидетелем.

— Что такое ОПГ?

— Ученый, — повторил полковник с удовольствием, — где ты жил все эти годы, а? Не мальчик вроде, не вчера родился! ОПГ переводится как организованная преступная группировка. Человек со связями во всех слоях общества, понимаешь? Сына на работу определил именно он, договорился с каким-то там департаментом, то ли по музейному делу, то ли по охране памятников старины, как-то так. Только вакансия открылась, Павел Игоревич на нее сразу и припожаловал, хотя ребята мои узнали: в департаменте этом такой вой поднялся, когда его назначили-то! — И он опять погрозил профессору, на этот раз вилкой. — Вой, как я понимаю, именно из-за диссертации, которую ты ему защитить не дал. Нечист, мол, на руку соискатель хлебного места, диссертацию чужую попер, не надо бы его на Воздвиженку назначать, нехорошо. Слышь, Дмитрий Иванович, а тебе тогда не того?

— Не чего?..

— Не угрожал никто? Намеков никаких не делал? Денег не обещал? Мол, заткнулся бы, а мы денежек заплатим?

— Нет, — отрезал Шаховской.

— Жалко, — вздохнул полковник. — Ешь быстрее, мне на рабочее место надо.

— То есть ты хочешь сказать, что отец Павла Ломейко пристроил сына на должность директора музея в каких-то своих целях?

— Эти люди без своих целей ничего никогда не делают.

— А если чашка с бриллиантами и была его целью?..

— Да ну тебя, — рассердился полковник, — какая, к лешему, чашка с бриллиантами? Где, я тебя спрашиваю, доказательства, что там были какие-то бриллианты?! А?! Нету их, доказательств! А ты ни мычишь, ни телишься со своей исторической частью.

— В письме Щегловитова сказано...

— Да положить мне на письмо Щегловитова! Оно сто лет назад написано и непонятно о чем! Ты мне ни черта сказать не можешь, имеет письмо отношение к убийству или вовсе не имеет, консультант-аналитик называется!

— Упоминаний нет нигде, что я могу тебе сказать?!

— Вот и не говори ничего. Исторические анекдоты — это прекрасно все, но мне надо преступление здесь и сейчас раскрыть. Короче, если депутат имел в виду, что тебя прислал отец Ломейко, значит, была какая-то схема взаимодействия, и схема эта имеет отношение и к Воздвиженке, и к Охотному ряду.

— К Думе?

— К Думе, — передразнил Никоненко. — И значит, ни шута мы не раскроем.

— Я поговорил с Ворошиловым. Он в Думе знает все и про всех. Я попросил его выяснить, чем конкретно в последнее время занимался Бурлаков.

— И чего Буденный?

— Ворошилов сказал, что ничего не знает и выяснять не станет.

Никоненко помолчал над липким стаканом с розовым киселем.

— Значит, не раскроем. — Он констатировал это уверенно и спокойно, как будто говорил: ну, теперь все ясно, дело можно закрывать. — Как хочешь, а надо этого Бурлакова на откровенный разговор вызвать. Вот как хочешь, Дмитрий Иванович! Я бы сам взялся, да не вхож я в Думу вашу!..

— Нужно поговорить со старухой, о которой священник рассказал.

— Да валяй, валяй! Давно бы уж поговорил! Того дружбана, с которым потерпевший чего-то писать хотел, помнишь, я так пока и не нашел. Ну, про которого Милана толковала! Забыл, что ли?

Дмитрий Иванович забыл начисто, но не признаваться же!

— Всех по кругу опросили, а толку никакого. И вообще дело странное. Народу вокруг до мамы, связей до черта, с кем только знакомства потерпевший не водил, а выйти на что-нибудь существенное не можем, что ты будешь делать!

— Как мне найти Варвару?

— Да не надо тебе ее искать, я провожу, и все дела!

Лестницы, переходы, полутемные учрежденческие коридоры, как в присутствии начала двадцатого века, стены, до половины выкрашенные синей краской. Дмитрий Иванович смотрел во все глаза.

— А ты че думал? У нас тут Совет Европы, что ли?.. Где отремонтировали, там посветлее, где не успели — как здесь.

Желтая двустворчатая дверь заскрипела, когда полковник потянул на себя ручку, за дверью открылся еще один коридор, залитый синим люминесцентным светом, совершенно больничный.

— А мы в прошлый раз в каком-то другом месте разговаривали!

— Это «другое место» называется мой кабинет, Дмитрий Иванович! Там как раз отремонтировано уже.

Полковник толкнул еще какие-то двери, за которыми открылось просторное кафельное помещение, уставленное сложным оборудованием, аптечными шкафами, канцелярскими столами, колбами, ретортами, фарфоровыми плошками, разномастными весами и газовыми горелками.

Должно быть, именно так выглядела мастерская на Малоохтинском, где изготавливались патроны для боевых групп, вдруг пришло в голову Дмитрию Ивановичу.

— Варвара Дмитриевна, ты тута?! Или где ты есть-то?

Пожилой дядька в халате выглянул из-за шкафа и посмотрел поверх очков, напомнив Дмитрию Ивановичу Ворошилова:

— Добрый день, товарищ полковник.

— Игорь, я здесь.

Варвара, тоже в халате и резиновых перчатках, энергично крутила в колбе какую-то жидкость. Не переставая крутить, она подошла, кивнула Шаховскому и сунула полковнику локоть. Тот пожал.

Дмитрий Иванович не знал, что ему делать.

— Зелье варишь? — спросил полковник.

— Ага, — безмятежно ответила Варвара. — На погоду.

— К выходным бы солнышка, а, Варь? Наколдуй!

— Какие тебе выходные, Игорь Владимирович, когда дело не раскрыто, я же знаю!..

— Дело! Кабы у меня на руках одно дело-то было!.. И наука ни с места! — Он подмигнул Шаховскому. — А на нее вся моя надежда была.

— Ты обедал, Игорь Владимирович?

— Только оттуда. Сегодня борщ московский и голубцы. Все холодное.

— Есть хочется, — пожаловалась Варвара и ушла со своей колбой за шкаф.

Все это делалось так, словно никакого Шаховского в комнате не было.

И неловко ему было, и странно, и смешно! Как будто он кино смотрел с самим собой в главной роли.

— Варвара Дмитриевна, — сказал он и улыбнулся. — У меня яблоко есть. Будете?..

— Яблоко? — переспросили из-за шкафа.

— Короче, я пошел, — догадался полковник. — Варь, ты профессору пропуск отметишь, чтоб он ко мне не метался! И давай, Дмитрий Иванович, давай! Ты же в Думе работаешь, государственный человек, должен соображать.

Шаховской кивнул и достал из портфеля яблоко.

— О! — сказала Варвара, выйдя из-за шкафа. — Яблоко! Мытое?

И взяла у него с ладони.

— Я про сумасшедшую бабку просто так сказал, — выговорил Дмитрий Иванович, решив, что это и есть самое главное. — Я просто не знал, что еще сказать.

Варвара взяла со стола длинный и узкий ножик и стала аккуратно чистить яблоко.

— Варечка, вы там закончили?

— В автоклав поставила, да.

— Тогда я приступлю.

Дядька в халате протиснулся мимо них и канул среди реторт и горелок.

Варвара отрезала ломтик и отправила в рот. Дмитрий Иванович молчал.

— Вкусное яблоко! — сказала она, прожевав. — Я люблю осенние.

— Антоновки сейчас уже почти не осталось, — доложил Шаховской. — Яблони живут, конечно, долго, дольше людей, но и они... конечны. Когда-то был сорт, назывался «Добрый крестьянин». А потом его не стало, и никто не вспоминает. Представляете?

— Представляю, — она протянула ему ломтик, он взял.

Следовало еще что-то сказать, чтобы она поняла, как ему важно, чтобы она пошла с ним, а не читать лекции про сорта яблок, но он не знал, как это говорится. Не умел.

Огромная часть жизни, в которой принято назначать девушкам свидания, и приглашать в кафе или на прогулку в парк, и разговаривать о пустяках, страшно важных, никогда не имела к нему никакого отношения!..

— Пойдемте? — спросил он.

— Куда?

— К бабке.

Если б она засмеялась русалочьим смехом или сказала, что «рабочий день еще не кончился», он бы извинился и ушел. Ничего и никогда не вышло бы из проводов до облезлой двери подъезда на Мясницкой, историй про «Детский мир» и музыкальную школу, из хруста ноябрьского льда под ногами, из разговоров про яблоки и тысяча девятьсот шестой год.

Варвара Звонкова поделила оставшееся яблоко пополам и заявила:

— А хоть бы и к бабке!

И стала снимать халат.

— Лев Иосифович, Лев Иосифович! Я ухожу! Автоклав сам выключится, следить не нужно.

— Хорошо, — откликнулись из-за реторт. — В добрый час!

На улице Варвара немного пощурилась на холодное солнце, ни с того ни с сего выглянувшее в узкий просвет между домами, независимо повела носом и взяла Дмитрия Ивановича под руку.

— Ну, куда идти? Где ваша бабка?

Шаховской поцеловал ей руку, и она ему улыбнулась своей дивной улыбкой.

— Вы меня все время сбиваете, — сказал он первое, что пришло в голову. — Мне нужно искать исторические версии и думать о прошлом. А я думаю, как бы нам с вами увидеться!..

— Так бывает, — ответила Варвара совершенно серьезно.

— Редко.

— Редко, но бывает.

— И не со мной.

— Ну, и не со мной точно! — подтвердила Варвара.

Тут его телефон грянул марш. Он грянул так, что на них удивленно оглянулись какие-то прохожие, не ожидавшие ничего подобного.

— Слушайте, зачем он у вас так орет?! — спросила она.

— Я не знаю, что сделать, чтобы не орал! — Шаховской выхватил телефон. — Я его на пол кинул, так он вообще... распоясался. Да!

— Дмитрий Иванович, — сказал в трубке знакомый насмешливый голос. — Вы сию минуту никуда не опаздываете?

— Петр Валерианович?

— Я, я, — отозвался Ворошилов. — Можете сейчас в Думу приехать?

— Наверное, могу.

— Тогда приезжайте. Я переговорил с Александром Бурлаковым, о котором, помните, у нас содержательная беседа была.

«Еще бы не помнить!» — подумал Шаховской.

— Я ему рассказал, что вы... с нашей стороны человек. Не прохиндей какой-нибудь.

«Я не прохиндей», — подумал Шаховской.

— Он готов по мере возможности ответить на ваши вопросы.

— Спасибо вам, — сказал профессор. — А я так понял, что помогать вы мне не собираетесь.

Ворошилов помолчал.

— Когда могу, всегда стараюсь быть полезен, Дмитрий Иванович. И номер мой зафиксируйте, чтоб легче нам было друг друга обрести в случае надобности. Пропуск вам я заказал.

Дмитрий Иванович попросил еще пропуск для Варвары Звонковой, Ворошилов нисколько не удивился или сделал вид, что не удивился, и записал «данные».

В Думе Шаховской вдруг почувствовал себя героем и отчасти «государственным человеком», как выражался полковник Никоненко. Все же Варвара ни разу не была в этом интересном месте, а он здесь — почти старожил. Подумаешь, в коридорах путается и на лифте не туда уезжает!

— А в буфете можно кофе выпить? Или там только депутатам наливают? — спросила она.

— Что вы, ей-богу, Варвара Дмитриевна!

— Страшно любопытно выпить кофе в Думе.

Шаховской не стал говорить, что кофе здесь самый обыкновенный, и места мало, тесно, шумно, сесть негде, чаще всего приходится стоять за высокими круглыми столиками, как в рюмочной. Конечно, интересно, еще бы! Все это страшно интересно увидеть... своими глазами, а не в новостях по телевизору.

Странным образом они приехали сразу именно туда, куда нужно, не путешествуя по цокольным этажам и переходам, и нос к носу столкнулись с режиссером Говорухиным.

— Дмитрий Иванович! Здорово! Ну, ты посмотри, а? Я отсюда, а он сюда!

Поглядел на Варвару немного гусаром и представился:

— Говорухин Станислав Сергеевич, режиссер.

— Здравствуйте, — выговорила Варвара.

— Ты в нее, что ль, влюбился, Дмитрий Иванович? — И, понизив зычный голос, Варваре почти на ушко: — Точно вам говорю, влюблен! По роже сразу видно.

Он величественно шагнул в лифт, оставив за собой общее смятение чувств, и только оттуда засмеялся и помахал зажатой в руке кепкой.

— Слушайте, Дима, — сказала Варвара, когда двери кабины закрылись. Вид у нее был такой, как будто она только что пробежала стометровку и еще не успела отдышаться. — Какая у вас тут... насыщенная жизнь.

— Это же парламент.

— Вот именно! А со стороны кажется, что здесь не люди, а, не знаю, статуи, понимаете? Статуя Станислава Говорухина. Статуя еще какого-нибудь деятеля.

— Люди, — сказал Шаховской. — Конечно, люди! Недавно на заседании вспоминали, как двадцать лет назад, когда эта Дума только зарождалась, все ждали зарплату. Декабрь, Новый год на носу, а денег ни у кого нет. И зарплату дадут только в январе, а это девяносто третий год. Ни еды, ни питья. И непонятно, что со страной будет. То ли гражданская война, то ли еще какая-нибудь. Как в девятьсот шестом, один в один.

— Все повторяется?

— Не знаю, Варя. Мне кажется, не в повторении дело.

— А в чем?

— Есть путь, и по нему надо пройти. Его нельзя ни обойти по обочине, ни проскакать на коне, ни облететь на самолете. С него можно свернуть в кусты, как в семнадцатом году, но так или иначе придется вернуться, причем именно в ту точку, с какой свернули. И дальше идти. Проскочить вперед не удастся. Пока не пройдешь, ничего не будет.

— Чего — ничего?

— Ну, того, о чем все мечтают — демократии, цивилизованных общественных отношений, уважения к власти. Вы же все знаете!

— Это когда будет-то? В следующей жизни? Или через одну?

— Если бы после девятьсот шестого никуда не сворачивали, уже было бы.

— Вы в это верите?

— Хуже гораздо, — ответил Шаховской. — Я знаю.

Он открыл перед Варварой дверь в тесную приемную и пропустил ее вперед.

— Здрасти, — сказал Александр Бурлаков довольно хмуро. В руках он держал бумаги, которые подавала секретарша, и сегодня он еще больше был похож на штангиста, удрученного тем, что не взял вес и его наказали, вместо штанги заставили возиться с какими-то бумажонками. — Проходите в кабинет, я сейчас.

Он зашел следом, прикрыл за собой дверь и мрачно осведомился, чаю или кофе.

Шаховской, который был совершенно уверен, что из чая и кофе ничего не выйдет, сказал, что и то, и другое было бы отлично. Бурлаков взглянул на него и уставился на Варвару.

— Варвара Дмитриевна с Петровки, — объяснил Шаховской туманно.

— Ворошилов звонил, просил с вами переговорить, — сказал Бурлаков. — А Петр Валерианович редко просит! А вы следователь, что ли? Убийство Ломейко расследуете?

Варвара, которая с интересом оглядывалась по сторонам, даже не поняла, что мрачный депутат обращается именно к ней.

— Я?.. Да, я участвую... в расследовании. В общем и целом.

Бурлаков, не слушая, побарабанил пальцами, положил одну папку на другую, посмотрел в окно, а потом зачем-то под стол.

— Я в тот раз не понял, — наконец, сказал он Шаховскому. — Кто вы, откуда. Думал, вы тоже... заинтересованная сторона. Поэтому сразу обозлился. Хорошо, Ворошилов позвонил!..

Это была попытка извинения, и Шаховской извинение принял.

— Я и есть заинтересованная сторона. Полковник Никоненко, который ведет дело, просил меня с вами встретиться. Вы ведь с Ломейко не ладили, да?

— Да чего там «не ладил»! Еще немного, и я бы его посадил. И наплевать мне на папашу его всесильного!

Дмитрий Иванович немедленно почувствовал себя гением сыска, который вот-вот узнает нечто важное, а Варвара перестала исподтишка оглядываться по сторонам и насторожила уши.

— Подождите, Александр, — тут Шаховской понял, что не знает его отчества, подождал, что тот подскажет, но депутат лишь мрачно сопел. — Что значит — посадили бы?

— Да то и значит. Отправил бы материалы в прокуратуру или куда их надо отправлять... А там пусть разбираются. Главное, я и узнал-то случайно!..

— Что узнали?

— Про аферу.

— Про какую аферу?

— Этого Ломейко назначили директором музея на Воздвиженке, так?..

— Так.

— Музея там раньше никогда не было, так?

— Так.

— Под это дело, под музей, выделили бешеные деньги. Так?

На этот раз Дмитрий Иванович ограничился кивком. По всей видимости, так оно и было, должно быть, выделили.

— Ломейко все раскрасиво и подробно расписал, что куда пойдет. Сколько миллионов на ремонт, сколько на оборудование музейное, сколько на создание экспозиции. На охранные системы, на подсветки, на микроклимат, на персонал!.. В общем, все по делу толково изложил. Это вон в Кондопоге директриса плачет, не знает, как субсидию получить, не умеет красиво написать, а у них того гляди крыша провалится и весь музей снегом заметет!.. — Бурлаков взял папку и потряс ею перед носом Шаховского, как будто это профессор виноват, что директриса из Кондопоги не умеет субсидию получить. — Чаю дадут нам или нет?

Бурлаков вышел из-за стола, походил немного и стал возле окна. Лицо от серого дня за окнами тоже казалось серым, усталым.

— И, главное, он ко мне пришел, понимаете?! То есть до такой степени уверен был, что все ему с рук сойдет, что пришел!

— Я не понял, — сказал Дмитрий Иванович осторожно. — Что сойдет?

Бурлаков отвернулся от окна.

— Я же рассказываю! Ломейко пришел к нам в комитет, прямо ко мне. Денег, говорит, не хватает, и нужно в бюджет на следующий год музей на Воздвиженке вписать как особо важный государственный объект. Помогите, говорит, на министерство культуры выйти, чтобы они нас вписали. Выделено столько-то, нужно еще столько же. Иначе не смогу музей открыть, говорит! А следующий год как раз годом культуры объявили. Нужно поддерживать культуру-то, и все траты на нее — святое дело.

Он вернулся за стол, порылся в папках и вытащил еще одну.

— Вот его предложения, назовем это так. Хотите посмотреть? Хотя чего там смотреть, одни цифры. Я сначала ничего не понял, обещал поддержать. Потом стал разбираться. Вы понимаете, — сказал он с некоторым даже удивлением, — я и разбираться-то стал, потому что денег он просил очень много! Оборотистый молодой человек. Лихой.

Лихой молодой человек был убит в этом своем музее. Убит... скверно, как выразилась тогда Варвара.

— Ну вот. Я читал, считал, ну ни в какие ворота, и концы с концами не то что не сходятся, а вообще не найдешь их, концов-то!.. Я к нему поехал. В первый раз по-дружески, понимаете? Я там никогда раньше не бывал, на Воздвиженке. По идее, ремонт должен полным ходом идти, а никакого ремонта нету, и ремонтировать, на мой взгляд, нечего, все в идеальном порядке содержалось. Там же дом приемов был!.. Я сметы попросил, документы на ремонт, и он ничего! Дал мне сметы, какие-то ведомости с печатями фиолетовыми! В кресле сидел, смотрел на меня, как на душевнобольного. Снисходительно так поглядывал!..

Шаховской представил себе, как импозантный Павел Ломейко сидит в кресле в роскошных директорских покоях, а депутат Бурлаков, похожий на штангиста, листает бумаги с фиолетовыми печатями.

— Он совершенно не боялся, ни о чем не беспокоился, просто сидел и смотрел на меня. Я вернулся сюда, в комитет, попросил людей, они со знанием дела сметы проверили. Говорят, липовые они, все до единой. Деньги уходят на левые счета, оттуда на другие левые счета, потом на совсем левые, а с них уже вообще непонятно куда. Я опять поехал, стал с ним разговаривать. Он слушал, слушал, потом говорит: вы, наверное, чего-то не поняли. Я же не просил вас проверять, как расходуются средства! Я просил вас помочь дополнительные получить. И засмеялся.

Бурлаков опять вскочил, постоял и сел.

— Я ему тогда чуть в лицо не стукнул, — признался он с некоторым удивлением. — Честно. Не знаю, как удержался. Там же счет на самом деле на миллионы шел!.. А если б музею в Кондопоге по десять тысяч рублей каждый год прибавлять, вот они зажили бы! По-царски прямо!

Он махнул рукой.

— Я на Севере вырос, в военной части. Когда в Иркутск отца перевели, я никак привыкнуть не мог, что на каждом углу библиотеки да музеи! Мне казалось, так только за границей бывает — кругом такие развлечения, хоть каждый день ходи, а они все не кончаются. И вот еще что меня перепахало... — при этом слове профессор Шаховской улыбнулся, — был в Иркутске городской голова. Между прочим, депутат городской думы! Очень богатый и образованный человек, профессор. В Петербурге учился, в Киеве. Всю жизнь собирал картины, книги, по-моему, даже музыкальные партитуры. Зимний сад у него был, а в саду розы, дыни и апельсины — у нас, в Иркутске!. Он много всего для города сделал — телефон, электричество, водопровод, училища для мальчиков и для девочек, это в конце девятнадцатого века! И картинную галерею открыл, и туда люди всякого сословия допускались. Бесплатно! И я в первый раз подумал, что лучше музеев вообще ничего на свете быть не может!..

— Его звали Владимир Платонович Сукачев, — сказал Шаховской, и Бурлаков так обрадовался, как будто профессор признался, что прекрасно знает его родного дядю.

— Точно! А тут приходит, понимаете, такая с-с-скотина и мне в лицо говорит, что он все деньги украл, так ему мало, дайте еще! И главное, уверен, что дадут! И не боится ничего! Хоть бы шифровался, прятался, а он — ничего. Он точно знал, для чего его на это место посадили — чтобы воровать. Здесь бы деньги кончились, так он на другое место перешел бы, где еще больше можно п... — тут Бурлаков остановился и произнес не то слово, которое собирался сказать, — присваивать!..

— А кто его посадил на это место? Отец?

Бурлаков кивнул.

— Ну, я так понял. Потом этот отец со мной встречался! Целую операцию провернули, чтоб встречу организовать, как в кино про шпионов. Скрытой камерой снимали, потом пугали, что съемку обнародуют, в программе «Время» покажут, как депутат от бизнесмена взятку требует.

— Он предлагал вам взятку?

— Да ладно, взятку! — фыркнул Бурлаков. — Берите выше — долю!

...Ничего он не похож на штангиста! У него умное, крепкое лицо, бледное от злости.

— Я добиваюсь дополнительного финансирования, вдвое против прежнего, закрываю глаза на все махинации, а они берут меня в долю.

— А вы что? — спросила Варвара с интересом.

Бурлаков посмотрел на нее.

— Я поблагодарил и отказался, — ответил он очень вежливо. — Даже сказал, где именно я их видел вместе с этой самой долей. В каком месте. И посоветовал им там и оставаться.

— Да, — молвил Дмитрий Иванович, не зная, что еще сказать.

— Да, — согласился Бурлаков. — Они мне какое-то время не верили, набивали цену и увеличивали процент. Ну быть такого не может, чтоб кто-то добровольно отказался от денег! Потом стали приставать с угрозами. Потом...

— С какими угрозами? — перебила Варвара, и он опять махнул рукой.

— Вы что думаете, я слушал?! Сказал, чтоб отвязались, а депутатскую проверку я все равно устрою. Но для этого требовались основания, и я эти основания должен был найти — в виде документов! Я нашел. Во-он сколько нашел!.. Я решил его предупредить, что документы отправлю в прокуратуру или куда там их следует отправлять. И поехал к нему. Ну, поругались мы. Я уехал, и его в тот же день убили, вы сказали...

Бурлаков прошел к двери, распахнул ее и спросил у секретарши, даст ли она, в конце концов, чаю, а та с достоинством ответила, что чаю никто не просил. Бурлаков удивился и закрыл дверь.

— Я в бешенство прихожу, когда мне пытаются объяснить, что воровать не только нормально и приятно, но и просто необходимо! Не воруют, мол, только дураки и те, кому украсть нечего. Я точно знаю, вон Говорухин мне в детстве объяснил, что вор должен сидеть в тюрьме! Я «Место встречи изменить нельзя» сто раз смотрел. Убивать этого Ломейко не стал бы, конечно, но рыло с удовольствием начистил бы. Да нельзя никак, я же депутат, мне законы надо соблюдать. А посадить его я бы все равно посадил!

Они помолчали, потом Варвара спросила:

— А все-таки чем вам угрожали?

Бурлаков махнул рукой.

— Чем угрожают в таких случаях? Связями. Влиянием. Подставят, снимут с работы, всякое такое. Ничего нового.

— Отец Ломейко на самом деле такой всесильный человек?

— Не знаю, я не проверял. Но сыночек чувствовал себя аб-со-лют-но спокойно! Я вам объясняю!.. Он даже не скрывал ничего, прямо так и говорил — денег мне мало, дайте еще. А у самого часы за триста тысяч евро! И еще все повторял, что он здесь временно, как только появится возможность уйти на другое место, сразу же уйдет, чтобы время не терять. Другое место, должно быть, это где бюджеты не музейные, плевые, а настоящие, полновесные! — Он посмотрел по очереди на Варвару и на Дмитрия Ивановича. — Ну, я так понимаю, вам вся эта история интересна только с того боку, что это я его прикончил.

Тут Шаховской и Варвара сказали хором, но совершенно разное:

— Ну что вы!

— А это не вы его прикончили?

— Не я, — ответил депутат. — Я даже думал, как это проверить, но ничего умного не придумал. Вам же как-то проверить надо, я понимаю!

— А вы в тот день с Воздвиженки домой поехали или сюда? — спросила Варвара, подумав.

— Пятый час был, полдня впереди! Сюда, конечно. Через бульвары на Тверскую и на Охотный ряд.

— А отсюда во сколько ушли, не помните?

— Да мы допоздна сидим обычно! В принципе, это можно у охраны спросить, у них время входа-выхода фиксируется.

— Вот именно, — сказала Варвара и улыбнулась. — И придумывать ничего не нужно.

Бурлаков посоображал немного и вдруг улыбнулся.

— Не гожусь я в детективы. Мыслю как-то... узко.

Шаховской поймал себя на том, что ему приятно оттого, что этот малознакомый человек оказался порядочным, — какое старомодное слово! — и ему можно верить, и с ним можно поговорить об Иркутске и музеях или еще о чем-нибудь, что на самом деле имеет смысл. Ловкий полковник Никоненко в два счета установит, что он в тот вечер, вернувшись с Воздвиженки, безвылазно сидел в Думе и никакого отношения к смерти оборотистого и ловкого Павла Игоревича Ломейко не имеет, и — это уж совсем странно — профессор сдержанно радовался, что Бурлаков сию минуту подтвердил его мнение о том, что Ломейко был как раз человеком скверным, подлым. Это совершенно неправильно, конечно, и вообще недопустимо, — с точки зрения человечности! — но все же легче играть в «приключение», когда убивают «плохих», а не «хороших».

Тут Дмитрий Иванович подумал, что, должно быть, именно так рассуждал когда-то министр внутренних дел Петр Аркадьевич Столыпин, казнивший революционеров без суда и следствия. «Плохие» заслуживают наказания. «Хорошие» имеют право это наказание назначать.

Только вот как отделить окончательно «плохих» от окончательно «хороших»?.. Украденная диссертация и разворованный музейный бюджет не могут быть оправданием... убийства! Игра в черное и белое — когда нужно говорить наоборот и ни разу не сбиться, — просто игра, а в жизни она опасна, чудовищна!

Шаховскому вдруг стало страшно и стыдно, он вскочил, задев свой портфель, и тот отлетел на середину кабинета, и из него вылезли бумаги, много. Вдвоем с Бурлаковым они кое-как запихали их обратно. Варвара размышляла, не обращая на них внимания.

— Александр, — спросила она, когда суета с портфелем закончилась, — вы всегда разговаривали с Ломейко наедине?

Тот кивнул.

— Никогда и никого у него не встречали?

— Нет, почему, встречал. Какого-то парня видел несколько раз, но он сразу уходил, как только я приезжал. А однажды тетка во дворе митинговала. Ее не пускали, что ли, она хотела к директору зайти. Но она не в себе, по-моему.

— Почему вы так решили?

— Да видно же! Одета странно, кричала.

— А что кричала, не помните?

— Ну, «пустите меня, мне нужно»! Нет, не помню.

— А парень?

— Парень как парень, самый обыкновенный. Я его тоже особенно не разглядел, он быстро ушел, говорю же. Они какие-то планы рассматривали, когда я вошел.

— Планы?

— Мне так показалось. Как будто чертежи. Этот парень бумаги со стола собрал и был таков. Должно быть, смету на следующий ремонт готовили, уроды!..

Парень, подумал Шаховской. Девушка со странным именем Милана тоже упоминала какого-то человека, с которым Павел Ломейко собирался написать совместную научную работу или что-то в этом роде. Впрочем, полковник Никоненко утверждал, что у убитого был огромный круг знакомых!

...Может, нужно думать именно в этом направлении? В направлении непонятной научной работы или статьи, которую Ломейко собирался писать, если на самом деле собирался? Зачем ему научная работа?.. Ну, докторское звание понятно зачем — для статуса и дальнейшего получения соответствующих мест, да и вообще все приличные люди нынче доктора наук, — а работа или статья зачем? Особенно после скандала с диссертацией! Логичней было бы о себе не напоминать, по крайней мере какое-то время, чтоб история с плагиатом подзабылась, и дремучее, консервативное «научное сообщество», сплошь состоящее из странных людей, именуемых «порядочными», ничего не понимающих ни в жизни, ни в добывании «доходных мест», ни в «освоении бюджетов» в свою пользу, немного успокоилось, сообразило, что Павлу Ломейко лучше не мешать, он все равно своего добьется! А в случае чего папа поможет, тоже большой ученый!

При чем тут статья? И что это за статья?..

Возле подъезда Думы, где всегда так сильно задувал ветер, что приходилось поворачиваться к нему спиной и поднимать воротник, Шаховской изложил свои соображения Варваре.

— Нужно у Игоря спросить. Наверняка в кабинете Ломейко остались какие-то записки, бумаги.

— Наверняка остался планшет с фотографиями и перепиской, Варвара! Бумаги — это очень скучно и несовременно. — Он повернулся и шел спиной вперед, вел Варвару за руку. — Продвинутые и успешные молодые менеджеры выкладывают свои портреты с подписями «Я за рабочим столом» или «Я на совещании». А еще «Я в бассейне» и «Я в караоке». И «Я кушаю», это обязательно.

Она засмеялась.

— Но бумаги какие-то должны быть. И бабка, о которой вы все толкуете!.. Бурлаков тоже сказал, что она приходила и митинговала!

Тут Дмитрий Иванович вдруг понял, что ни к какой бабке идти не хочет, а хочет гулять по ветреным бульварам, держать Варварину ладошку, слушать, как она говорит, смотреть, как она улыбается и поднимает воротник пальто, закрывая покрасневшее от ветра ухо.

— А может, не пойдем сегодня к бабке? — спросил он, и ему стало неловко. — Может... завтра пойдем?

...Если она согласится, завтра будет продолжение. Ничего не закончится сегодня.

— Мы же вроде бы сейчас собирались!

— А пойдем завтра.

— Ну, хорошо, — согласилась Варвара. — Завтра так завтра. А сейчас по домам?

Как же это так получилось, что огромная часть жизни, в которой назначают девушкам свидания, приглашают гулять по бульварам, разговаривают о пустяках, страшно важных, не боятся выглядеть смешно или глупо, прошла мимо него? Прошла, а сейчас вдруг вернулась, и он понятия не имеет, что нужно делать!

— Варя, — сказал Дмитрий Иванович, к которому вернулась огромная часть жизни и теперь ожидала неподалеку, — я не хочу с вами расставаться. Разве вы этого не понимаете?

1906 год.

— Ну-с, можете взглянуть, Дмитрий Иванович.

Мучитель несколько отступил в сторону, полюбовался работой и, кажется, остался доволен.

Шаховской, очень сердитый, выбрался из кресла, в котором он просидел битый час с четвертью, подошел к зеркалу и посмотрел.

Не было в зеркале никакого князя Шаховского, секретаря председателя Думы. Там отражался солидный господин возраста, далеко перевалившего за средний, в усах, с пробором в набриолиненных седых волосах и в визитке.

— Боже мой, — убитым голосом пробормотал князь, рассматривая господина в зеркале.

Алябьев тоже рассматривал отражение с пристрастием, потом озабоченно поправил ему парик. Следом за его движением против воли Шаховской мотнул головой.

— Постарайтесь немного обвыкнуться в этом облике, князь. До вечера еще есть время. На улицу вам лучше не выходить, конечно, но можно спуститься выпить в буфетной чаю.

Шаховской потрогал накладные седоватые усы.

— Разве можно чаю, Алексей Федорович? С эдаким... приспособлением?!

— Не беспокойтесь, не отвалятся! Клей новейший, немецкий. Будет держать долго. Пожалуй, в бане придется отпаривать после операции!

Они разговаривали в номере гостиницы «Европа», где остановился миллионщик из Канадского Доминиона, бывший сибиряк Семен Михайлович Полозков, из старообрядцев. В гостевой книге было записано именно так — на предмет, если будут проверять. Алябьев утверждал, что проверять обязательно будут, и наверняка уже проверяли.

В парике и усах, с сильно разрисованным лицом Семен Михайлович Полозков, то есть князь Шаховской, чувствовал себя до того неловко, что то и дело непроизвольно дергал шеей, как бы стремясь освободиться от маски.

— А в буфетную вам сходить непременно нужно, — продолжал Алябьев. — Показаться. Там наверняка наблюдатель посажен, и не один.

— Для чего же наблюдатель?

Алябьев помолчал.

— Дмитрий Иванович, тут не Государственная дума! Тут заговорщики и террористы, на карту поставлены их интересы. Да что интересы, жизни человеческие! Разумеется, я сделал все возможное для того, чтобы нам поверили до конца, но необходимы крайняя осторожность и секретность!.. Агентов в гостинице нет, чтобы, сохрани бог, соглядатаи ничего не заподозрили. Ведите себя как можно естественней.

— А как ведут себя старообрядцы из Канады?

— То-то и оно, что ни вам, ни мне это не известно, да и актер из вас вряд ли получится. Так что ваша задача ни с кем в беседу не вступать, обращать на себя как можно меньше внимания, что в вашем положении вполне объяснимо!.. Наш Семен Михайлович не на богадельню, а на революцию жертвует, да еще такую сумму! Завтра ему на пароход, а сегодня вечером, попозже, он встречается с господами революционерами! Сидит у себя в комнатах, здесь же обедает, выходит чаю попить и газету почитать, этого достаточно. Наше с вами свидание не подозрительно, считается, что мы познакомились во время моего прошлогоднего вояжа по Северной Америке, и я вам подсказал, как лучше всего употребить капиталы.

— Роль у вас незавидная, Алексей Федорович.

— Я с малолетства на государевой службе, Дмитрий Иванович, — сказал Алябьев твердо. — В секретных операциях участвовал не раз и не два. Ничего зазорного для себя в этом не вижу. Служу отечеству, как считаю нужным.

Шаховской уселся так, чтобы не видеть в зеркале отражения Семена Михайловича.

— Я вот тут принес вам газету «Toronto Mirror», как раз недельной давности. Вы ее для правдоподобности с собой возьмите в буфетную и читайте.

Шаховской посмотрел на газету.

— И записка! — воскликнул Алябьев.

— Какая записка?

— Вам принесут записку, в которой назначат встречу, если до вечера все пройдет благополучно и согласно нашему плану. Кто и когда вам ее доставит, я сказать не могу. В записке будут указаны время и адрес. Когда пойдете на Малоохтинский, не забудьте взять ее с собой. В саквояж кроме приманки ничего не кладите. Вас непременно будут обыскивать, не нужно лишних вещей, они могут вас выдать.

Дмитрий Иванович кивнул на саквояж желтой кожи, стоявший на столе.

— Там ничего и нет, можете сами убедиться.

Он решительно не ожидал проверки, но Алябьев подошел, щелкнул замком, заглянул. И улыбнулся.

— Что ж это вы? Бриллианты так в чашке и оставили?

Шаховскому и в голову не пришло их перекладывать! Настолько неправдоподобной, корявой, глупой казалась ему вся затея, еще несколько дней назад представлявшаяся блестящим планом спасения отечества! И накладные усы — последний штрих, — как насмешка, и газета недельной давности, и этот роскошный номер в гостинице «Европа» походили на реквизит и декорацию к второсортному водевилю, и сам он в роли то ли шпиона, то ли тайного агента, субчик в полосатых брюках!..

Хорошо, Варвара не видит.

— Хотя, может быть, это даже и правильно.

— О чем вы?

— О чашке. Производит впечатление правдоподобия. Обещали чашку бриллиантов, вот, пожалуйста, чашка!.. Все честь по чести.

— Алексей Федорович, я согласился на предложение Петра Аркадьевича только для того, чтобы предотвратить кровопролитие и новую волну насилия в России. Поверьте мне, ни в каком другом случае...

— И вы мне поверьте, князь! Всякий раз, когда наступает этот самый «случай», как вы изволите выражаться, приходится выбирать между скверным и очень скверным! Ни разу еще не было, чтоб выбрать между хорошим и чересчур хорошим. Вам ваша роль не по душе, да оно и понятно. Вы депутат, привыкли с трибуны выступать, а не таиться и в накладных усах дефилировать. Ежели дело благополучно закончится, бог даст, вам больше никогда в жизни не придется совершать ничего подобного, да и об этом забыть поскорее.

— А если забыть не удастся? Совесть не позволит?

— Так вы ей объясните, совести-то, что по-другому никак не получалось поступить. И так плохо, и эдак нехорошо. Только я одно знаю, князь, — тут Алябьев улыбнулся, — как ни плох закон, как ни дыряв, все равно поступать должно только по закону. В парламенте дебаты вести — милости просим, а на железной дороге людей взрывать мы не позволим.

— Если бы так не опоздали с парламентом, если бы раньше-то народ свой послушали, может быть, не было бы никаких взрывов!

— Согласен. Только сейчас-то что делать?

— Видимо, то, что мы и делаем, — желчно сказал князь. — Представление разыгрывать, чтоб ничего не подозревающих людей в ловушку заманить!..

— Так ведь преступники они! Или мы их, или они нас.

— Впрочем, Алексей Федорович, это я, скорее, сам с собой дискутирую. Решение давно принято, теперь нужно до конца идти.

— Неплохо бы еще живыми остаться, — договорил Алябьев, в зеркале поймал взгляд Шаховского и ус-

мехнулся. — Если что, как говорится, не поминайте
лихом.

— И вы тоже.

— Значит, в буфетную и больше никуда. С Богом!..

Алябьев тихо притворил за собой дверь, и Шаховской, то есть Семен Михайлович Полозков из Канадского Доминиона, остался один. Некоторое время он
смотрел из окна на Невский проспект, ожидая, когда из-за угла появится котелок Алябьева, не дождался,
посмотрел в зеркало, передернул плечами брезгливо,
уселся и развернул газету. Читать не смог.

...Как с ней договориться, с совестью-то?! Что
именно ей сказать, чтобы она поверила? Как убедить ее в уместности этого маскарада и представле-
ния, в необходимости участия в тайной операции?
В Думе, которую хоть и шатает из стороны в сторону, хоть и недовольны ею со всех сторон и того гляди
разгонят, а все честнее получается! По закону, как вы-
разился только что депутат Алябьев, оказавшийся се-
кретным агентом.

В половине пятого Семен Михайлович спустился
в буфетную, спросил чаю, сел в самый темный угол
и наставил усы на канадскую газету недельной давности. Посетителей было не слишком много, и сколько он ни вглядывался из-за газетного полотна, разобрать, кто из них «наблюдатель», не мог. Двое, по виду
присяжные поверенные, пили чай и громко обсуждали сегодняшний день в Думе. Старик, похожий на ка-
мергера, читал «Русский инвалид», вздыхал и хмурил
брови. Дамы, одна помоложе и другая постарше, ели
пирожные, переговаривались по-французски и делали
замечания девочке лет двенадцати, изнемогавшей от
скуки. Франт в белом галстуке за колонной пил шам-

панское и качал ногой, и не сразу Семен Михайлович узнал в нем знаменитого поэта.

...Может, ошибается секретный агент Алябьев? Нет никакого «наблюдателя»?

Чай отчетливо отдавал новейшим немецким клеем, усы подмокли, и то и дело его тянуло почесать под ними губу, но страшно было, что отвалятся.

«Что будет завтра в это время? В пять часов вечера? В Думе будет идти очередное заседание, какие-то люди станут пить чай в буфетной гостиницы «Европа», на Невском будет шуметь толпа и двигаться экипажи, а что станется со мной?.. Даже если не случится ничего особенно страшного и я останусь жив, что со мной станет? Кем я буду завтра в пять часов вечера, если не умру?»

Странная штука — согласование времен. Как согласовать прошлое, настоящее и будущее, чтобы получилось нечто цельное, без пропастей и разрывов? И чтобы во всех временах остаться собой, не изменив себе в чем-то главном? И что есть главное?.. Служение? Любовь к отечеству? Но ведь «господа революционеры» тоже служат своему делу и уверены, что поступают правильно, а он, князь Шаховской, не уверен ни в чем!.. Он собирается выманить их из логова — вон даже приманка приготовлена, — для того, чтобы убить. Да, да, он сам не станет стрелять и висельных приговоров подписывать не будет, но ведь в конечном итоге он отправится сегодня на Малоохтинский для того, чтобы... убить. Вот и получается — насилие в ответ на насилие, кровь за кровь. Что там отец Андрей говорил о милосердии и о том, что свет не рождается из тьмы?

Кажется, он как-то не так говорил, но сейчас князь не мог вспомнить, как именно.

В минуту итогов, а может быть, и расплаты за сегодняшнее придется отвечать, и не только перед самим собой, вот в чем дело. И ответы не удастся подготовить заранее, вызубрить наизусть, прежде необходимо будет их искать, докапываться, взвешивать на внутренних весах собственных представлений о порядочности, чести, долге.

Оставшийся до вечера день прошел худо, в тяжелых мыслях и почти в горячке. Шаховской знал, что «на дело» все равно идти придется, о чем бы он сейчас ни думал, как бы ни осуждал себя за неблаговидную, почти шпионскую роль. Опять выходило кособоко — прав Столыпин, который на террор отвечает казнями, но он не может быть прав, потому что казни только распаляют гнев, все равно что рану лечить, поливая ее кислотой!..

Лежа в жидких майских сумерках на жестком гостиничном диване, князь поклялся себе, что более никогда ни в каких операциях такого рода ни за что участвовать не станет, а в Думе — если только останется жив! — вновь поднимет вопрос о казнях и арестах. Так нельзя, нельзя!..

Как можно — вот самый трудный вопрос.

В девятом часу из-под двери раздался шорох, как будто завозилась мышь. Шаховской вскочил и посмотрел. На полу белел листок бумаги.

«Все готово. Будьте сегодня в 11 часов вечера в известном вам доме на углу Малоохтинского. Если придете не один, сделка не состоится. Полагаюсь на ваше благоразумие».

Подписи, разумеется, нет.

Дмитрий Иванович перечел записку и зачем-то сунул ее в саквояж.

Ему просто необходимо было занять себя хоть чем-то, он позвонил и спросил ужин. В ожидании, когда его принесут, мерил комнату шагами, раздумывал, не протелефонировать ли Варваре Дмитриевне. Впрочем, раздумывать было нечего — телефонировать нельзя. Но мысль о том, что она где-то поблизости — пару улиц пройти — и думает о нем, беспокоится, волнуется, была ему отрадна и несколько разгоняла тьму, скопившуюся в душе за этот невозможный день.

Развлекая себя, он представлял, что она сказала бы, увидев его в роли Семена Михайловича Полозкова из Канадского Доминиона, особенно относительно усов. Пожалуй, Генри Кембелл-Баннерман и вовсе не узнал бы его, рычать бы принялся!..

Вся думская жизнь, такая непростая и тревожная, теперь вдруг показалась ему прекрасной и единственно правильной. Работа, которая то и дело заходила в тупик, потому что ни депутаты, ни министры, ни служащие не умели как следует делать эту работу, представилась ему спасением. Если и можно спасти Россию, то только таким путем, а так, как сегодня он спасает, — нет, не спасти. Бог даст, обойдется без кровопролития, стрельбы и драки, но на место тех, кого отволокут в тюрьму, придут другие, уверенные, что только террором следует действовать. На место сотен придут тьмы, и не смогут Столыпин и его «молодцы» всех за решетку пересажать. В Думе должно по-другому действовать, и он, князь Шаховской, нынче отчетливо это понял. Должно работать, принимать законы, разъяснять смысл их людям, которые по закону жить не привыкли, не хотят, не умеют, ибо уверены, что любой закон есть ущемление и без того ничтожных их прав, попытка отнять у них последнее. И еще много времени пройдет, прежде чем все граждане империи, от самого первого и до самого последнего, поймут, что без закона жизнь помчится неизвестно куда, своротит в пропасть, никто не удержит! Закон бы удержал, да нету законов...

В одиннадцатом часу, не в силах более оставаться в номере, Семен Михайлович Полозков взял саквояж и шапку, в последний раз посмотрелся в зеркало, сделал самому себе рожу и неторопливо вышел на Невский.

Теперь самое главное, не оглядываться по сторонам, не стрелять глазами от неловкости, со знакомыми не здороваться, стараться быть как можно менее заметным. С оживленного проспекта он свернул в боковую улицу, решив, что на Невском и впрямь, чего доброго, могут встретиться знакомые. Он все ждал, что за ним будут наблюдать, и полагал, что сразу же заметит наблюдателя, но никого не замечал. Один раз даже специально остановился возле магазина, торговавшего сукном, и некоторое время рассматривал за стеклом выложенные штуки товара с написанными мелом ценами. За спиной проходили какие-то люди, но никого подозрительного заметить так и не удалось.

Сердце сильно билось, и кожаная ручка легкого саквояжа скользила из ладони, приходилось то и дело ее перехватывать.

На перекрестке он остановил извозчика, вскочил в коляску и поехал. Подковы гулко стучали по мостовой, коляску покачивало.

...Может, все же следовало взять пистолет?.. Впрочем, и Столыпин, и Алябьев несколько раз повторили, что непременно будет обыск, пистолет брать никак нельзя.

Нужно будет аккуратно намекнуть председателю Думы Муромцеву, что тот бывает резок не только с представителями власти, но и с депутатами, которым и без того нелегко работается. А Владимир Николаевич, занявши пост, уверился, что он второе после государя лицо в Российской империи, и ведет себя соответствующим образом — отстраненно, начальственно, что делу никак не помогает. Хорошо бы еще пополнить штат стенографисток, думские журналисты то и дело жалуются на нехватку материалов, на то, что они опаздывают, а газеты должны получать информацию свежайшую, новейшую!..

И на Волхов, в родительскую усадьбу, надо бы съездить!.. Лето впереди. Пригласить Варвару Дмитриевну погостить, гулять, разговаривать о хорошем. Тишина, простор и неторопливость жизни всегда действовали на него, как целебное купание.

В условном месте он остановил извозчика, заплатил, кое-как справившись с непривычными карманами, и выбрался на мостовую.

— Прикажете дожидаться, вашсясьство?

— Езжай, не нужно.

Он перехватил саквояж, норовивший выскользнуть из пальцев, и поглубже нахлобучил шляпу. Что ж за мученье такое — идти по улице в чужой одежде, парике и с загримированным лицом, шут балаганный, одно название!

Кажется, только что думалось о чем-то хорошем. Ах, да, о Волхове! Родители и брат Варвару Дмитриевну знают, а если познакомятся поближе, непременно полюбят, никак не возможно ее не полюбить. Одна улыбка чего стоит — дивная, добрая. А как смеется! А когда смотрит внимательно и встревоженно, кажется, жизнь отдал, только бы смотрела. И собеседник она хороший, умница, толковая, внимательный и придирчивый журналист, лишнего не напишет и мимо ничего не пропустит. Англичанин, явившийся в прошлом году освещать российскую политическую жизнь и принявшийся ухаживать за Варварой Дмитриевной, много крови Шаховскому попортил. Как ни придешь в кулуары, вечно возле нее стоит, будто привязанный. Князь знал, что ревность — постыдное, глупое чувство, пережиток прошлого, писатель Лев Толстой о губительности ревности целый роман написал! Шаховской, прочитавший пухлый том кое-как, был уверен, что мораль как раз в том, что ревновать никак нельзя, от ревности можно с ума сойти да под поезд броситься. И все же ревновал. Англичанин был статный, свежий, улыбчивый, глаза голубые. Пса невиданного Варваре преподнес, она с ним теперь не расстается. Увезти бы ее на Волхов до конца лета, чего лучше!..

Тут ему вдруг стало смешно. Либерал, прогрессист, а все о домострое мечтает — увезти бы да запереть...

Стеклянный майский петербургский вечер все раздумывал, наступить или не наступить, когда Семен Михайлович Полозков свернул на Малоохтинский. Здесь было совсем безлюдно, только попадались редкие вечерние прохожие. Дом, цель его путешествия, был совсем рядом.

...Что будет со мной через час? Если я все еще буду? А завтра?.. Если оно наступит?.. Как быть с согласованием времен — прошлое, настоящее и будущее, которое объединено только мной, потому что, если не будет меня, не станет никакого моего будущего. Все останется — Варварина улыбка, дорожка от дома вниз, к Волхову, звонок к заседанию, горячие споры, умные разговоры, чистые стаканы в серебряных подстаканниках, величественный Муромцев, блеск дамских нарядов в кулуарах, — останется жизнь, такая прекрасная и огромная. А меня не будет больше?.. Как же так? Так не бывает.

Или бывает?..

Почему ему казалось, что приключение, начавшееся со звонка отца Андрея, — просто сюжет из рассказа того самого англичанина, как же его зовут?.. Где действует ловкий сыщик мистер Холмс, умеющий по одной нитке установить и изобличить преступника! Как хорошо, спокойно, должно быть, чувствовал себя этот самый мистер, изобличая своих степенных английских преступников!

— Который час?

По привычке он полез в кармашек, вытащил брегет, посмотрел и спохватился. Спрашивали вовсе не о времени!

— Счастливые часов не наблюдают, — скороговоркой произнес Семен Михайлович Полозков, поднял глаза от часов и чуть не уронил треклятый саквояж.

Перед ним стоял давешний франт из буфетной гостиницы «Европа», знаменитый поэт.

...Позвольте, как же это?.. Что ж получается?! Получается, он тоже из революционеров?! Подпольщик или как они там себя именуют? Боевик, террорист?

Поэт приподнял шляпу и зашагал дальше как ни в чем не бывало, а гражданин Канадского Доминиона потоптался на месте, будто раздумывая, не вернуться ли ему от греха в гостиницу, а потом все же пошел к угловому дому.

Что должно твориться в душе у его персонажа, секретарь Государственной думы Шаховской понятия не имел, а у него самого творилось невесть что.

...Поэт воюет за дело революции, значит, находит его правильным, нужным?.. Поэты ведь не до конца люди. Обыкновенный человек — не поэт — единое целое, в котором душа неотделима от тела с рождения до смерти, а у поэта душа к телу не привязана. Где и как она путешествует, какие знания получает, какие дали ей открываются, знать никому не дано, да и не положено. Когда душа и тело объединяются, получаются стихи, по-другому стихов никак не объяснить. И ежели поэт способствует революции, значит, душа его знает нечто такое, что остальным не открыто, и это знание приводит его на ту или на другую сторону баррикады? Свет или Тьма? Божественное или дьявольское открывается душе поэта в ее путешествиях? Или поровну? Или как раз человеческое, что есть в поэте, и должно разобраться в божественном? Возможно ли это? А если человек неправильно слышит или не понимает, что ему Бог говорит, тогда как?

Шаховской дошел почти до подъезда, ничего не видя и не слыша вокруг, и был остановлен вопросом, приготовил ли он подарок на именины.

— Прошу прощения?

— Готов ли подарок на именины?

Да, да! Ему говорили, что застав будет две, просто он не ожидал, что одним из проверяльщиков окажется знаменитый поэт!

— Подарок готов, — сказал гражданин Канадского Доминиона и указал на саквояж. — При мне.

Спрашивавший отступил с дороги, но совсем не ушел, остался за плечом. По всему Малоохтинскому не было видно ни души. И вдруг князю показалось, что никакой операции не будет, и не нужна она! Есть какая-то комедия, фарс, водевиль, и вскоре все разъяснится, участники по-доброму посмеются друг над другом и разъедутся по домам, ведь поздно уже!

Семен Михайлович как в забытьи взошел на невысокое крылечко и позвонил — три раза длинно и один коротко. Электрический звонок бодро зашелся внутри дома, и двери тотчас же распахнулись.

— Прошу.

В передней было совсем темно, лишь за поворотом коридора горела слабая желтая лампочка.

— Не двигайтесь.

Сзади что-то загрохотало, он оглянулся и понял, что захлопнулась дверь и как будто сам собою задвинулся засов. Глаза еще не привыкли к темноте. Из нее надвинулся кто-то трудноразличимый, твердо взял его за предплечья и хорошенько ощупал со всех сторон — сначала руки, потом бока, потом ноги до самых башмаков. Так же стремительно был осмотрен и саквояж.

— За мной. За мной проходите.

Почти ощупью добрались до лестницы, на которой тоже не было света, и на последней ступеньке Семен Михайлович Полозков споткнулся и чуть не упал, его поддержали. Велик ли коридор и сколько в нем дверей, разглядеть ему не удалось, а комната, куда его впустили, оказалась довольно большой. Свет керосиновой лампы на столе не доставал углов, где лежала плотная темень.

— Ожидайте.

Сопровождающий, двигаясь бесшумно и проворно, вышел, плотно прикрыв за собою двери, а князь огляделся. Стало понятно, почему в комнате так темно, гораздо темнее, чем на улице. Ставни оказались плотно закрыты, так что даже щели не осталось. На большом овальном столе стоял самовар с подставленным под краник блюдцем. Жертвователь на дело революции потрогал — самовар оказался холодным. Стулья стояли кое-как, словно на них только что сидели, а потом в спешке разошлись, и горничная еще не успела навести порядок. В одной из стен зиял черный провал — камин с квадратной пастью, сильно закопченной. В этом камине, должно быть, и полагается ему прятаться в случае стрельбы.

Вдруг на него снизошло ледяное спокойствие — в прямом смысле ледяное, похолодели руки, так что захотелось на них подышать. Все потом, потом!.. Ясности и неясности, вопросы и ответы — все потом. Сейчас нужно довести дело до конца.

...Как бы повел себя в эдаких обстоятельствах господин Полозков Семен Михайлович? Должно быть, поозирался бы по сторонам — значит, пока все верно, — потом подошел бы к стене и посмотрел картину, вон там какая-то картина мерцает в тусклом свете, а потом уселся, заложил ногу на ногу и стал ждать. Видимо, ждать ему придется недолго.

Он посмотрел картину, так и не поняв, что на ней изображено, походил туда-сюда, отодвинул стул и основательно уселся. Саквояж стоял рядом с ним.

В доме слышалось смутное движение, как будто в подвале или на чердаке бегали осторожные, но многочисленные крысы, стучали лапками. Света в коридоре тоже не зажигали, по крайней мере из-под двери не пробивалось ни лучика.

Где-то там, внизу, какие-то ящики, в которых вместо патронов секретные агенты, так говорил Столыпин. Ждут сигнала. Или никто ничего не ждет, и это все водевиль и фарс?!

Нужно ждать. Ждать.

Господи, спаси и помилуй, вразуми и научи.

Двери распахнулись — обе створки одновременно, — и в комнату энергично вошло сразу несколько человек.

Семен Михайлович Полозков помедлил, дочитал молитву, поднялся и посмотрел.

Вот эти молодые и свежие лица и есть террористы высшего звена? Радикальные революционеры, боевики, убийцы, руководители боевых групп? Воля ваша, это какая-то ошибка, такого быть не может!..

— Добрый вечер, господин Полозков, — живо и приветливо сказал первый из вошедших, совсем молодой румяный барин, протягивая руку. — Простите великодушно, что заставили ждать, но осторожность превыше всего!

Господин Полозков пожал протянутую руку.

— Позвольте представиться, Иван Сергеевич Тургенев. А это товарищи Лев Николаевич Толстой и Михал Иваныч Глинка.

— Осторожность прежде всего? — нашел в себе силы пошутить гость.

— Славно, славно, что вы все понимаете! Ну, с господином Алябьевым вы, как я понимаю, знакомы.

Из сумрака у дверей выступил Алексей Федорович, и князь Шаховской — именно он, а не его персонаж, — испытал при виде Алябьева небывалую радость и облегчение. Как будто во вражеском плену вдруг обнаружил, что командир крепостной стражи на самом деле не враг, а бывший товарищ по пажескому корпусу!

...Который из них тот самый Юновский, что устроил взрыв на Морской? Тот, что Толстой или Глинка? Или сам румяный барин?

— Присаживайтесь, господа. Побеседуем.

Алябьев остался стоять, а остальные уселись вокруг стола, довольно далеко друг от друга.

— Прежде всего позвольте поблагодарить вас, господин Полозков, за сочувствие делу революции. ЦК выражает вам особую благодарность и просит заверить, что деньги будут употреблены наилучшим образом.

Князь Шаховской не знал, что ответил бы на это господин Полозков, поэтому просто кивнул.

...Темнота, пожалуй, ему на руку. Не разглядеть, что усы накладные и лицо разрисовано. Наверняка Алябьев знает о пристрастии революционеров к встречам в темноте, помнится, шутили даже на эту тему!

А может, это ошибка? Уж больно они не похожи на террористов, о которых в обществе самое смутное представление! Всем казалось, что они непременно должны отличаться от обычных людей, и когда охранка хватала самых обыкновенных студентов, все считали, что этого не может быть! Вот этот славный человек, добрый сын, подающий надежды химик, начитанный, умница, на рояле музицирует — боевик?.. Его нужно вздернуть без суда и следствия, без всякой жалости?

— Позвольте спросить, как вы узнали о нашей организации? От кого?

Князь Шаховской прочистил горло:

— Русская революция имеет поддержку не только в России, уверяю вас. За океаном о ней много говорят и много знают. А на мысль о пожертвовании меня навел господин Алябьев, с которым в прошлом году мы встречались в Торонто. — Он подумал немного и добавил: — Если уж давать деньги, так на новое, прогрессивное!.. А в России-матушке никакого прогресса со времен Петра Великого не наблюдается, да и тот...

И он махнул рукой.

«Матушкой» Россию называли как раз те русские, что жили за границей, приезжали сюда редко или вовсе не приезжали, и князю это было хорошо известно. Над словом этим часто посмеивались.

— Наши товарищи нуждаются в средствах. Без оружия, подкупов, без четкой военной организации наше дело может погибнуть, — румяный молодой барин улыбнулся и развел руками — все, мол, на свете стоит денег, как же без них! — И многие прогрессивно настроенные люди это понимают и сочувствуют нашему положению. Особенно после того, как социал-демократам пришлось перейти на нелегальное положение. Верхушка партии, самые видные деятели вынуждены жить в Европе и оттуда руководить движением. Верите ли, я сам только что прибыл из Женевы, исключительно чтобы переговорить с вами. Итак?..

— Итак, — повторил жертвователь, расстегнул замок саквояжа и выставил на стол чашку мейсенского фарфора, как следует завязанную в носовой платок.

...Жалко чашку, подумал Дмитрий Иванович. Очень жалко. Мама так любит этот сервиз, полученный в приданое.

— Я решил, что бриллианты — самое верное дело. — Он принялся неторопливо развязывать узел. — Бумаги ненадежны, золото слишком тяжело. Сумма-то кругленькая выходит, господа!..

Румяный молодой человек засмеялся уютным рассыпчатым смехом.

— С эдакой кубышкой горы можно свернуть, господин Полозков!.. Может быть, у вас особые пожелания есть?

— Какого рода?

— Кто-то из сатрапов особенно вам отвратителен?.. Личные счеты?.. Нет?.. Может быть, кто из таможенников усердствует, обирает? Сейчас самое время сказать.

...Он спрашивает меня, кого бы мне хотелось убить, подумал Шаховской. Они убьют. С эдакой-то кубышкой!..

— Это вы увольте, увольте! Деньги деньгами, а грех на душу брать не стану. Вы уж, пожалуйста, без меня решайте, кто там сатрап, а кто нет!

— На ваше усмотрение, — быстро согласился румяный.

Князь снял платок, слабый огонек керосиновой лампы прыгнул в чашку, переломился, заскакал, засиял сотней ледяных белых искр. Шаховской подвинул чашку на ту сторону стола. Молодой человек даже руки потер от удовольствия и оглянулся на товарищей. Те придвинулись, и Алябьев подошел, задев по пути стул.

Стул сильно громыхнул.

...Ну, вот, кажется, и все. Сейчас придут другие, чтобы убить этих. Теперь только — кто быстрее, проворнее и ловчее умеет убивать.

— А скажите, господин Полозков, вы никогда ни в какой партии не состояли? — Молодой барин осторожно достал из чашки несколько нестерпимо сверкнувших камней, положил на ладонь и рассматривал, причем понятно было, что раньше он никогда не видел таких драгоценностей. — Может, кого-то из идеологов читали?

— Маркса, — с тоской сказал Шаховской, прислушиваясь. Ничего не было слышно. — Про прибавочную стоимость нечто такое, запутанное очень.

— Если пожелаете, можем вам в Канадский Доминион прислать литературу! Немецкой очень много, толково пишут товарищи, по делу! Мы со времен того же Петра Великого, которого вы упомянули, на немцев равняемся, все стремимся догнать их, и никак!.. Нам такой порядок, как у них, никогда не навести, нечего и надеяться! Впрочем, мы своим путем пойдем, и не без вашей помощи!

Бриллианты сверкали и переливались у него на ладони, он все любовался на них, глаз не мог оторвать, и в доме по-прежнему было тихо, а Шаховской ждал шума, грохота, стука сапог, лязга затворов!

— Ну-с, отчеты о потраченных суммах мы станем направлять, куда прикажете, только прежде придется уговориться о шифрах. Сами понимаете, цензура, со всех сторон обложили, как волков травят! — Молодой барин ссыпал камешки в чашку, не удержался и опять зачерпнул, ему хотелось еще немного поиграть и полюбоваться.

Тут в полной тишине стремительно распахнулись высокие двери, полутемная комната как по мановению волшебной палочки наполнилась людьми, которые действовали быстро, умело и страшно.

Сидящие с той стороны стола оглянулись, лица у них сделались растерянными и недоумевающими, но что там подняться! — даже шевельнутся никто не успел. Короткими ударами в лицо и по шее, от которых затрещали кости, их свалили на пол и стали деловито вязать. Румяный барин побледнел, ладонь у него разжалась, из нее посыпались блестящие камни, заскакали по столу, разбрызгивая льдистые лучи. Он втянул голову в плечи, стал закрываться рукой, как ребенок, но удар свалил и его. Под столом он всхлипнул и пополз, но сверху навалились, стали выворачивать ему руки. Шаховской вскочил.

— Ишь ты, кусается, сучонок!

— Смотри, чтоб не нашумел. Вдарь ему еще разок!

Зажегся электрический свет под потолком, сделав комнату, где молча и страшно били и вязали людей, ниже и меньше размером. Человеческое месиво колыхалось по всему помещению. И тихо было, слышалось только тяжелое дыхание, всхлипы и шорохи.

Все это продолжалось, должно быть, меньше минуты. Затем в коридоре зазвучали твердые, уверенные, победительные шаги и в комнату вошел... Столыпин.

Люди в штатском замерли и вытянулись.

— Все здесь, ваше благородие! Взяли.

Министр мельком огляделся, чуть задержал взгляд на Шаховском, как будто установил, что это именно он и с ним все благополучно.

— Благодарю за службу, орлы, — пророкотал министр. — Внизу тоже все, по счету. Ну-с, ведите, и чтоб там без шума!..

Лежащих подняли и поволокли, только тот, что беседовал с Шаховским, утративший весь свой румянец, очень бледный, как будто неживой, все вырывался и выкручивался из рук стражников. Висок у него был рассечен, темная кровь текла по шее, капала на белый воротничок. Столыпин стоял у камина, заложив руки за спину и покачиваясь с пятки на носок, наблюдал совершенно равнодушно.

Шаховской соображал и двигался с трудом.

Что произошло в следующее мгновение, он так и не понял. Отирая с лица кровь, в дверях возник молодой барин, его шатало из стороны в сторону. «Браунинг» блеснул холодным светом, как давеча бриллиант.

— Умри, палач, иуда, — тоненьким мальчишеским голоском тихо и испуганно выговорил молодой человек. Сзади уже бежали, но он выстрелил, успел. Алябьев метнулся вперед и не удержался на ногах, упал лицом вниз, к ногам Столыпина.

Вбежавшие навалились на молодого барина и, должно быть, убили — что-то хрустнуло, он всхлипнул и больше не шевелился.

— Кто упустил? — грозно спросил Столыпин. — Ну?! Кто?!

Нагнулся и перевернул Алябьева, так и оставшегося лежать лицом вниз. Алябьев медленно перевернулся, и Шаховской увидел его мертвые глаза.

— Иду, иду! — сердито закричали из-за обитой коричневым дерматином двери. — Кому там неймется-то, господи?!

— Если она начнет скандалить, не пугайтесь, — быстро сказал Шаховской Варваре.

— Не буду, — тоже быстро ответила она. — Если старуха начнет скандалить, вы меня спасете, да?

Он кивнул, глядя на дверь, за которой происходили возня, шорохи, брякала цепочка. Наконец заскрипели петли, приоткрылась узкая щель, за ней белело лицо и мерцал глаз. Из щели шибануло таким крепким кошачьим духом, что Дмитрий Иванович немного подался назад.

— Что нужно? Вы к кому?

— К Ольге Яковлевне. Это вы?

— Комнат не сдаю.

И дверь захлопнулась. Дух немного отступил.

— Мы из музея на Воздвиженке! — прокричал Дмитрий Иванович в коричневый дерматин. — По делу!

Снова проскрипели петли и обозначилась щель.

— По какому такому делу?

Тут Варвара Дмитриевна, которую Шаховской собирался спасать от полоумной бабки, перехватила инициативу. Распахнув красную книжечку, она ловко сунула ее в щель и приказала:

— Открывайте.

В щели завздыхали, завозились, загремели цепями, и дверь приоткрылась.

— Агитаторы, что ли?.. Так я не голосую, провались она пропадом, ваша советская власть!

— Советской власти двадцать лет как нет, — объявила Варвара Дмитриевна и сунула нос в воротник пальто — воняло из квартиры нестерпимо. — Вы Ольга Яковлевна? Куда проходить?

— Ну, в кухню идите...

От вони щипало глаза. Шаховской двинулся по коридору следом за хозяйкой. Варвара у него за спиной нащупала его руку, он взял ее ладонь и сжал.

— Нужно было с работы противогаз захватить, — негромко сказала она. — У нас есть на складе.

В кухне были кошки.

Кошки сидели на каменном подоконнике, на столе, на буфете с раздвижными дверцами — одна оторвана, — на стульях и табуретках. Кошки ходили по полу и спали в картонных коробках, в ряд стоявших у стены, выкрашенной до половины зеленой масляной краской, кое-где растрескавшейся. Кошки лазали по посудной полке среди разномастных тарелок. Под ногами хрустело, как будто приходилось давить тараканов, оказалось, что весь пол усыпан кошачьим кормом из прорвавшегося пакета. На плите в алюминиевой кастрюле булькало какое-то варево, от которого воняло еще хуже, чем от кошек.

— Рыбку варю, — безмятежно сказала хозяйка, взяла кошку, уселась на табуретку и посадила ее на колени. Киса недовольно дернула хвостом и спрыгнула. — Им нужно свежей рыбки поесть. Я беру в гастрономе, недорого.

Варвара прошла к окну — кошки недовольно оборачивались и мяукали — распахнула захлопнутую форточку и сунулась к ней.

— Ольга Яковлевна, вы знаете музей на Воздвиженке? Вы несколько раз туда приходили! — спросил Шаховской.

— А что? Я права не имею? У нас все права только богатые имеют, и еще депутаты! А если я не депутат, значит, мне и приходить никуда нельзя?! В милицию меня?! Заявление на меня писать?!

Она раздула ноздри и хлопнула ладонью по столу. Кошка, вылизывавшая ногу, вздрогнула и посмотрела на нее с презрением.

— А вы пишите заявление, пишите! На меня и на деточек моих! В Конституции не написано, что запрещено кошек держать! А раз не написано, значит, я право имею! И не выселите вы меня, найдется и на вас управа!

— Вы приходили в музей на Воздвиженке? — повторил Шаховской.

— Я-то в своем праве, а они меня в отделение?! И поп с ними заодно! Я думала, он порядочный, а он заодно! Калитку стал от меня замыкать, замки навесил! А я что, не человек? У нас, между прочим, свобода передвижения!

Шаховской посмотрел на Варвару, которая все дышала в форточку и ничем ему не помогала.

— А я так ему и сказала, попу-то!.. В лицо прямо! Не имеете права меня не пускать, я за своим законным делом иду! А если не пускаете, заявление на вас подам обер-прокурору, и дело с концом! Нет у нас такого закона, чтоб не пускать.

— Обер-прокурора тоже нет, — сообщил Шаховской. — Уже давно. После семнадцатого года у нас патриархия.

Хозяйка посмотрела на него с недоверием и подхватила с пола сразу двух кошек, рыжую и черную, с бельмом на глазу. Кошки извивались и вырывались.

— Зачем вы ходили в музей, Ольга Яковлевна?

— Как зачем? Столько лет наследство под замком держали, присвоить хотели, а теперь-то открыли! Там все мое, чужого мне не надо, а мое — отдайте. При советской власти паразиты эти не пускали, потом опять не пускали, а уж когда открыли, время пришло свое получить!

Дмитрий Иванович помедлил и пристроился на табуретку, с которой спрыгнула очередная киса. Теперь кошки, копошившиеся на полу, терлись о его штанину.

— Какое наследство?

Ольга Яковлевна удивилась:

— То есть как какое? Мое, конечно! Или вы думаете, я дам государству все захапать?! Ничего не дам, ни копейки! Там все мое! Мы столько лет ждали, когда время придет! Нас же туда не пускали! Туда никого не пускали, и нас тоже. А тогда, при Советах, мы и забрать ничего не могли! Нас бы посадили, в каторгу сослали. Как богатых. Мы же богатые!

И она засмеялась с удовольствием.

— Дед мне говорил — подожди, Лелечка, придет наше время! Он меня Лелечкой называл. Да закройте окно-то! — вдруг спохватившись, закричала она на Варвару. — Вы мне всех кошек попростужаете!

У Шаховского сильно болела голова, то ли от вони, то ли от разговора, то ли от шевеления кошек на полу.

— Кому говорят, фортку закрой!

— Ваш дедушка был богатый человек? — спросил Дмитрий Иванович очень громко, чтобы отвлечь хозяйку от Варвары и здоровья кошек, на которое его спутница посягала.

— А вы не кричите! Какие у вас полномочия есть на меня кричать? Я ничего такого не сделала, а что свое хочу получить, так я вправе! И дед говорил, так оно и будет!

— Дедушка оставил вам наследство?

— Как же! Оставил он! Кабы оставил, коммунисты все присвоили бы! Он его спрятал. Чтоб не нашли. А мне сказал, где лежит, чтоб я забрала потом. Вот я и хочу забрать. Время пришло.

— Давайте разберемся последовательно, — сказал Шаховской так, как говорил на семинарах самым трудным студентам. — По пунктам. Что именно оставил вам дедушка и где?

Ольга Яковлевна выразительно посмотрела на него и с силой похлопала себя по лбу, кошки у нее на коленях заходили ходуном, задергали спинами и по очереди попрыгали на пол.

— Бестолковый! Говорю же, дед оставил наследство. Бриллианты, целую пригоршню! Они лежали в тайнике, в домике на Воздвиженке. Взять их оттуда никак было нельзя, не пускали туда простых людей. А какие мы простые?.. Мы не простые, мы богатые! А как стали пускать, так, значит, я и решила наследство забрать. А меня опять не пускают, что ты будешь делать!

— Пригоршня бриллиантов в особняке на Воздвиженке, понятно, — повторил Шаховской. — Откуда бриллианты взялись у вашего дедушки и как оказались в особняке?

— Деду прадед оставил! И он же туда их и отнес, от чужих глаз подальше.

— Куда отнес?

— В особняк. И спрятал. Там, в дымоходе, что ли! После революции за бриллианты под расстрел могли отдать. А он догадался спрятать.

Чашку мейсенского фарфора и два письма, датированных тысяча девятьсот шестым годом, действительно нашли в заложенном дымоходе в особняке на Воздвиженке. В письме говорилось о заговоре и поминалась чашка с бриллиантами, но Дмитрий Иванович так и не нашел никаких следов заговора.

— Ваш прадед был богатым человеком?

— Ничего не был он богатый, просто повезло ему, и он оказался в нужное время в одном интересном месте. И ему бриллианты достались! По случаю. Так дед говорил.

— По какому случаю? — это Варвара спросила. Она стояла вполоборота, все старалась дышать в форточку.

— Он большую услугу России оказал, — сообщила Ольга Яковлевна доверительно. — Той, настоящей, которая раньше была, а не которая сейчас!.. Мне дед мно-ого рассказывал! Особенно под старость его потянуло. Раньше-то все молчал, а потом стал рассказывать. Подведет, бывало, меня к решетке на Воздвиженке, поставит на парапет и говорит: смотри, внучка, запоминай, там наши сокровища в дымоходе лежат! Вот мне бы только их забрать оттуда. Я бы все, все до копеечки на кисок пустила. Вот ведь какие у меня киски! — Тут она подхватила с полу кошку, потрясла ее и поцеловала. Кошка брезгливо отвернулась.

Шаховской понимал, что в тему кисок углубляться никак нельзя, иначе они никогда отсюда не выберутся.

— Какую услугу оказал России ваш прадед? Вы знаете?

Ольга Яковлевна отпустила кошку, придвинулась к Шаховскому и сказала заговорщицким шепотом:

— Он упредил. Какого-то министра хотели жизни лишить, а он узнал и упредил. Заговор, заговор!.. Это был заговор! В Петербурге. А потом из-за него Государственную думу закрыли.

— Из-за кого?

— Из-за прадеда, кого же! Если б не он, может, вся история государства по-другому повернулась.

И она опять засмеялась. Дмитрий Иванович никак не мог понять, сколько ей лет — может, сто, а может, пятьдесят. Одета она была в синий тренировочный костюм, протертый на локтях и коленях почти до дыр, вязаные носки и резиновые пляжные шлепанцы. На голове косынка, завязанная на затылке, из-под нее в разные стороны лезли липкие седые патлы.

— Мне дед говорил, не ходи замуж, ты богатая наследница, а эти все женихи твои — голытьба немытая. Нам бы только свое получить, заживем, как короли. Может, даже за границу уедем, — шепотом добавила она и оглянулась по сторонам боязливо.

— Ваш прадед получил в Петербурге награду за спасение министра, правильно?

Тут хозяйка квартиры возмутилась — она так понятно объясняет, а бестолочи все никак в толк не возьмут!..

— Не получал он наград! Простому человеку и тогда жизни не было, и награда ему не полагалась, а только прадед решил, что несправедливо это! Он сам себе награду определил за спасение министра.

Чашечка вроде там была, полная бриллиантов до самых краешков. Это еще в Петербурге было, в одном секретном доме. Стало быть, он чашечку взял, да и сунул за книги, что ли. Сразу-то не мог забрать, захватили бы ее жандармские! А потом за ней вернулся и прибрал. Обвел жандармских-то! Долго прятал, до самой революции этой поганой. Объявить-то он их не мог, он же потихоньку взял! Ни одного камушка не продал, опасался. А потом, когда в Москву переехал, — тогда многие в Москву подались, от войны да от революции, — чашечку в особняке на Воздвиженке припрятал. Прадед по линии Пролеткульта служил, а в том особняке как раз пролетарский театр размещался. Он у себя на квартире схоронить их побоялся, туда отнес. — Ольга Яковлевна вздохнула и погладила подвернувшуюся кошку. — Так они там и остались, сокровища наши, которые прадед по праву получил, не за что-нибудь, а за спасение министра! Взять-то их оттуда уж он не смог. ВЧК его арестовала, держали долго, расстрелять еще тогда собирались. Потом отпустили, только в особняк ход ему закрыт был, туда уже не пускали никого, какие-то важные шишки там засели! Он до тридцать седьмого в трущобах прожил, в подвале на Гоголевском, ух, страшные там подвалы были!.. В подвале жил и знал, что у него целая чашка с бриллиантами есть, а взять нельзя! В тридцать седьмом его расстреляли.

Тут она вдруг заплакала. Слезы, мутные, какие-то белесые, полились по морщинам, как по каналам, щеки покраснели нездоровой пятнистой краснотой.

— Дед говорил, каялся очень его папаша, прадед то есть. Он чашечку-то без спроса взял!.. А богатство так ему и не далось, сгинул, да и все. И нам не далось. Как его достанешь, когда в особняк не попасть?..

За окном началась метель. Варвара подставляла лицо снежинкам, залетавшим в форточку и таявшим на лету. Шаховской посмотрел на нее, и она ему улыбнулась.

— Какого министра спас ваш прадед?

Ольга Яковлевна махнула рукой.

— Откуда я знаю? И дед не говорил. Тогда за министров да за знакомство с ними могли под расстрел отдать, запросто.

— То есть заговор на самом деле был, — сказал Дмитрий Иванович быстро. — Понимаете, Варвара? Свидетельств никаких не осталось, а все-таки он был! Да еще как-то связанный с Думой, той, первой, которая просуществовала всего семьдесят два дня!

— Так прадед у какого-то там депутата в помощниках служил, — вмешалась Ольга Яковлевна. — Из-за него Думу разогнали, из-за прадеда! Он сам так и рассказывал.

— А в чашке были бриллианты.

— Наши это бриллианты! Наши! Я туда хожу, хожу, а мне не отдают! А они мне принадлежат, я наследница-то! Уж и ворота открыли, замки поснимали, стало быть, время пришло мне свое получить, а на меня милицию натравливают! И поп с ними заодно!

— Ольга Яковлевна! — опять очень громко перебил ее Шаховской. — Как звали вашего прадеда?

1906 год.

Варвара Дмитриевна вздрогнула и открыла глаза. Кажется, позвонили.

Нет, тишина. Слышно только, как часы тикают и Генри Кембелл-Баннерман всхрапывает под креслом.

Что за наказанье такое, господи! Уже совсем ночь, а Дмитрий Иванович как в воду канул! Давно пора бы уж позвонить. Варвара Дмитриевна быстро и глубоко вздохнула и спустила ноги с кушетки, на которой примостилась в отцовском кабинете, поближе к телефоническому аппарату, чтобы, боже сохрани, не пропустить звонок.

А что, если... на самом деле канул?.. Что, если беда случилась?

Нельзя об этом думать, запрещено! Дмитрий Иванович храбрый и осторожный, и министр внутренних дел уверил, что за своих «молодцов» ручается. Но что это значит? Справились «молодцы» или нет? И почему так долго нет известий? Должно быть, небыстрое это дело — ликвидировать гнездо террористов. Небыстрое и непростое.

Варвара Дмитриевна стала ходить по кабинету. Разбуженный Генри выбрался из-под кресла и тоже принялся было ходить, но потом сел на ковер и зевнул, лязгнул челюстями. Ему хотелось спать, а ходить не хотелось. По ночам добрые хозяева и их собаки спят по своим местам — так было всегда, и это правильно, а сейчас что такое сделалось?

— Good boy[1], — рассеянно сказала хозяйка Генри.

Пес решил было обидеться на ее рассеянность, но спать хотелось сильнее, чем обижаться, он подумал-подумал и повалился набок прямо посередине комнаты. Теперь Варваре Дмитриевне приходилось его обходить.

В кабинете все было знакомо и привычно с детства, и это немного успокаивало. Вон поблескивает маятник напольных часов — туда-сюда, туда-сюда. Часы

---

[1] Хороший мальчик (*англ.*).

немного перекошены вправо, это еще давно, сто лет назад, маленькие Варенька с братом Сережей носились, опрокинули их. Ох, им тогда и влетело от мамы!.. А часы хотели отправлять в Германию, здесь починить никто не брался, а потом папа привел какого-то маленького улыбчивого господина, и тот в два счета наладил механизм. Звали господина как-то очень просто и неинтересно, Иван Степанович, что ли, а Варенька с Сережей звали его Дроссельмейер, так было гораздо, гораздо веселее и загадочней!.. Книжные шкафы, в волнистых стеклах которых отражается свет уличного фонаря. Папины книги брать не разрешалось, но дети отлично знали, где лежит ключик, — с правой стороны на секретере, — открывали и потихоньку читали. Книги были в основном юридические, исторические, но попадались и интересные тоже. Например, «Манон Леско», а еще сочинения господина Прудона. Кресла с полосатой обивкой — который год собираются ее заменить, но отец все время против, а мама только вздыхает и говорит, что была б его воля, он бы и убирать в кабинете запретил, так и жил бы дикарем, а в таком кабинете людей принимать, ей-богу, стыдно. Отец смеется и говорит, что его просителям до обивки дела никакого нет, приходят они не обстановкой любоваться, а о своих делах хлопотать, а дела сложные, внимания требуют.

...Отчего же князь не звонит? Ведь утро скоро!..

А вон кожаный диван, сидеть на нем неудобно, жестко, но отцу нравится, он говорит, что человек не должен себе потакать и разнеживаться! Отдохнул с полчасика, и достаточно, а на таком диване и полчаса пролежать нелегко. Зато кушетка удобная, мягкая, это мама настояла. Когда отец ей читает, она сидит на кушетке и что-нибудь шьет. А отцу нравится на нее смотреть.

На ковре чернильное пятно, Марфуша-горничная чернильницу опрокинула и ловко угодила, в самую серединку, как нарочно!.. По-всякому старались отчистить, горячей водой с мылом мыли, пятно только побледнело немного, да так и осталось. А вон...

Затрезвонил телефон.

В тишине и полумраке ночной квартиры его трезвон оглушил так, что уши заложило, и сердце ударило больно, отдалось в ушах же. Ноги стали ватными, а ладони вспотели.

Варвара Дмитриевна медленно приблизилась к аппарату и осторожно сняла трубку «Эриксона».

— Вас слушают, — едва выговорила она задыхающимся голосом.

— Прошу покорнейше меня простить, — раздался совершенно незнакомый голос, очень смущенный. — Понимаю, что время позднее, но... Варвара Дмитриевна, это вы?

— Кто это!?

— Отец Андрей, доброй ночи. Нет ли известий от князя, Варвара Дмитриевна?

Она не сразу поняла, кто такой этот отец Андрей.

— Доброй ночи, — сказала она, вспомнив. — Никаких известий нету. Я... жду.

В аппарате немного помолчали.

— И я жду, — признался батюшка. — Даже, знаете ли, бегал на Малоохтинский. К вящему изумлению матушки. — Тут Варваре Дмитриевне показалось, что он улыбнулся смущенно. — Не утерпел.

— Что там?

— В том-то и дело, что ничего, Варвара Дмитриевна, голубушка. Все тихо. Я близко-то не подходил, из опасения нарушить планы Дмитрия Ивановича. Немного под липами послонялся, да и вернулся к себе ни с чем. Вот... телефонирую.

— Никаких известий, — повторила Варвара, чувствуя только, что очень устала, так устала, прямо ноги не держат.

— Вы крепитесь, голубушка. Бог милостив, обойдется.

— Я стараюсь, стараюсь! — сказала Варвара. Еще не хватает заплакать!.. — Если вы что-нибудь узнаете...

— Сию же минуту вам сообщу, — пообещал отец Андрей. — Ну, простите, что потревожил.

Положила трубку, стала опять ходить. Хорошо отцу Андрею, он хотя бы смог «сбегать» на Малоохтинский, где должны были развиваться события, а она и этого не может. Она должна сидеть и ждать.

Ждать, ждать... Так и с ума сойти недолго.

Скрипнула дверь, Варвара Дмитриевна оглянулась стремительно.

Отец, всклокоченный со сна и, кажется, недовольный, вошел и остановился как раз на чернильном пятне рядом с раскинувшимся тезкой британского премьер-министра.

— Что за всенощные бдения? Телефонируют тебе по ночам! Да еще без света сидишь!

Пожал плечами, фыркнул и уселся на диван, вытянув ноги.

— Зажги лампу, Варя.

— Папочка, нет, не надо лампы!..

— Ну, как хочешь. Что, бессонница у тебя? Она кивнула.

— Нужны прогулки. Свежий воздух, знаешь, чудеса творит! А еще лучше на Волгу уехать! Мама ждет, соскучилась без нас!

— Папочка, ты знаешь, у меня служба.

— Ну, служба твоя никуда не денется. А вот расстройство нервов таким образом нажить очень даже просто.

— Нет у меня никакого расстройства нервов.

— Хочется верить, — как будто подытожил отец. — Ну-с?

— Что?

— Рассказывай.

— Что рассказывать, папа?

Отец запахнул халат таким движением, как будто на нем был вовсе не халат, а вицмундир.

— Рассказывай все, — велел он неторопливо.

Варвара Дмитриевна вздохнула, подумала, потом забралась на диван рядом с отцом, привалилась к его плечу.

— Папочка, милый, ничего не могу тебе рассказать. Я слово дала.

— Кому?

— Дмитрию Ивановичу.

Кажется, отец не ожидал ничего подобного.

— Удивительное дело! Впрочем, вряд ли князь стал бы из-за пустяков брать с тебя слово. — Он вздохнул и погладил Варвару по голове. — Все в политику играетесь, как в игрушки. Не наиграетесь никак.

— Какие же игрушки, папа! Это так серьезно и важно!

— Для кого важно, Варя?

Она приподняла голову с его плеча.

— Для России.

— Вот прямо так, ни много ни мало?

— Да, папочка! И я не понимаю твоего... отношения! Князь Шаховской думает только о том, как бы устроить нашу жизнь разумно и правильно.

Отец вздохнул.

— Не он один думает. Да все не придумывается никак. Меньше нужно думать, вот что я тебе скажу. Действовать надо, работать.

— Мы работаем, папа! Дума работает!

— В Думе только кричат: «Долой министров! Долой монархию!» Каково государю это слушать, а?..

— А народу каково терпеть? Столетиями рабство, темнота, болезни, труд с утра до ночи, как на каторге. Да и на каторге лучше! Даже колодникам еду дают, а у нас свободные крестьяне уездами от голода мрут!

— Избави бог, — отец перекрестился. — Вот и надо землей заниматься. Журналы заграничные по агротехнике выписывать, крестьян уму-разуму учить, сельскохозяйственные школы открывать, чтобы кладовые и амбары всегда были полны, чтоб земля родила! А вам некогда этим заниматься, вы в присутствии заседаете, статейки пишете...

— Папа, ну что ты, право? Что же, умственная жизнь не считается? Только для живота и следует жить, для сытости только? Никакая сытость не впрок, когда нет справедливости!

— Это тебе князь так сказал?

— Я и сама понимаю.

— Какая умница-разумница у меня дочка. За справедливость радеет.

— Папа, ты смеешься?

— И не думаю даже, — поспешно сказал отец. — Как можно? А кто телефонировал?

Варвара Дмитриевна вздохнула. Ведь знала, что отец ни за что не отстанет. Так и будет допытываться и потихоньку-полегоньку все и выпытает. Мама другая. Мама считает — всегда считала! — что интересы и тайны детей надобно уважать, в душу не лезть, на откровенность не вызывать. У отца все наоборот — уверен, что дети, даже взрослые, нуждаются не только и не столько в собеседниках, сколько в руководстве. Дела детей — докука родителей. Пока живы и здоровы, родители обязаны помогать детям, наставлять, учить, указывать, что правильно, что неправильно. Отца в его воспитании вели по старинке, воли никакой не давали, и, кажется, он до сих пор побаивается бабушки Татьяны Дмитриевны, все сообразуется с ее мнением, все оглядывается, что она скажет.

Варваре Дмитриевне материнское демократическое, либеральное отношение к воспитанию было значительно ближе, чем отцовское всевидящее око, но — вот ведь странность! — в минуты серьезные, важные довериться отцу ей хотелось гораздо больше, чем матери. Ей казалось, что он решение самых трудных вопросов возьмет на себя, укажет, что и как нужно сделать, и это будет самое правильное. Сомневаться в правильности его решений ей и в голову никогда не приходило.

— Так кто телефонировал, Варенька?

— Знакомый батюшка, папа. Мне его как раз князь представил.

— Вот уж не предполагал, что князь со служителями церкви в дружбе! Вам же, молодым, все какой-то другой веры хочется, про Христову вы и не вспоминаете. А почему батюшка по ночам не спит, а звонит по телефону?

— Папа, не допытывайся! — Варвара Дмитриевна села прямо и посмотрела на него очень серьезно. — Я слово дала.

— Тайны, таинственность, — проговорил отец как будто про себя, — все от молодости, от избытка сил.

На все хватает сил — и на жизнь, и на службу, и на тайны. Мне-то вот никаких тайн и не хочется. Боже избави, когда мне ими заниматься, зачем?.. Вот в деревню бы поехать, обедню отстоять в нашей церкви, с соседями повидаться, год не виделись!.. Помнишь самовар в столовой? И вид с балкона, что во втором этаже? И как в покос травой пахнет?

Задумались — каждый о своем.

Варя вдруг представила очень ясно, что ей так и не удастся никогда привезти на Волгу Дмитрия Ивановича, что случилось самое ужасное, и уже ни поправить, ни изменить ничего нельзя, зачем тогда жить?..

Зачем тогда работа, Дума, надежды? Что ей судьбы отечества, если Дмитрия Ивановича с нею больше никогда не будет?

— Папа, — выговорила она с трудом, — папочка!..

Отец вдруг перепугался.

— Ну что ты, что ты?.. — притянул ее к себе, стал гладить по голове.

Варя не хотела отцовского сочувствия, боялась, что не справится с собой. Она вырывалась, отнимала руки, ей хотелось вскочить, побежать, забиться под отцовский стол, как бывало в детстве. Там, под столом, с ней ничего плохого никогда не могло случиться...

Вдруг что-то произошло. Отец и дочь замерли и посмотрели друг на друга.

— Что это, папа? Кажется, позвонили?

Генри Кембелл-Баннерман вскочил на упористые вывернутые лапы, напружинил загривок и зарычал на дверь кабинета.

— Мне тоже послышалось...

Варвара Дмитриевна вдохнула изо всех сил и зажмурилась. Звонок нерешительно тренькнул еще раз, очень коротко, как будто с сомнением. Совершенно определенно звонили к ним в квартиру!..

— Господи, который же это час?! Кто может к нам звонить? — удивился отец.

Но Варвара Дмитриевна уже неслась в переднюю. Генри еле поспевал за ней.

Дверь открылась, и в первое мгновение Варвара Дмитриевна ничего не поняла. На площадке стоял совершенно незнакомый седоватый человек со шляпой-котелком в руке. В сером свете раннего петербургского утра лицо его казалось зловещим.

— Вы... к кому? — выпалила Варвара Дмитриевна. Отец отстранил ее твердой рукой и вышел вперед.

— Чему обязаны в такой час? — спросил он как ни в чем не бывало.

— Это я, — сказал незнакомец голосом князя Шаховского, и Варвара схватила отца за обшлаг халата. — Прошу простить за вторжение, но никак не мог...

Варвара всхлипнула и бросилась зловещему господину на грудь, отец и остановить ее не успел!

— Дмитрий Иванович, миленький, вы живы?!

— Жив, жив...

— Все закончилось?

— Да, Варвара Дмитриевна.

— Ох, как я боялась, как боялась...

И она заплакала, уткнувшись в его пиджак.

— Князь, — сказал отец, откашлявшись громовым кашлем, — что за маскарад?! И, может быть, лучше пройти в квартиру?

— Я по дороге заехал, — словно бы оправдывался Шаховской, — а маскарад так и остался, не успел я человеческий вид принять.

— Да, но к чему он?!

Князь улыбнулся, не отпуская Варвары.

— Так уж получилось, для дела нужно было, вот и... преобразился.

Варвара все плакала, сильно, навзрыд. В последний раз, припомнилось отцу, она так отчаянно рыдала девочкой, когда на ее глазах городовой бил нищего мальчишку, стянувшего у разносчика калач. Зима была, лютый мороз, мальчишка в опорках и каких-то лохмотьях, заскорузлый, грязный, а городовой румяный, сытый, сапоги начищены. Папа, кричала тогда Варя, сделай что-нибудь! Ну, сделай же, папочка!..

Чувствуя острую, до жжения в груди необходимость защитить дочь от всего на свете, если понадобится, так и от князя, отец твердой рукой взял ее за локоть, — она закрывала лицо и все плакала, — ввел в квартиру. Следом вошел Шаховской в нелепом маскарадном костюме и гриме, как со сцены Художественного театра.

Дверь захлопнулась. Генри Кембелл-Баннерман отчетливо хрюкнул.

— Попрошу в мой кабинет, — сказал Звонков неприятным голосом. — А тебе бы умыться, Варя.

Варвара Дмитриевна кулаками, как бывало в детстве, с двух сторон отерла слезы, посмотрела по очереди на отца и на Дмитрия Ивановича, хотела что-то сказать, но не смогла. Повернулась и убежала по темному коридору, пропала с глаз.

— Ну-с, потрудитесь дать мне объяснения. Во что вы втянули мою дочь? Что за ночные визиты? Или вы на конспиративное положение перешли?

Шаховской вздохнул.

— Конспиративного положения нет, а за поздний визит прошу прощения. Такого больше не повторится, я надеюсь. Это все, — тут он потряс себя за лацканы невиданного костюма, — должно остаться в тайне.

— Что мне за дело до ваших тайн, молодой человек? Дочь ничего не может объяснить, говорит, вы ее словом связали, а мне как прикажете понимать? Вы же депутат Государственной думы, если мне память не изменяет, а не комедиант!

И отец Варвары Дмитриевны отчетливо фыркнул, как давеча бульдог.

— Сдается мне, депутатам Думы и сейчас, и в будущем каких только ролей не выпадет сыграть, — проговорил Дмитрий Иванович негромко. Он так устал, что стоять ему было трудно, а хозяин кабинета сесть не приглашал. — И комических, и трагических, и героических...

— А вы решили начать? Так сказать, положить почин?

Варвара Дмитриевна показалась на пороге кабинета, из-за нее выглянул Генри Кембелл-Баннерман.

— Дмитрий Иванович, голубчик, все обошлось благополучно?

— Алексей Федорович убит, Алябьев. Я с вашего разрешения сяду.

Шаховской сел на диван, потер руками колючее от щетины и краски лицо, наткнулся на усы, приклеенные новейшим немецким клеем, сморщился от отвращения. Алябьев говорил что-то про этот самый клей. Утром, еще когда был жив.

Варвара Дмитриевна подошла, села рядом и взяла Шаховского за руку.

— А остальные?

— Арестованы. Не подвел Петр Аркадьевич и его «молодцы».

— Вы ни в чем не виноваты, Дмитрий Иванович.

Он глянул на нее и ничего не сказал.

— Это же война, — продолжала Варвара Дмитриевна храбро. Она понимала, чувствовала, что нужно как-то его утешить, сказать нечто важное, что сразу все расставит по своим местам, только вот что именно сказать?.. — На войне так полагается — кто кого. Люди могли погибнуть. Много людей! А вы предотвратили.

— Значит, пусть другие погибнут, так? — под нос себе пробормотал князь. — Ведь их всех повесят!.. Всех до одного.

— Они-то как раз на войне. А те, кого предполагалось взорвать, нет. И воевать не собираются!

— Я все это знаю, Варвара Дмитриевна. И говорю себе, но пока что-то не действует.

— Вы поступили так, как вам велел долг. И ваше чувство справедливости. Правильно ли, нет ли, но по-другому вы поступить не могли.

— Могу я все же узнать, в чем дело? — громко спросил отец Варвары Дмитриевны и задрал подбородок воинственно, очень похоже на дочь, заложил руки за спину и выдвинулся на самую середину ковра, как раз на блеклое чернильное пятно.

Шаховской поднялся с дивана и одернул пиджак, сидевший на нем очень неловко.

— Дело в том, что я хотел бы попросить руки вашей дочери, — твердо сказал он. У Варвары приоткрылся рот, а отец ее вытаращил глаза. — Варвара Дмитриевна редчайшая девушка, мой давний друг и верный соратник, нет, не соратник, а девушка, достоинства которой нельзя переоценить, в обстоятельствах трудных и страшных проявленные, а также красота и ум ее...

Тут он сбился, запутался и замолчал.

— Господи, боже мой, — пробормотал отец. — Нашли время...

— Папа! — вскрикнула Варвара Дмитриевна.

Даже в неверном свете раннего петербургского утра видно было, как горят ее щеки — густым, сплошным румянцем.

— А что же избранница ваша на сей счет?

— Папочка, я... ты и сам ведь знаешь... я... Дмитрий Иванович и я... наша дружба...

— Что ты будешь делать, опять дружба!

— Папа!

— Дочка!

Шаховской подошел к Варваре, она взяла его под руку. Отец вздохнул. Генри Кембелл-Баннерман за его спиной вздохнул тоже.

— Коли избранница согласна, мы ее счастию мешать не намерены. Жена то же самое скажет, не сомневаюсь. Только уж вы у матери как следует дочкиной руки попросите, Дмитрий Иванович. Мы, старики, по старинке привыкли. Нам новые веяния трудно даются.

— Благодарю вас, — сказал Шаховской и, как будто израсходовав весь запас сил, отошел к дивану, сел и опять потер лицо. И вдруг улыбнулся Варваре. — А бриллианты-то мои пропали, Варвара Дмитриевна. Вместе с чашкой так и исчезли. В суете и столпотворении никто и не заметил. Я когда вспомнил, хватился, а уже и след их простыл.

На улице мело. Снег валил, как за деревенской околицей, отвесный, сплошной, зимний, и не таял, вот удивительное дело! Черный асфальт, черная неприглядная осенняя земля вокруг редких деревьев вдруг оказались белыми, и от этого на мрачной улице стало светлее, просторней. Варвара поскользнулась, схватила Дмитрия Ивановича за рукав и засмеялась. Он улыбнулся ей так, что она, посмотрев внимательно, спросила:

— Дим, ничего не случилось? Я что-то не поняла.

— Ничего не случилось, — уверил ее Шаховской.

— Нет, вы как-то странно выглядите! Или я пропустила что-то важное?

Она ничего не пропустила, слышала все то же, что и он, но для него жизнь изменилась, и изменения эти он не мог с ней обсуждать.

— У меня все пальто пропахло кошками, — пожаловалась Варвара, сунула нос за отворот и сморщилась. — И свитер, наверное, тоже.

— Наверное, — согласился Дмитрий Иванович.

Варвара Звонкова вдруг начала под снегом снимать пальто. Он стоял и смотрел, как она снимает.

— Подержите, — она сунула ему сумку. Он взял.

Варвара стянула пальто и несколько раз с силой его тряхнула, чуть не задев профессора по носу. Он отшатнулся, моргнул и вдруг удивился.

— Что вы делаете?!

— А как вы думаете? — Она опять с силой тряхнула.

— Не знаю.

— Я вытряхиваю пальто.

— Зачем?!

— Оно воняет.

Шаховской закинул ремень ее сумки себе на плечо и перехватил пальто.

— Хватит дурака валять, — велел он. — Одевайтесь.

Дальше они пошли, держась друг от друга на некотором расстоянии.

— Вы мне не расскажете, что с вами такое? — спросила она.

Он помотал головой — не расскажет.

— Ну, как хотите. Я вам тогда тоже ничего рассказывать не буду.

— Мне нужно подумать, Варвара.

— Вы и так все время думаете.

— Я думаю очень медленно, — сказал он с досадой. — Медленно и плохо!.. А моя работа как раз и состоит в том, чтоб думать быстро.

— И хорошо, — подсказала Варвара язвительно. — Вы проводите меня домой, или у вас нет времени на такие пустяки?

Он посмотрел на нее. Вид у нее сердитый, глаза блестят, щеки румяные на холоде. Из-под маленькой шапочки выбивается завиток, очень красиво. Профессор вдруг позабыл, о чем именно должен думать и что жизнь его изменилась.

— Сколько вам лет, Варвара?

— Двадцать восемь будет, а что?..

— А у вас есть муж?

— Нет, а что?

— Я собираюсь на вас жениться, — объявил Шаховской. — Чем быстрее, тем лучше. А то мне уже сорок.

Тут она покатилась со смеху, и он не понял, почему.

— Вы не согласны?

Она махнула на него рукой в варежке и продолжала хохотать. Он помолчал.

— Вы мне отказываете?

— Дмитрий Иванович, миленький, — провсхлипывала Варвара Звонкова. — Вы с ума сошли?

— Нет, — сказал он, недоумевая. — Мне кажется, наоборот. Я только что начал понимать хоть что-то. До вас я ничего не понимал.

Варя перестала хохотать, стороной посмотрела на Дмитрия Ивановича, сгребла варежкой снег с ветки и слепила снежок, очень маленький и неровный.

— То есть вы не шутите.

— Нет.

— И вот сейчас делаете мне предложение?

— Да.

— А вдруг я стерва? Или малахольная какая-нибудь?

— Какая? — переспросил Дмитрий Иванович.

— Мне кажется, ерунду придумали, — задумчиво сказала Варвара. — Так не бывает.

— Вы мне отказываете?!

Она кинула снежок в темноту, где кончался свет фонарей и колыхалась настоящая зимняя метель.

— Пойдемте лучше к нам чай пить, — сказала она странным, напряженным голосом. — Так полагается, когда делают предложение. Пить чай с родственниками.

— Значит, вы согласны?!

От бульваров до Мясницкой они шли под снегом долго и в полном молчании. Варвара в сторону новоиспеченного жениха даже ни разу не взглянула, а его, по обыкновению, одолел приступ самоедства.

...Зачем я сказал эту глупость — выходите за меня? Нет, я, кажется, как-то по-другому сказал, еще хуже, пошлее!.. Конечно, она решила, что я ненормальный старый козел, который на улице пристает к зазевавшимся девушкам. Я знаю ее всего несколько дней. Нет, я ее вовсе не знаю. Я *знаком* с нею несколько дней! Я поставил ее в идиотское положение. Из деликатности или из жалости она не послала меня к черту сразу и теперь вынуждена тащиться со мной пить какой-то чай, и ей, должно быть, так же неловко, как и мне, если не хуже. Я должен освободить ее от всей этой канители прямо сейчас!..

— Вот здесь, — неожиданно сказала Варвара и потянула его за рукав пальто. — Кондитерская, очень неплохая. Она тут всю жизнь, сколько себя помню. Может, имеет смысл купить торт?

— Зачем?

— Чтобы съесть, — объяснила она сердито. — Зайдем?..

Двери в магазин открывались со скрипом, в тесном тамбуре стояла лужа талой воды, и нужно было или наступать в нее, или обходить по стеночке, зато внутри оказалось тепло и вкусно пахло сдобой и свежемолотым кофе. Дмитрий Иванович никогда здесь не бывал. Деревянные витрины с полукруглыми стеклами, в которых отражался желтый свет ламп, были уставлены всевозможными тортами в кремовых завитушках и без завитушек, в лотках щедро насыпано печенье, орехи в шоколаде и конфеты в бумажках. За прилавком помещалась величественная женщина в белом халате и высокой накрахмаленной наколке. Шаховской посмотрел сначала на женщину, а потом по сторонам. Стены обшиты деревянными панелями, а потолок — чтоб рассмотреть, пришлось закинуть голову, — с лепной розой посередине и люстрой на длинных цепях.

— Здравствуйте, — поздоровалась Варвара.

— «Подарочного» нет, — отозвалась продавщица. — С утра был, так к обеду весь разобрали! Может, «Ленинградский»?

Варвара подумала немного.

— Я хочу с кремом.

— Так «Сказку» возьмите! И крем вкусный, и бисквит коньяком пропитан, все как положено.

Варвара согласилась на «Сказку» и еще попросила взвесить конфет «Ананасовых» и «Суфле». Дмитрий Иванович все смотрел, не мог оторваться.

— У нас торты самые лучшие в Москве, — говорила продавщица, завязывая коробку. — Для ГУМа пекут и для нас, больше никуда не отдают, мало их. А нынешние торты разве можно есть? Несъедобные. Делать разучились, рецепты все позабыли! Сырный торт, это надо такую ерунду придумать!.. Торт! Из сыра! Какое-то месиво, а сверху три малинки и еще клубника, на четыре части разрезанная, так за эту ерунду какие деньжищи дерут!.. Ни масла настоящего, ни сливок, ничего, одна химия маргариновая. Полдня постоит, и водой отходит! Из торта вода отсекается, разве можно!.. — Она возмущенно потрясла своей наколкой и попробовала узел на прочность. — Печь не умеют, зато калории наперегонки считают! Какие такие калории? Не надо тебе калорий, не ешь торт-то! А если уж ешь, так вкусный, а не из сыра с водой!.. Конфет сколько вешать?..

Они вышли из магазина под снег — Дмитрий Иванович нес торт, а Варвара кулек с конфетами, — и она сказала:

— Так я люблю этот магазин! Всегда вкусно пахнет, и все свежее. — Ему казалось, что она говорит, просто чтобы не молчать, от растерянности. — Я первое сентября терпеть не могла, так мы из школы всегда сюда заходили и покупали самый дорогой торт, такой, знаете, с шоколадными зайцами и медведями. И это сразу все меняло. Конечно, учебный год начался, чтоб ему провалиться, но торт-то у нас есть! И большой, на несколько дней хватит. Зайца я сразу съедала, а медведя на потом оставляла.

— А я любил первое сентября, — сказал профессор. — И сейчас люблю. Самый лучший день в году, начало времен.

— В каком смысле?

— Первого сентября начинается новая жизнь. Мне всегда хотелось что-то узнать. И казалось, что впереди гораздо интереснее, чем позади. Не знаю, как это объяснить.

— Новое узнать? — недоверчиво переспросила Варвара. — То есть школа вас не угнетала?..

— Нет, конечно. Как школа может угнетать?

Она пожала плечами, и ему вдруг показалось, она подумала, что выходить замуж за человека, который любит первое сентября и учиться, — ужасная ошибка.

Он решил, что должен оправдаться.

— Вы не подумайте, что я зануда.

— Да нет, вы именно зануда!..

— Я быстро устаю от безделья, — стал оправдываться Дмитрий Иванович. — Голова должна быть занята все время. Если она свободна, в нее лезут исключительно глупости, по крайней мере, в мою.

— В вашу?! — поразилась Варвара. — Мне кажется, в вашей голове могут быть исключительно умности!

И больше они друг с другом не разговаривали.

Открыв дверь в квартиру и не приглашая Шаховского за собой, Варвара сердито потопала мокрыми ботинками по коврику и прокричала очень громко:

— Я пришла!..

Никто не отозвался из глубин длинного коридора, в который выходили несколько двустворчатых крашеных дверей, все закрытые.

— Есть кто живой? Я дома!..

— Что ты вопишь? — осведомились так близко, что Дмитрий Иванович чуть не выронил торт «Сказка». — Я прекрасно слышу.

Перед ними возникла пожилая дама с высокой прической и в накинутом на плечи пуховом платке. Платок был белоснежный, как и волосы.

— Привет, — сердито сказала Варвара, пристраивая на вешалку пальто. — Бабушка, познакомься, это Дмитрий Иванович Шаховской. Он профессор и только что сделал мне предложение.

— Руки и сердца?

— Ну да.

— Ты согласилась?

— Дим, это моя бабушка Ариадна Владимировна.

Профессор пожал сухую, тонкую руку. Он чувствовал себя ужасно, а бабушка с внучкой, кажется, превосходно.

— Дмитрий Иванович Шаховской, — пробормотал он.

— Родителей нет, — проинформировала Ариадна Владимировна. — Вам придется дожидаться. Вы ведь хотите официальное предложение сделать?

— Может, к их приходу он передумает, бабушка. И еще у нас есть торт, — Варвара взяла коробку и показала ей, как бы для того, чтобы та удостоверилась. — И я сейчас съем большой кусок!.. О-о-очень большой!

— Накрывай в столовой, — распорядилась Ариадна Владимировна. — На кухне не годится. Только вымой руки, пожалуйста. А вы проходите, Дмитрий Иванович.

Странным образом эта самая бабушка с белыми волосами и в белой шали, и длинный коридор, и закрытые двустворчатые двери укрепили Дмитрия Иванович в дикой мысли, что он делает все правильно. Он пришел в дом Варвары Звонковой делать предложение, и он его сделает, это и есть самый важный шаг в его жизни.

Со всеми остальными изменениями, самыми страшными и неприятными, он справится. Наплевать.

В комнате, которую Варварина бабушка назвала столовой, было тесновато. Всю середину занимал большой стол, и вокруг него шесть стульев, как положено, и этот стол со стульями тоже был... правильный. Давным-давно Шаховской не бывал в домах, где стол стоит посередине комнаты, а не вынимается в сложенном виде из-за шкафа. Нет, конечно, в просторных, богатых и новых домах он видел самые разнообразные столы посреди самых разнообразных комнат, а в старых квартирах, вроде этой, место всегда экономили, старались без надобности не занимать. Значит, этот стол нужен хозяевам, и Дмитрий Иванович неизвестно чему обрадовался!..

Бабушка Ариадна Владимировна указала ему на кресло, в несколько приемов переложила со стола на комод стопки растрепанных газет и книг и достала скатерть.

Варвара не показывалась.

— Вы профессор каких наук?

— Исторических.

— Преподаете?

— В университете.

— В нашей стране историю преподавать — дело непростое. Только на моей памяти трижды ее переписывали! Сначала при Сталине, потом при Хрущеве и напоследок уж в новейшие времена. Как тут преподавать?

— Колебаться вместе с курсом, — пошутил Дмитрий Иванович. — Впрочем, я занимаюсь началом двадцатого века, Ариадна Владимировна.

— Ну, там сам черт ногу сломит, — заявила бабушка Варвары. — Новейшую-то как ни переписывай, все равно пока свидетели не перемрут, никто в откровенное вранье не поверит. Я, например, еще жива! Мне хоть сто, хоть тыщу раз скажи, как хорошо при отце народов жилось, не поверю. Память — страшная штука. А с девятисотых годов историю кто только не правил! И спросить не у кого, умерли все.

— Документы есть, Ариадна Владимировна.

— Документы документами, только какие?.. Те, которые разрешили оставить? А уничтожили сколько? И что там было сказано, в уничтоженных? И как теперь восстановить?

— На самом деле сохранилось больше, чем кажется. Архивы, конечно, почистили основательно, но многое успели за границу вывезти, спасти. Потом мемуары!..

— Это какие же мемуары? — спросила бабушка с легким презрением. — Эмигрантские? Так ведь эмигранты еще больше наших врали, Дмитрий Иванович! Человек без родины, да еще на родину обиженный чего только не наговорит, чтобы себя убедить, что не зря он эту родину покинул навсегда, больно плохо она себя вела. Нет, осуждать я никого не имею права, но знаю точно — издалека ничего понять нельзя, что тут у нас происходит, каково нам живется или жилось...

— Диспут? — осведомилась Варвара, появляясь с тортом.

— Еще не открывали, — отозвалась бабушка. — А лопатку? Забыла? И вилки десертные!.. Вот привычка — десерт ложкой есть, как щи хлебать!

— Мне и ложкой нормально.

— Варя, подай вилки.

— Хорошо, хорошо.

— Так что вы там изучаете, Дмитрий Иванович, в начале прошлого века? Попа Гапона и Московское восстание?

Шаховской давным-давно не сдавал никаких таких экзаменов и теперь очень старался.

— Первую Думу, Ариадна Владимировна, и все, что с ней связано! Столыпина, Щегловитова, Муромцева, Набокова.

— С Думами у нас не задалось дело.

— Слишком мало было времени, — сказал Шаховской. — Первую Думу созвали в девятьсот шестом году, а в семнадцатом уже революция. Одиннадцать лет для страны, которая парламента вообще не имела, — крохотный срок, Ариадна Владимировна.

— Вон по телевизору только сегодня сказали — опрос какой-то провели, так сорок процентов считает, что Думу вообще надо закрыть и без нее жить. Издавать указы, и вся недолга. Чего проще.

— Не знаю, — сказал Дмитрий Иванович. — Ерунда какая-то. Как страна может жить без парламента? Как она может управляться? Диктатуру если только ввести!

— Диктатура уже была, — возразила бабушка. — Покуда диктатор жив-здоров был, все в руках держал, а как помер, так и развалилась держава, а казалось, тысячу лет простоит.

— Бабушка, вот вилки!

— Хорошо. Отца с матерью ждать не будем?

— Я хочу торт. Прямо сейчас.

— Значит, не будем. Так где вы познакомились с женихом?

Тут Шаховской вспомнил, что он — жених, и покраснел как рак.

— На работе, — сказала Варвара, — где же еще?..

— То есть в твоей трупной мастерской?

— У меня не трупная мастерская, а экспертная лаборатория, бабушка.

— Это одно и то же, внучка.

— Ничего подобного!

— Меня пригласили... коллеги Варвары Дмитриевны, — вмешался Шаховской, — потому что на месте преступления нашли бумаги девятьсот шестого года. Я должен был их изучить.

— Игорь пригласил, — ввернула Варвара. — Бабушка, тебе с лимоном? Ну, Дмитрий Иванович изучил бумаги и попутно решил на мне жениться.

— Это неплохо, — оценила бабушка. — А что за бумаги?

— Письмо и короткая записка, — объяснила Варвара с набитым ртом. — Вкусный торт, правда коньяком пропитан!

— В письме намек на какой-то заговор, — подхватил Шаховской, — а в мае девятьсот шестого никаких заговоров не было, по крайней мере, о них никто никогда не упоминал.

— Чашка с бриллиантами пропала, так в письме говорится, — перебила его Варвара. — А мы рядом с трупом как раз пустую чашку нашли, представляешь? В письме чашка есть, и на месте преступления есть, а бриллиантов нет!

— И свидетельств никаких, — продолжал Шаховской. Теперь они говорили по очереди. — Я был уверен, что их найду, и ничего не нашел.

— Зато нашел какую-то полоумную старуху, которая утверждает, что бриллианты были и ее дедушка получил их от своего дедушки...

— От отца.

— И спрятал. А забрать не мог. И теперь бабка хочет их забрать, потому что она наследница миллионов. Кто написал «Приваловские миллионы»?

— Мамин-Сибиряк, — машинально ответил Дмитрий Иванович, и бабушка Ариадна Владимировна улыбнулась.

— В общем, непонятно что.

— Как раз понятно. Бриллианты на самом деле были, из-за них и убили, я уверен.

— Дим, с чего вы взяли?! Наш учитель и вождь полковник Никоненко приказывает нам меньше фантазировать! Нет, логично, конечно, предположить, что они были, раз уж и в письме про них говорится. И ведь из-за чего-то Ломейко убили, но доказательств-то никаких!..

— Вот именно, — согласился Шаховской. — Доказательств никаких, но я знаю, кто убил.

Варвара облизала десертную вилочку тонкой работы, аккуратно пристроила ее на блюдце и посмотрела на Дмитрий Ивановича. И бабушка Ариадна Владимировна посмотрела.

— И кто?

Он не ответил.

— Откуда вы узнали?

— От Ольги Яковлевны.

— Она ненормальная. И что такого она могла вам сказать? Мы все время были вместе!

— Она сказала, как звали ее деда.

— И что?!

— И мне все стало ясно.

— Если вам все ясно, нужно звонить Игорю, а не играть в разведчиков и шпионов, понятно? — сердясь, сказала Варвара.

— У меня нет доказательств.

— Игорь соберет доказательства.

— А если я ошибаюсь?

— А если небо упадет на землю?

— Не ссорьтесь, — велела бабушка.

— Мы не ссоримся, — хором заявили Варвара и Шаховской.

— Может быть, вы все понимаете в историческом
процессе и знаете, почему разогнали Первую Думу, —
продолжала Варвара. — Но вы точно ничего не знаете
о разыскной работе! Игорь с ног сбился, а вы тут си-
дите, такой довольный, рассуждаете о доказательствах
и чай пьете!

— Вы сами меня пригласили. После того как я сделал вам предложение.

— Бабушка, представляешь?.. Мы вышли из этого
кошачьего питомника, и он сделал мне предложение!
Прямо на улице.

— Я могу сделать вам еще раз — дома.

— Спасибо, не надо.

— Не ссорьтесь, — велела бабушка.

— Мы не ссоримся!

— Нужно Игорю звонить, прямо сейчас.

— Нет, не нужно. Для начала я должен подумать.

— Вот сейчас папа приедет с работы, и мы его
спросим, правильно ли укрывать от следствия сведения, которые могут изобличить убийцу. Папа вам все
объяснит.

— Для начала мы его спросим, не возражает ли он
против нашей женитьбы. Это важнее.

— А мы женимся?

Дмитрий Иванович кивнул.

— А разве вы не должны подумать?

— Я уже подумал.

Но Варвара была настроена воинственно.

— Вот для начала можем бабушку спросить. Ты не возражаешь?

Ариадна Владимировна неторопливо поднялась и стала вынимать из буфета хрустальные бокалы на длинных ножках.

— Пока нет, не возражаю, — объявила она, вынув пятый бокал. — Пока мне все нравится.

— Спасибо вам большое, — от души сказал Шаховской.

— Все с ума посходили, — пробормотала Варвара.

Тут профессор вдруг сообразил, что она так ничего ему и не ответила. Он же сделал предложение и сейчас пьет чай в ее в доме, дожидается родителей, ломает комедию!

— Варвара, — сказал он строго и перехватил ее руку с серебряной лопаточкой, нацеленной на следующий кусок торта «Сказка». Она на него посмотрела. — Я... глупость сделал, да? С этим предложением?

Бабушка Ариадна Владимировна подхватила со стола нечто незначительное и вышла, прикрыв за собой двустворчатые двери. Шаховской оглянулся на эти закрытые двери.

— Это очень странно, — тихо сказала Варвара.

— Это очень просто, — возразил Дмитрий Иванович.

— Вот именно. Слишком просто.

— Уже несколько дней мне без вас... неинтересно жить. Мне кажется, я мог вы вас любить всю жизнь, если бы...

— Если бы что?

— Если бы вы мне это позволили.

Варвара серьезно на него посмотрела.

— Так ведь страшно, — пожаловалась она. — Странно и страшно. Но интересно, это точно.

— Соглашайтесь, — сказал он и вдруг поцеловал ей руку.

— Вы какой-то дикий и несовременный человек, Дима! Вы что? Нужно сначала пожить вместе, съездить на пару курортов, завести кису. По воскресеньям ходить в кино. Это называется — получше узнать друг друга.

— Того, что я знаю о вас, мне достаточно, — сказал Шаховской. — Я, может быть, дикий, но взрослый человек, Варя! Мне жаль терять время. Я хочу жить с вами, желательно долго и счастливо. Если я вам хоть немного нравлюсь, соглашайтесь.

— Нравитесь.

— Этого тоже пока достаточно.

— Ну да, — сказала Варвара Звонкова. — В конце концов, можно ведь и развестись!

— Мы не будем разводиться.

— Почем вы знаете?

— Я взрослый человек, — повторил Шаховской. Он устал во время разговора с ней так, что голова казалась чугунной. Он давным-давно так не уставал. — Мне все стало понятно, когда вы меня подвозили с Воздвиженки, а утром я проснулся в хорошем настроении и долго думал, почему оно такое замечательное. А потом вспомнил... вас.

— Я ехала домо-ой, — протянула Варвара дрожащим фальцетом, — я думала о ва-ас!..

Он поднялся, вытащил ее из-за стола и прижал к себе как следует. Она прижалась с осторожной радостью.

— Соглашайтесь, — попросил он и посмотрел ей в лицо, очень близко. — С кисой и кино мы все решим.

— Вы думаете?

— Я уверен.

— Тогда я согласна, — сказала Варвара Звонкова.

Варвара Дмитриевна приближалась к цели своего путешествия. Решетка Таврического дворца была уже близко, Генри Кембелл-Баннерман тянул вовсю, предвкушая орошение любимой скамейки. День стоял пасмурный, серенький, от Невы несло сырым ветром, остро пахнущим весенней водой. Варвара Дмитриевна не спала ни минуты с шести утра, после того как князь уехал домой, ни разу не присела, все ходила по своей комнате, трогала ладонями горящие щеки, прижималась лбом к холодному оконному стеклу — в общем, проделывала все, что полагается проделывать героиням романа, находящимся в волнении.

Отец, растерянный и взволнованный, как будто постаревший, так и не добившийся от дочери и князя, что именно происходило нынче ночью, в конце концов принес из буфета бутылку лафита, долго бормотал, что шампанского бы хорошо, но его охладить требуется, и заставил всех выпить за будущее счастье молодых. Сам опрокинул вино залпом, налил еще и опять опрокинул.

Потом телефонировали отцу Андрею с сообщением, что так или иначе все обошлось, не без потерь, но обошлось. Отец Андрей разговаривал странным голосом, как из подземелья, но не протелефонировать было никак нельзя, Варвара на этом настаивала. Уж она-то теперь знала, каково это — сидеть в неведении и ждать, ждать, что принесет следующая минута: жизнь или смерть.

Генри Кембелл-Баннерман тоже совершенно изнемог — он привык, что ночью порядочные собаки и их хозяева сладко спят, чтобы утречком с новыми силами заняться привычными и приятными делами, а тут одни волнения, воля ваша!.. Телефон трезвонит, гость среди ночи является, и пахнет от него хоть и знакомо, но с примесью тревоги, порохом и страхом. Генри ничего этого не любил и не понимал. Утром из дому вышел недовольный, по мостовой трусил неохотно и оживился, только когда показалась решетка Таврического. Впрочем, было у него радостное предчувствие — кажется, кухарка собралась ставить пироги. По некоторым признакам Генри определил, что, скорее всего, так и будет, а значит, есть чего ждать и на что надеяться.

Варвара Дмитриевна мечтала поскорее увидеть Шаховского и заранее стеснялась, и не знала, что станет ему говорить, да и вообще положение казалось ей до крайности неловким.

Как же?.. Все узнают, что они теперь жених и невеста, а вовсе не добрые товарищи! Она же не просто барышня, она думский корреспондент, член кадетской фракции, можно сказать, находится на передовой общественной и политической жизни, а тут вдруг такие перемены.

...Интересно, а в замужестве князь позволит ей ходить на службу? Впрочем, что за глупости? Что значит — позволит? Князь — либерал, всегда поддерживал идею женского равноправия, домостроевские замашки ему несвойственны. И все же?.. Теперь ей придется во всем считаться с мнением князя, не принимать никаких решений «без оглядки», потому что она «больше не принадлежит себе», как сказал отец.

При мысли о том, что она «принадлежит» князю, Варвара Дмитриевна вспыхнула и стала быстро обмахиваться платочком — так вдруг жарко ей стало.

— Варвара Дмитриевна, мое почтение!

Она кивнула в ответ, так и не поняв, кто из знакомых ей поклонился.

...Бедный, бедный Алексей Федорович Алябьев! Как он боялся и недолюбливал Генри, как все пытался перещеголять Набокова с его аристократическими повадками и галстуками! С виду — обыкновенный человек, красноречивый депутат, уж никак не секретный агент. Что ей стоило говорить с ним поласковее и повнимательнее, но Варваре никогда не было до него дела, он казался ей просто смешным человеком, своим, из Думы, не более. Теперь он убит, и ему ничего уже не скажешь, и это так странно и непонятно. Как это? Вот только что человек жил, и больше не живет, и мы никогда не увидимся.

...Никогда — как это? Сколько это? Выходит, вся остальная жизнь пойдет теперь без него — заседания Думы, речи депутатов, Большие дни, когда с докладами приезжают министры. Он не узнает, что Шаховской сделал ей предложение и она его приняла. Не узнает, что день сегодня пасмурный и какой-то странный — то ли от бессонницы, то ли от волнения, то ли от того, что за ночь она стала взрослой, отец ее постарел, а сам князь изменился до неузнаваемости, не только из-за усов, приклеенных новейшим немецким клеем!

И дождика Алябьев не увидит, и туч над Невой, и единственного солнечного луча, упершегося в зеленую взбаламученную воду, вон ту лодку под парусом, которая летит далеко-далеко, и все это совершенно невозможно понять...

Во избежание разговоров, на которые Варвара Дмитриевна сегодня была решительно не способна, они с Генри пошли не покоями, а садом. Вон и решетка со шток-розой, и любимая каменная чаша, и французское окно, чуть приоткрытое.

Как все это странно, очень странно.

Варвара Дмитриевна вошла в комнату, поздоровалась, уселась на свое место и рассеянно перебрала бумаги, оставшиеся на столе со вчерашнего дня, а казалось, что сто лет прошло.

— Вы слышали? Говорят, жандармы разгромили подпольную типографию на Малоохтинском. Взяли много литературы и печатный станок.

— Не на Малоохтинском, а на Потемкинской, и не типографию, а марксистский кружок! Лютует милостивый государь Петр Аркадьевич, силу за собой чувствует!

— Не напрасно он со Щегловитовым прилюдно помирился. Какую-то каверзу наверняка готовят против русской революции. Нет, господа, как хотите, а нужно продолжать борьбу. Самодержавие не может оставаться таким, как сейчас. Эту гидру необходимо обезвредить и, наконец, раздавить.

Варвара Дмитриевна, которая всегда интересовалась русской революцией, на этот раз лишь сказала негромко:

— Помилуйте, господа, мы ведь ничего не знаем. Кто и кого разгромил!..

— Под большим секретом передали, но факты подлинные, Варвара Дмитриевна, уверяю вас. Собираюсь сегодня на заседании этот вопрос поднять. Пусть Столыпин перед Думой отчитается!..

— Ну, Николай Григорьевич, ежели операция в самом деле была да проводила ее охранка, Петр Аркадьевич отчитываться не станет. Все на секретность спишут.

— Господа, Россию спасет гласность и только гласность! Чем меньше секретов, тем лучше! Власть вечно прикрывает свои безобразия секретностью и государственной необходимостью, а нам негоже идти у нее на поводу.

Тут Варвара Дмитриевна поняла, что больше ни минуты не может выносить подобных разговоров, поднялась и подошла к окну. Ей хотелось зажать уши руками.

Что такое случилось? Почему все так невыносимо?..

Какой-то человек прошел по дорожке и скрылся за розовыми кустами, потом вернулся и прошел еще раз. Приостановился, снял шапку и неловко поклонился. Варвара Дмитриевна узнала Бориса, помощника убитого депутата Алябьева.

Ей не хотелось ни видеть его, ни разговаривать, но, помедлив, она все же вышла.

— Здравствуйте, Варвара Дмитриевна.

Она кивнула.

— Вот ведь как все получилось.

Она опять кивнула.

— По-хорошему больше мне в Думе делать-то и нечего. Алексей Федорович... да вы знаете, наверное.

— Знаю.

— А я пришел, — сказал Борис торжественно. — Куда же мне теперь?

Она покивала, соглашаясь, что идти ему теперь некуда.

Помолчали. Варвара оглянулась на приоткрытое французское окно, может, князь Шаховской уже явился? Но так и не поняла.

— Организация разгромлена, — заговорил Борис, понизив голос. — На свободе почти никого не осталось. Охранка нарочно выпустила четверых самых низовых работников, чтобы было похоже на рядовую операцию — кого-то захватили, а кто-то скрылся. А остальные все в крепости.

— Зачем нужно, чтоб походило на рядовую операцию?

— Этого я не знаю. У Столыпина свои резоны.

— Возможно.

— Я же там был, Варвара Дмитриевна, — совсем тихо выговорил Борис. — Все видел своими глазами и вот так близко, как вас сейчас.

— Как?! Вы же... Это же опасно! Вас могли заподозрить!

— Могли, могли. Но в последнюю минуту товарищ Юновский вызвал меня запиской. Один из товарищей, который должен был во втором этаже наблюдать за улицей и в случае подозрения подать сигнал, напился пьяным, вот меня и призвали...

— Господь всемогущий... Страх какой.

— Я на чердаке сидел, и дело как по маслу прошло. Откуда жандармы взялись, я так и не увидел, хоть глаз с улицы не спускал. Чистая работа.

— Как же вас... не арестовали со всеми вместе?

— Князь Столыпину словечко шепнул, и меня отпустили с теми, четверыми. Не знаю, что теперь будет, Варвара Дмитриевна.

— Вы спасли невинных людей, — повторила Варвара заклинание, которое повторяла уже несколько дней. — Могли погибнуть десятки, сотни!

— Да, да, — согласился Борис так, как будто и сам повторял то же самое. — Уехать бы мне куда-нибудь подальше и поглуше. Хоть в Туркестан. Или на Кавказ. Только как же мне уехать? Если уеду, подумают, что я предатель, со страху в бега кинулся, найдут и прикончат, это уж точно.

— Кто найдет? — не поняла она.

— Товарищи, Варвара Дмитриевна, кому еще? Покамест с силами будут собираться, а там, разумеется, станут допытываться, как так вышло, что всю петербургскую организацию разгромили единым духом. Дознаются, что меня нету, сведут концы с концами, и аминь. У революционеров нравы суровые.

Варвара задумчиво подошла к шток-розе, оборвала сухой листок.

— Что-то неправильно, Борис, — выговорила она с силой. — Неужели вы не чувствуете? Что-то совсем неправильно! Дума только начала работу, сейчас бы всем миром навалиться и действовать сообща, а не получается! Революционеры готовят взрывы, Столыпин их вешает, депутаты говорят все правильно, а действовать не умеют! Как найти дорогу?

— Вам, наверное, лучше с князем потолковать, Варвара Дмитриевна.

— Ах, да что тут толковать, все и так понятно!

Она пошла к французскому окну, потянула витую ручку и оказалась прямо перед Шаховским.

— Я уже намеревался вас спасать, Варвара Дмитриевна.

Она посмотрела ему в лицо. Он был серьезен и как будто взволнован.

...Ничего плохого не может случиться, пока он здесь, рядом, вот что. Единственный, понимающий, всесильный человек.

— Как я рада вас... видеть, Дмитрий Иванович.

— Я тоже очень рад.

Варвара понимала, что поговорить им не дадут, у князя слишком много обязанностей в Думе, сейчас за ним придут, займут разговорами, уведут от нее надолго, до самого вечера, а ей совсем невмоготу, жить оказалось очень трудно.

— Полно вам, — сказал князь. — Все обойдется.

— Борис, — она кивнула за окно, — сказал, что был там вчера.

— Не знаю, откуда он взялся.

— Вызвали... товарищи. Какой-то главный товарищ! Один из наблюдателей не явился по причине пьянства, так Бориса попросили его заменить.

— Вы шутите?

— Ничуть. Борис так и сказал. Господи, Дмитрий Иванович, я думала, что после операции мы все будем праздновать победу, а мы?.. Какие мы победители?

Он вздохнул, глядя на нее немного сверху вниз.

— Это вы верно заметили, Варвара Дмитриевна. Может, оттого, что победа наша немного... пиррова?

— Да, но по-другому было нельзя!

— Вот именно. Отныне сколько лет ни пройдет, мы будем спрашивать друг друга и каждый себя, можно или нельзя было по-другому. Только теперь уж ничего не изменишь.

— Бедный Алексей Федорович.

— Да. И все же так лучше, чем остаток дней прожить на нелегальном положении, да еще за границей. Русскому человеку за границей нельзя. Никак нельзя. Разорение духа и смерть, — сказал князь.

Варвара сейчас решительно не хотела думать ни о каких русских за границей.

— Дмитрий Иванович, голубчик, — произнесла она жалобно, — но ведь все будет хорошо? Да?

Он улыбнулся.

— Мы стараемся, а там... Бог знает, Варвара Дмитриевна.

— Поедемте на Волгу. К маме. Сядем на пароход и поплывем до Нижнего. Так там привольно, спокойно!.. Мне кажется, я дня больше в Петербурге не проживу!

— Ну, конечно, проживете, Варвара Дмитриевна. И на Волгу мы поедем. Я ведь должен с вашей матушкой... переговорить. Да и к батюшке следовало бы еще раз наведаться.

Варвара сильно покраснела, как самая обыкновенная барышня, а не товарищ по партии, и уставила глаза в пол.

Шаховской взял ее за локоть как-то особенно, крепче обыкновенного, и эту новую близость в большой комнате, полной народу, утренних оживленных разговоров, запаха табака и цветов из сада, Варвара Дмитриевна почувствовала особенно остро.

— Я утром заезжал к Столыпину, застал у него Трепова, коменданта Зимнего, — сказал князь тихо и смущенно. — Он передал мне письмо министра юстиции, написанное на мой счет, и записку, которую я давеча писал, вызывая господ террористов на переговоры. Бумаги нужно уничтожить, но мне бы хотелось...

— Что?

— Чтобы вы прочли. Записку можно не читать, бог с ней совсем, а письмо... Там много лестных слов, неловко, конечно, но мне очень важно, чтобы вы...

Он так смущался, что Варвара на миг позабыла все трудности своей сегодняшней жизни, все страшные вопросы, которые следовало себе задать и получить на них честные ответы.

— Разумеется, я прочту, Дмитрий Иванович, — сказала она. — Разумеется!

— Только потом... сожгите. Договорились?

Она кивнула, уверенная, что жечь ничего не станет. Ей так хотелось прочитать «лестные слова» в адрес Шаховского, выучить их наизусть, запомнить навсегда.

— Сейчас позвонят к заседанию, — торопливо закончил Шаховской. — И я не знаю, как сложится сегодняшний день, но прошу вас меня дождаться, Варвара Дмитриевна.

— Хорошо, Дмитрий Иванович.

Тут за ним пришли от председателя Муромцева, князь быстро поцеловал ей руку и ушел, а Варвара жадно и быстро пробежала письмо и села к столу, читать уже основательно.

Вдруг со стороны залы, где располагались кулуары, донеслась заливистая трель, как будто городовой засвистал в свисток, раздались возмущенные голоса, сделался шум, и депутатов из комнаты как ветром сдуло. Генри Кембелл-Баннерман, вскочивший с первой трелью, рыкнул и устремился за ними.

— Henry! — крикнула встревоженная Варвара Дмитриевна. — Henry, come here![1]

Но куда там! Бульдог мчался на шум, как уличный мальчишка, дождавшийся, наконец, громкого скандала, в который можно вмешаться или хотя бы наблюдать его с дерева!

Подобрав юбки, Варвара Дмитриевна кинулась за своим англичанином, проявившим такую несдержанность.

— Что здесь происходит? Господа, господа, куда вы его тащите? Остановитесь! Вот полюбуйтесь! И в Думе

---

[1] Генри, ко мне (сюда)! (_англ._)

произвол полиции! Нет, вы полюбуйтесь! Что случилось? Вора поймали? Откуда шум?! Господа, дайте пройти, расступитесь!

— Что здесь происходит?! — перекрыл голоса зычный бас Пуришкевича. — Сию минуту к заседанию позвонят!

Один из молодцеватых думских приставов взял под козырек. Второй держал за локоть неизвестного господина в полосатом костюме, чем-то неуловимо напоминавшего гражданина Канадского Доминиона Семена Михайловича Полозкова.

— Потрудитесь дать объяснения!

— Вот, ваше высокоблагородие, выдворяем!

— Кого?! Куда?!

— Этот господин есть думский буфетчик Синицын. Размещался в креслах депутатов, читал вчерашний отчет.

Генри Кембелл-Баннерман, за которым не поспевала Варвара, ловко ввинтился в толпу.

— Позвольте, — продолжал Пуришкевич во весь голос, — милостивый государь! Что вы делали в креслах депутатов, ежели вы буфетчик?! Государством вознамерились управлять?!

— Генри! — крикнула Варвара Дмитриевна в отчаянии, позабыв, что бульдог не понимает по-русски. — Немедленно ко мне! Вернись!

— Вот до чего либерализм-то доводит! Буфетчики в депутатские кресла лезут!

Борис Викторов посторонился, пропуская Варвару к эпицентру событий, она не глядя сунула ему бумаги, с которыми выбежала из комнаты кадетской фракции, но опоздала.

Генри подлетел, прицелился и вцепился зубами Пуришкевичу в башмак. Он был совершенно уверен, что делает правое дело.

Когда скандал потихоньку улегся, буфетчика увели, рассерженный Пуришкевич пообещал поставить перед секретарем председателя Шаховским вопрос о недопустимости присутствия в Думе всех и всяческих бульдогов, когда депутаты и гости вдоволь нахохотались, и уже позвонили к заседанию, и потемкинская зала стала пустеть, Варвара Дмитриевна втащила Генри обратно в комнату кадетов.

— Как ты мог, — повторяла она, — как ты мог!..

Генри ничуть не чувствовал себя виноватым и смотрел победителем.

...Куда-то делось письмо Щегловитова, которое она так и не выучила наизусть. Только она никак не могла вспомнить, куда именно.

— Проходи, — сказал профессор, пропуская вперед полковника Никоненко. — Вон вешалка.

— Повеситься?

Боря Викторов выглянул из-за шкафа.

— Здравствуйте, Дмитрий Иванович. А я на пять минут заехал, мне материалы для статьи нужны, а из планшета файл куда-то делся, так я решил, что отсюда скачать проще, чем восстанавливать...

Боря Викторов говорил все медленнее, покуда Никоненко пристраивал на вешалку пальто, а потом и вовсе остановился.

— Что-то случилось? — спросил Боря и оглянулся почему-то на окно.

— Высоко, — посочувствовал полковник. — Убьешься. Здание-то старое, этажи высокие!..

— У вас нет никаких доказательств, — выпалил Боря Викторов, видимо то, что говорил себе сотню раз, как заклинание. — Ни единого.

— Это точно, — согласился полковник, взял стул и уселся на него верхом. — Но это плевое дело, друг! Доказательства собирать трудно, когда не знаешь, че доказывать. А когда знаешь, единым мигом можно доказать.

— Вы ничего не должны были узнать. Не могли узнать!

Шаховской, который так и стоял в пальто, тяжелой походкой старого человека подошел к чайнику и включил его. Чайник сразу же зашумел, — видно, воды совсем мало.

— Ты Ольге Яковлевне кто, Боря? — спросил он, рассматривая чайник, как будто никогда не видел. — Племянник?..

— Никто, — отрезал Боря. — Я ей никто.

— Кому? — весело переспросил Никоненко.

Ему все было нипочем. Он не учил Борю на первом курсе, не возил на экскурсию в Исторический музей, не правил его статей, не подкидывал интересной работы. Кто для него Борис Викторов? Так просто. Подозреваемый.

— Так кому ты никто, парень?

Борис промолчал и опять оглянулся на окно.

— То-то и оно. Если ты никто, откуда ты знаешь, кто такая эта Ольга, да еще Яковлевна?..

— Вы ничего не докажете.

Никоненко махнул на него рукой.

— Да не беспокойся ты за нас! Не переживай, мы сами с усами!

— Все из-за тебя, придурок, — запальчиво сказал Боря Шаховскому. — Ничего бы не было, если б не ты!

Откуда я знал, что тебя и туда потащат... консультировать! Консультант, твою мать!..

— Так племянник ты или кто? — стоял на своем Никоненко.

— Я сказал — никто! И она полоумная! Больная на голову! Вообще! Совсем!

— Тем не менее, она отлично помнит, что фамилия ее деда Викторов, — сказал Шаховской, морщась. — И деда, и прадеда звали Борис. Как и тебя.

— Ну и что?! Какая разница?! Мало ли Борисов?! Ельцин был Борис, и чего?!

— С Ельциным ничего. С Годуновым тоже все как было, так и осталось. А с тобой, парень, по-другому выходит. Уж больно совпаденьице странноватенькое, а?.. Прадедушка полоумной бабушки после революции бриллианты в особняке на Воздвиженке припрятал, и звали его Викторов Борис. А племянник полоумной бабушки по имени Викторов Борис в наше смирное и культурное время в этот особняк как на работу ходил и директору музея голову морочил, что научную работу они вместе будут готовить. Потом директор как есть в труп превратился, а бриллианты пропали все до единого.

— Не было никаких бриллиантов, все вранье.

— Мила-ай, — протянул Никоненко, — ты че, думаешь, я в следственном комитете зря, что ль, пятнадцать лет зарплату получаю и премиальные? Мордуленцию твою мы и охранникам, и депутату Бурлакову, и еще кой-кому предъявили, и все в один голос говорят — ходил такой к директору Павлу Ломейко!

— Я свободен и могу ходить, куда угодно. Я никого не убивал.

— Так ведь я пока что тебя только подозреваю! Вон мы с Дмитрием Ивановичем вместе подозреваем.

Борис с размаху сел на стул и сразу оказался за шкафом.

— Откуда он свалился?! Ну откуда, а?! Никто ничего не узнал бы, если б не он!..

— То-то и оно, парень. Так судьба распорядилась.

— Судьба?! — закричал Борис громко, по-заячьи как-то. — Какая еще судьба?! У прапрадеда судьба, у прадеда судьба! А у меня нет никакой судьбы! Это мои бриллианты, мои, понимаете вы все?! Никто никогда не докопался бы до меня, если б не... не этот, — и он выматерился некрасиво, неумело, как кабинетный и образованный человек, который вынужден произносить неприличные слова. — Никто не связал бы меня ни с особняком, ни с теткой сумасшедшей! Седьмая вода на киселе! Мало ли однофамильцев!..

— Боря, тебе про бриллианты в тайнике Ольга Яковлевна сказала?

— Мало ли кто мне сказал!

— Боря, — произнес Шаховской. — Мне важно знать. Откуда ты узнал про бриллианты? Были какие-то документы?

— Были, — подтвердил Борис с удовольствием. — Только теперь нету.

— Что это значит?

— Это значит, что я папку в архиве ополовинил. И никто не хватился б никогда, вы же знаете, как у нас архивы охраняют! Подумаешь, какая-то переписка! Ее даже оцифровывать не стали.

— Чья переписка?

— Шаховского, секретаря Первой Думы. Там и про бриллианты, и про заговор, и про операцию, которую Столыпин придумал! Я же не дурак, я только те документики забрал, которые к заговору имели отношение. Я долго искал и все-таки их нашел! Два года назад нашел! И с тех пор ждал.

— А идею-то откуда взял? С чего искать начал?

— С того, что тетка орала про эти бриллианты день и ночь. Что они наши, только пойди и возьми. Я подумал, чем черт не шутит, может, там и впрямь бриллианты?.. И стал документы смотреть. И нашел переписку Шаховского, повезло мне! Никто бы ничего не узнал, если б... не этот Шаховской!..

Тут он встал и растерянно пригладил волосы и сказал сам себе с удивлением:

— Не может быть. Да ладно. Все равно доказать ничего нельзя. Не докажут они ничего.

— Зачем Ломейко зарезал? Делиться не хотел?

— Да он дурак, — махнул рукой Борис. С досадой махнул. — Совсем дурак, голимый. Я ему наобещал сенсацию, ученые-историки раскрыли неизвестный заговор девятьсот шестого года! А он все хотел научной славы, особенно после того, как ему Шаховской диссер не дал защитить. Ученый!.. Твою мать!.. Великий знаток русской истории!..

— Зарезал за что?

— Да ни за что! Я сам не ожидал, понимаете? Я эту створку отковырял, а там... чашка. Она в тряпку была завернута, но уже по весу я понял, что она... не пустая, — Борис прикрыл глаза, вспоминая. На лице у него был восторг. — Я подумал, неужели правда? Все правда?! Неужели я богат?! Мне бриллианты достались, которыми тот Шаховской террористов подманивал! А Павлик стал лезть ко мне, понес, что это его, в музее, значит, на его территории, он со мной готов поделиться, конечно, но в правильном соотношении... Ну, я тем же ножом, каким створку отковыривал, его и...

Он перевел дыхание.

— Не докажете вы ничего.

— Нож куда дел?

— Нет ножа, и не найдете, не старайтесь.

— Не буду стараться, — согласился Никоненко. — Бриллианты куда дел?

Борис посмотрел на него и вдруг растерялся.

— Ну, понятное дело, — опять согласился Никоненко. — В Гохран не сдал, в Грановитую палату не отнес. Дома у тебя сокровища нации-то?.. В унитазном бачке? А то еще в морозилку любят класть, в фарш замороженный, милое дело тоже.

— Значит, какие-то документы все же были, — под нос себе пробормотал Шаховской. — Заговор не мог пройти совсем бесследно.

— Да отстань ты с документами, Дмитрий Иванович! У нас тут все так кучеряво складывается!

— Не нашли бы меня никогда, — твердил Борис. — Ни имени, ни фамилии никто не знал, кроме Павлика, а его я... Нужно было сразу и тетку тоже, но жалко стало. Она добрая и несчастная. Всю жизнь одна, кошки у нее. Тоже все богатство хотела получить. Не злодей же я какой-то...

— Не помогло бы, и если б ты тетку порешил, парень. Ей-богу, не помогло бы. Профессор, вишь ты, с батюшкой из храма Знамения иконы Божьей Матери беседу проводил и розыск осуществлял на его территории. А батюшка про тетку твою и про то, что она бриллиантов каких-то в особняке доискивалась, знал хорошо и от профессора не утаил. Мы бы стали тетку искать, нашли бы труп, а там и до тебя недалеко. Племянник у ней Борис Викторов. И профессорский выученик, большой дока по исторической части опять

Борис Викторов. Нашли бы. Может, не сразу, но точно нашли бы.

— Вот именно, что не сразу. Я бы уехал, может быть. Успел бы.

— Это может, — согласился Никоненко. — Ты письма-то зачем на трупе бросил? Дурак, что ли? Мы бы про бриллианты и не узнали никогда, и Шаховского я не стал призывать, если б не письма!

— А я даже не посмотрел, — признался Борис устало, — что там за письма. Вот правда в голову не пришло! И вообще после того, как Павлик, дебил, ко мне полез и пришлось его...

— Зарезать, — подсказал Никоненко безмятежно.

— Я потом плохо соображал. Я камни в карман высыпал, нож забрал и ушел тихонько.

Тут он опять сел на ближайший стул, потер лицо и спросил Шаховского:

— Что теперь будет, Дмитрий Иванович?..

— Я не знаю, Боря.

— Но я же... достоин большего! Правда достоин! Чем крошки с вашего стола подбирать, статейки кропать и ждать, когда меня начальником сектора сделают! Я умный, я все могу. У Павлика папаша миллионер, а сам он из помойки! Это же несправедливо! Он без ошибок писать не умел, а музеем заведовал и на «Мерседесе» катался. У меня бы все получилось, если б не вы!.. Что вы со мной сделали?! Что со мной будет?!

— Суд будет, — сообщил Никоненко. — А покамест доказательства соберем, помолясь, камушки изымем, под протокол все запишем. Ты че, думаешь, убивать можно, а отвечать не обязательно?.. Так не бывает, парень. Вон, спроси у профессора своего про исторический процесс — все последовательно, все по правилам. Есть преступление, значит, быть и наказанию!..

Он прошагал к двери, распахнул и приказал привычно и деловито:

— Забирайте.

На это Шаховской не стал смотреть, и Никоненко не стал смотреть тоже.

...Вдвоем, профессор и полковник, вышли на университетское крыльцо и сбежали вниз. Профессор по левому полукружью ступенек, а полковник по правому. Снег шел, отвесный, плотный, и не таял. Деревья и лавочки в сквере все стояли заснеженные.

— Такие дела, — молвил Никоненко, натягивая перчатку.

— Плохая у тебя работа, полковник.

— Собачья, — согласился Никоненко. — Ты куда сейчас?

Шаховской кивнул в сторону Охотного ряда.

— Пойдем, провожу.

Некоторое время они шли молча, сторонясь толпы на Моховой.

— А кто такой Шаховской? Ну, не ты, а другой? Из Первой Думы?

— Я тебе говорил. Секретарь председателя, депутат. Очень знаковая фигура.

— Родственник?

— Нет, не родственник.

— Да ладно тебе, Дмитрий Иванович! Чай, не тридцать седьмой год! Нынче родственные связи с князьями — самое почетное дело.

— Он мне не родственник. Просто еще один Шаховской. То есть *другой* Шаховской. Это... — Дмитрий Иванович помахал рукой неопределенно и поддернул на плече ремень портфеля, который все норовил съехать. — Это согласование времен, понимаешь?

— Не, не понимаю.

— Я и сам не очень понимаю. Но время сделало петлю. Они жили там и тогда, а мы здесь и сейчас. Иногда мне кажется, что они — и есть мы.

Никоненко подумал.

— Ну, ты загнул.

— Да, да, непонятно. Мне тоже не очень понятно!.. Они старались работать, и мы стараемся. Они старались улучшить жизнь, и мы стараемся. Они преодолевали трудности и сдавали экзамены, и мы тоже. У них не получалось, у нас не получается. Иногда получается.

— Редко, — уточнил Никоненко.

— Редко, — согласился Шаховской. — У нас все еще есть шанс что-то исправить. Он у нас есть, потому что были они, и мы знаем, что именно у них не получилось.

— Да ну тебя, Дмитрий Иванович! Ты меня запутал совсем!

— У меня настроение плохое.

— Я понимаю. Ученик, и такую фигню отчебучил!

Шаховской посмотрел на часы, он опаздывал просто по-свински.

— Мне нужно бежать, Игорь. Да, и я женюсь на Варваре.

— Иди ты!..

— Она согласилась, родители тоже, — скороговоркой закончил Дмитрий Иванович. — Ты тоже лучше соглашайся, чтоб не портить картину.

— Как, и отец ее в курсе?!

Шаховской кивнул.

— Он же генерал, его все управление до смерти боится!

Профессор пожал плечами.

— Смотри, а ты прыткий какой, Дмитрий Иванович!

Шаховской махнул рукой.

В бюро пропусков он долго возился с паспортом, списками, предоставлял собственную физиономию для сличения ее с физиономией на фотографии, извлекал из карманов ключи, рассеянно вспоминая, где может быть его машина, ждал, когда портфель торжественно проедет через просвечивающий аппарат, ловил его, все как обычно.

— Ба! — сказал над ухом знакомый насмешливый голос Ворошилова. — Опаздываете, профессор?.. Ну, раз опаздываете, значит, все хорошо. Вот если бы вы хоть раз не опоздали, я бы подумал, что время пошло вспять, солнце взошло на Западе и Колумб вскоре приплывет открывать Россию.

— Бог с ним, с Колумбом, Петр Валерианович.

— Вы думаете?

Двери лифта распахнулись, они вошли в кабину.

— Что-то у вас лицо не радостное, Дмитрий Иванович.

— День сегодня трудный.

— Трудный, — согласился Ворошилов серьезно. — Вообще, нам бы не опаздывать. Конец года, работы полно, неясностей много!..

— В этой вашей Думе, — от души сказал Шаховской, — всегда работы полно. И неясностей много. Так с девятьсот шестого года повелось.

...И тут у него зазвонил телефон, как всегда в самый неподходящий момент.

— Дим, — озабоченно сказала в трубке Варвара, — Никоненко просил передать, что из Питера коллеги будут звонить. Им нужна консультация по Таврическому дворцу, где твоя Первая Дума заседала. Подробностей я никаких не знаю. Поедем в Питер, Димка?.. Ты мне покажешь, где все начиналось!.. Это так интересно.

— Конечно, поедем, — ответил Шаховской. — Видишь, как хорошо, что ты согласилась за меня выйти замуж!

Ворошилов сделал страшные глаза, улыбнулся и пошел вперед.

СПИСОК ИСПОЛЬЗУЕМОЙ ЛИТЕРАТУРЫ:

1. «Думы Таврического дворца», А. Алешкин, А. Калмыков;

2. «Перводумцы», под редакцией А. Кара-Мурзы;

3. «Воспоминания. То, чего больше не будет», А. Тыркова-Вильямс;

4. «Из моего прошлого», В. Н. Коковцов;

5. «Воспоминания: из бумаг С. Е. Крыжановского, последнего государственного секретаря Российской империи», под редакцией А. Лихоманова;

6. «Белая империя», И. Солоневич;

7. «Законодательная и исполнительная власть в России (1906—1914)», К. Соловьев;

8. «Государственная Дума Российской империи 1906—1917», А. Смирнов;

9. «Законотворчество думских фракций 1906—1917», под редакцией П. Пожигайло;

10. «Первый спикер», Д. Аронов;

11. «Как большевики захватили власть», С. Мельгунов;

12. «Избранные выступления депутатов Государственной Думы с 1906 года», под редакцией В. Садовничего;

13. «Николай Алексеевич Хомяков», К. Могилевский, К. Соловьев;

14. «Формирование боярской аристократии в России», А. Зимин;

15. «Кадеты, гардемарины, юнкера», под редакцией Г. Мартынова;

16.«Кадеты и юнкера в белой борьбе», под редакцией В. Благово и С. Сапожникова.

Литературно-художественное издание

ПЕРВАЯ СРЕДИ ЛУЧШИХ

Устинова Татьяна Витальевна

СТО ЛЕТ ПУТИ

Ответственный редактор *О. Рубис*
Художественный редактор *А. Сауков*
Технический редактор *О. Лёвкин*
Компьютерная верстка *Е. Кумшаева*
Корректор *Т. Кузьменко*

ООО «Издательство «Эксмо»
123308, Москва, ул. Зорге, д. 1. Тел. 8 (495) 411-68-86, 8 (495) 956-39-21.
Home page: **www.eksmo.ru**   E-mail: **info@eksmo.ru**

Өндіруші: «ЭКСМО» АҚБ Баспасы, 123308, Мәскеу, Ресей, Зорге көшесі, 1 үй.
Тел. 8 (495) 411-68-86, 8 (495) 956-39-21
Home page: www.eksmo.ru   E-mail: info@eksmo.ru.
Тауар белгісі: «Эксмо»
Қазақстан Республикасында дистрибьютор және өнім бойынша
арыз-талаптарды қабылдаушының
екілі «РДЦ-Алматы» ЖШС, Алматы к., Домбровский көш., 3«а», литер Б, офис 1.
Тел.: 8 (727) 2 51 59 89,90,91,92, факс: 8 (727) 251 58 12 вн. 107; E-mail: RDC-Almaty@eksmo.kz
Өнімнің жарамдылық мерзімі шектелмеген.
Сертификация туралы ақпарат сайтта: www.eksmo.ru/certification

Сведения о подтверждении соответствия издания согласно
законодательству РФ о техническом регулировании можно получить
по адресу: http://eksmo.ru/certification/

Өндірген мемлекет: Ресей
Сертификация қарастырылмаған

Подписано в печать 07.02.2014.
Формат 84x108$^1/_{32}$. Гарнитура «TimesET».
Печать офсетная. Усл. печ. л. 16,8.
Тираж 80 000 экз. Заказ № 5011.

Отпечатано в ОАО «Можайский полиграфический комбинат».
143200, г. Можайск, ул. Мира, 93.
www.oaotpk.ru, www.оаомпк.рф тел.: (495) 745-84-28, (49638) 20-685

ISBN 978-5-699-68672-8